I0675700

www.ingramcontent.com/pod-product-compliance
Lightning Source LLC
Chambersburg PA
CBHW070121260626
47160CB00004B/1563
*9780981351940*

# روزهای آفتابی

# روزهای آفتابی
و
# شانزده داستان کوتاه دیگر

**نویسنده: دکتر محمود صفریان**
**ویراستار: شهلا پزشکزاد**
طرح روی جلد : دکتر پوپک صفریان
ویرایش و صفحه آرایی : وداد پایا
**شابک:** ۹۷۸-۰۹۸۱۳۵۱۹-۴- ۰
**ISBN:** 978-09813519-4-0
**ناشر: نشر زاگرس - با همکاری انتشارات گذرگاه**
**تاریخ چاپ: ژانویه 2012**
**نوبت چاپ: اول**

**Zagros Editions Inc.**
P.O. Box 358
31 Adelaide Street East
Toronto, Ontario
Canada M5C 2J5
Tel: 1 - (416) 214 - 2266
E-mail: zagroseditions@gmail.com
Website: www.zagroseditions.com
Gozargah Publication
www.gozargah.com

# روزهای آفتابی

دکتر محمود صفریان

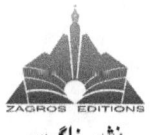

ZAGROS EDITIONS
نشر زاگرس

## درباره ی نویسنده

محمود صفریان داستان نویسی را با نام " عباس صحرائی " آغاز کرد.
او نویسنده ای پر کار است و تا کنون بیش از پنجاه داستان کوتاه را در کتاب های:

۱ - یک شاخه شب بو

۲ - قصه کوچ

۳ - مثل یوسف

۴ - لفظ الله

۵ - آخر خط

منتشر کرده است....

ازکتاب های دیگرش می توان ازآثارذیل نام برد:

۶- "شقایق های احساس" (که تعدادی از سروده های اوست)

۷- "دریا در فنجان" (عنوانی که که بر کتاب هایکو هایش گذاشته است)......و بالاخره،

۸- کتابِ رمان "شام با کارولین" که در هفت فصل نوشته شده است و بر اساس آمار سایت گذرگاه که توسط گوگل تنظیم می شود مورد استقبال مخاطبین قرار گرفته است.

او تمامی این ۸ کتاب را بر روی اینترنت بصورت پی. دی. اف. منتشر کرده است.

آنها را می توان در کتابخانه رسانه گذرگاه یافت:

www.gozargah.com

محمود صفریان دکترای داروسازی دارد ولی عشق به ادبیات دلمشغولی اول اوست. او، و نه عباس صحرائی، سر دبیری ماهنامه گذرگاه را به عهده دارد و نوشته های فراوانی در زمینه های نقد و تفسیر و تحلیل و مصاحبه در این سامانه می توان از او یافت. از او سروده های فراوانی نیز موجود است، هر چند مدتی است که فقط به داستان می پردازد و بعنوان سر دبیر در گذرگاه قلم می زند.

دکترصفریان متولد شهر آبادان است و تا دو سال اول دبیرستان را نیز دردبیرستان رازی آنجا گذرانده و از آن پس مقیم تهران شده است. وی سالیان متمادی را دورازمیهن درکشورهای مختلف زندگی کرده است واینک مدتی طولانی است که شهروند کاناداست.

دکترصفریان درباره ی این مجموعه چنین اظهارنظرکرده است:

" انتخاب از میان بسیاری از داستان ها، که نویسنده همه ی آن ها را دوست دارد، " چون اگر نداشت یا نمی نوشت یا پس از نگارش بی توجه رهایشان می کرد، مشکل نباشد ساده هم نیست.

ازاین ها، این هفده داستان را انتخاب کردم تا تنوع احساس و نحوه بر داشت از پیرامونم را نشان داده باشم. خواستم نثرم را، برگزیدن سوژه هایم را، و سبک و سیاقم را بنمایانم.

هیچ یک از داستان ها، تخیل صرف نیست، وهرکدام از واقعیاتی که بنحوی رخداده است بهره ای دارد از آنچه دیده ام یا شنیده ام یا در گود اتفاقشان بوده ام. می توان گفت یک جورائی از دل برآمده اند.

سالهاست که در اینترنت هستم. و پاره ای از کتاب هایم را در کتابخانه های مجازی گذاشته ام و از زبان آمار پاره ای از آن ها با اقبال روبرو بوده اند. نمی دانم شاید دلیلش عدم حضور نا میمون سانسور بوده است یا راحتی و بی هزینه بودن بهره وری از آن ها، و یا به احتمال بخاطر این هر دو.
همه این این داستان ها کوتاه نیستند، یکی، دو تایی داستان بلند هم در بینشان هست.

" این شما و این داستان های برگزیده من. ببینید می پسندید."

# فهرست

# لفط الله

عمه فاطمه پارسال، پس از کمی بیش از هشتاد سال، و در بی خبری کامل از بزرگی و متنوعی دنیا، با بر جای گذاشتن دو دختر و دو پسر، زندگیش نقطه پایان خورد.

طفلک تا مرد، فکر می کرد با " لفط الله " ازدواج کرده است. البته این فکر، به لطف الله ختم نمی شد. بهر اتومبیلی هم می گفت " فورد ". راستش نمی دانم فقط به ماشین های سواری می گفت فورد، یا هر نوعش برایش فورد بود.

اولین باری هم که بچه هایش رادیو " آندریا " ئی آورده بودند خانه که با باطری به بزرگی باطری اتومبیل کار می کرد، چیزی نمانده بود قبض روح بشود. پس ازاین واقعه اطمینان بی برو بر گردش به " جن "، بی چون و چرا شد. پیش که می آمد به دو دست بریده ابوالفضل قسم می خورد " جن " راکه در طاقچه خانه نشسته به چشم دیده و با گوش هایش شنیده که تا او را دیده گفته:
" اینجا تهران است . "

توضیحات مکرر بچه ها، که بخدا قسم، " جن " نبوده، رادیو " آندریا " بوده که پس از خاموش شدن تا مدتی بعد هم به حرف زدن ادامه می دهد، فایده نکرده بود.

به واقع زندگی راحت و بی دنگ و فنگی داشت. نه درآشوب تکنولوژی دست وپا می زد، ونه حرص خرید و تجملات را داشت. چشم و هم چشمی هم نداشت. اما چرا، حمام رفتن زن ها ی دیگر خانه که حکایت از رسیدگی شبانه شوهرها بود کمی آزارش می داد.

شنیده بودم به " صدیقه خانم " که مدت ها از حمام رفتنش گذشته بود، می گفت: " به این بقچه و بندیلشان نگاه نکن، بیشتر اوقات خبری نبوده، واین حمام رفتنشان برای کم نیاوردن است. "

آن سال مرا به شهر محل اقامت عمه یک جورائی تبعید کرده بودند. شیطان بودم، مادرم به تازگی بچه دیگری به دنیا آورده بود و حوصله و فرصت هچ و نچ با من را نداشت. پدرم تصمیم گرفته بود خانه را برای او "که هنوز دوستش داشت، چون تنبانش دو تا نشده بود" ساکت کند و حد اقل بار زحمت من یکی را از کول او بردارد.
فرستاده شدم تا سال تحصیلی آینده را خدمت عمه خانم باشم. دوم ابتدائی بودم.

خانه ی درندشتی بود در سه طبقه و دو شبستان و " شاه نشین " کوچکی که بر بالای طبقه سوم نشسته بود. زن و بچه بود که در این کاروانسرا وول می خوردند. از خودی و مستاجر...و چه زن و دختر های خوشگلی هم بودند.

با همان سن کم، که هنوز نبایستی " چیزی! " سرم می شد، از دیدن آن همه زیبائی کیف می کردم.
برایم تابلو های قشنگ متحرکی بودند. به پاس حرمت عمه فاطمه، دستی هم به سرو کول من می کشیدند. می بردندم به اتاق های خودشان و کلی چیزهای خوش مزه به خوردم می دادند، بخصوص، آن هائی که شوهرهایشان برای درآمد بیشتر به " کویت " رفته بودند.
به واقع آن سال حسابی چشم و گوشم باز شد.
علاقمند شده بودم به حرف های بخصوص زن ها گوش بدهم. پاره ای از آن حرف ها، به مراتب از فیلم های پورنوی کنونی سکسی تر بود. همچین که می دیدم چند تا ئی دور هم جمع شده اند می دانستم عاقبتش به کجا کشیده می شود. فورن بساط مشق و درسم را در همانجا، همراه با گوش هایم پهن می کردم.
به خاطرعمه خانم و کمی سن، وتظاهر به اینکه حواسم جمع مشق و درسم است، به همه اتاق ها، جواز ورود داشتم.

لطف الله که می خوابید، خانه ای به آن شلوغی از نفس می افتاد. بخصوص خواب بعد از ناهار، که بنظر می رسید حرمت بیشتری دارد.
در طول این خواب نیمساعته بساط پچ پچ زن ها رونق می گرفت و تا پاسی پس از رفتن مجدد او به مغازه نجاری اش ادامه می یافت. غیبت شوهرانی که تا تنگ غروب به کار مشغول بودند، به این نشست ها رونق بیشتری می داد.
لطف الله، رئیس صنف نجارها بود و بهمین خاطر در خانه او را " قنسول " صدا می کردند و عمه از این بابت چه پزی می داد و چه خودی می گرفت. من عمو صدایش می کردم.
اولین کتکی که از او خوردم، وقتی بود که در مورد حسرت زن ها از خروس عمه برای او تعریف کردم. البته عمه به حمایت من برخاست.
"...لفط الله! این چه کاری بود کردی؟ این بچه این جا امانته! ما حق نداریم او را آن هم این جور ناکار بزنیم. اون که نمی دونه منظور این زن های بی حیا چیه..."
و همین اعتراض عمه متوجهم کرد داستان خروس از چه قرار بوده است و حالی ام شد که از حرف های این گونه نشست ها، چیزی حتا به عمه هم نگویم. چون همین عمه، پس از اعتراض به شوهرش به من پرخاش کرد که:
"...چرا به حرف زن ها توجه می کنی؟ و چرا آن ها را به عمویت می گوئی، مگر حواست به مشق و درست نیست؟.... یک دفعه دیگر از این غلط ها بکنی من می دانم و تو. "
و من دیگر جائی تعریف نکردم. هرچند به واقع تعریف کردنی بودند.
عمه تو حیاط ولنگ و واز خانه، هفت هشت مرغ رنگارنگ و یک خروس قبراق داشت. از تخم آنها، هم برای خوراکی استفاده می کرد، هم برای جوجه کشی. در یکی از همین گرد هم آئی های زنانه زهرا خانم گفت:
"...کاش مردای ما از این خروس یاد می گرفتند. پاش که می افته تنگ چند تا مرغ را پشت سر هم می کشه "
و عصمت زن جوان و زیبای مش جواد شاطر، به دنبال آهی کوتاه گفت:
" بذار یکی را بی فس فس حریف بشن، چند تا پیش کشتون "
و آنقدر می گفتند که آرزو می کردم کاش مرد نبودم. و مدت ها رفتم تو کوک خروس حرامزاده تا ببینم " و بیشتر درآرم " که چطور می تواند چند مرغ را

حریف بشود و کم کم حسادت را تجربه کردم.
دفعه بعد که مش جواد را دیدم با نان سنگگ بلند بالای دو آتشه ای که نوکش را گرفته بود تا همسایه ها بهتر بتوانند آن را ببینند، جلو رفتم و برای اینکه قد و بالا و صورتش را خوب بررسی کنم سلام کنان، نان را از دستش گرفتم و به دنبالش راه افتادم و تا توی اتاقشان رفتم. انصافن فس
فسی در او ندیدم. فکر کردم حتمن عصمت خانم انتظارهای دیگری از او دارد. دلم می خواست نه از او، اما از عصمت خانم بپرسم، مردی به این سر حالی چرا " فس فس " می کند. ضمن اینکه
درست نمی دانستم منظور از فس فس چیست.
امتحان ثلث اول را گند زدم. کسی هم نبود چرائیش را ازم بپرسد. ولی خودم از ترس مادر که اگر بفهمد کارم ساخته است، به شد ت نا راحت بودم. عمه متوجه شد.
" احمد! چرا این همه تو خودتی؟ حالت خوبه؟ "
و الکی گفت:
" مادرت نامه فرستاده، خیلی هم از تو پرسیده، و نوشته، دلم برای احمد یک ذره شده..."
پرسیدم:
" عمه جان می توانم نامه را ببینم؟ "
" نه، تو جیب بغل کتِ عموته "
عمه را سر حال و مهربان دیدم. فکر کردم وقتشه. به خودم جرات دادم و پرسیدم:
" چرا به یه مرد میگن فس فسو؟ "
گردش چشم عمه، همه تنم را لرزاند.
"...تو به مرد ها چه کار داری؟ کی را دیدی که فس فسوه؟ "
" عمه! من اصلن نمی دونم فس فسو یعنی چه."
" پس چرا می پرسی؟ از کی شنیدی؟..."
گرفتار شده بودم. عجب غلطی کردم. نمی دانستم چه بگویم. ولی می دانستم اگر اسم جواد و عصمت را بیاورم، واویلا می شود.
دروغ گفتم:
" معلمم سرکلاس گفت..."

" معلمت!؟...درست بگو ببینم چه گفته..."
چه پیله ای کرده بود.
گفت:
" یه مرد خوب اونه که فس فسو نباشه، بخصوص برای زنش..."
عمه گُرگرفت. طوفان شد.
" معلمت و تو با هم غلط کردید. فردا پسرعمه " مَندل " را می فرستم مدرسه تا پدرش را درآوره، و یادش بده دیگه از این گه های زیادی نخوره و راجع به مرد و زن در کلاس حرف نزنه "
کمی ترسم ریخت. پسر عمه مَندل مرد آرامی بود. من را هم خیلی دوست داشت. منهم همیشه ازش حساب می بردم و بسیار مودب با او بر خورد می کردم. بد اخلاقی و خشونت عمو لطف الله را هم نداشت. گه گاهی هم دستی به سروکولم می کشید و گاه دهشاهی هم کف دستم می گذاشت و لوطیگری در مدرسه ام را رونق می داد، حتا یکبار هم مرا همراه چند تا از دوستانش به پیک نیک برد، که خیلی خوش گذشت.
بلند بالا و خوش سیما بود، هر چند کاسبکارانه لباس می پوشید و در قید لباس شیک نبود. او هم در
دکان سه دهنه نجاری عمو لطف الله کار می کرد.
تمام کارهای ظریف، از جمله تزئین سقف هتل ها و خانه های گران قیمت " بجای گچ بری " از وظایف او بود، و بنظر می رسید از این بابت درآمدش خیلی خوب باشد.

یک روز که از مدرسه آمدم، خانه بود. زمانی که ندیده بودم خانه باشد. مرا که دید، صدایم کرد:
" بیا اینجا "
قراربود چون کار به او سپرده شده چنین ترسی نداشته باشم، ولی نمی دانم چرا جرات نزدیک شدن به او را نداشتم. داشتم این پا آن پا می کردم که خندید. خنده و جانی که پسوند اسمم کرده بود و چهره مهربانش، توانم را روبراه کرد. بسویش رفتم:

" بله، پسر عمه "
" با من بیا، می خواهم کمی با تو حرف بزنم "
به اتاقش رفتیم.
کیف مدرسه ام همچنان دستم بود.
" بنشین! "
هرچه نگاه کردم دیدم صندلی برای نشستن در اتاقش نیست. همان یکی هم که بود خودش نشسته یود.
متوجه شد.
" بنشین لبه تخت "
جایم از صندلی راحت تر بود.
" خب احمد! جریان خروس چیه؟ "
از کجا فهمیده؟ قرار بود در مورد مردان " فس فسو " بیاد مدرسه.
" احمد، هر چه هست کامل برایم تعریف کن. بدون واهمه و ترس. من نمی گذارم کسی به تو کاری داشته باشد. بگو ببینم کی در مورد خروس صحبت کرد، کیا آنجا بودند، تو آنجا چکار می کردی؟ "
فقط توانستم بگویم:
" خروس!؟ "
" بله، جریان چی بوده؟ ...کامل و بی کم وکاست برایم تعریف کن. "
" می ترسم. "
و گریه کردم.
برخاست دستی به موهایم کشید و محکم گفت:
" گفتم نترس، نمی گذارم هیچکس به تو کاری داشنه باشد، نه عمه ونه عمو...گریه نکن..."
سرم را پائین گرفتم و آرام و آهسته شروع کردم، ضمن اینکه نمی دانستم چرا این همه علاقمند شنیدن جزئیات است.
" ...چند روز پیش که عمو خوابیده بود، چند تا از زن ها و دخترها تو اتاق عصمت خانم جمع بودند من هم به بهانه نوشتن تکلیف های مدرسه ام به آنجا رفتم وبساطم را پهن کردم و مشغول شدم. نصرت دختر حاج حبیب گفت:

" حواسش نیست، داره مشق می نویسه."

کبرا دختر ترشیده آن جمع گفت:

" حواسشم باشه حالیش نمیشه..."

و ادامه داد:

" ...دقت کردید که خروسه حتمن کارشوخوب و کامل هم انجام می ده، چون پائین که میاد هم خودش و هم مرغه چه سینه ای جلو می دن و با چه پزی راه می افتن، و این یعنی ارضای کامل..."

" وقتی کبرا داشت حرف می زد، بقیه چکار می کردند؟ "

" هیچی! سرا پا گوش بودند... ولی وقتی کبرا اضافه کرد:

( کاش من یکی از مرغ ها بودم،)  نمی دانم چند نفردیگرشان هم گفتند: کاش ماهم بودیم..."

شعف خاصی چهره پسر عمه را گل انداخته بود.

" دیگه چی؟ "

" یادم نمی آید، فکر می کنم دیگه چیزی نگفتند. "

" مگه میشه؟ چند تائی دلشان می خواست مرغ باشن، بقیه لالمونی گرفتند؟ خوب فکر کن..."

" فقط مثل اینکه صدیقه خانم گفت:

"خوشا به حالتان، در عوض مال من ازاین خروسه هم بدتره. زخمم کرده..."

باز خندید..

" ...پاشو برو، من همه چیز را برایت روبراه می کنم. تو هم دیگه اصلن حرفی در هیچ مورد از جمع زنها به عمه نگو. ولی هر وقت دورهم جمع شدند، بهر بهانه ای برو و خوب گوش کن و بعد کلمه به کلمه اش را برایم تعریف کم، فهمیدی؟ "

" بله! فهمیدم "

پسر عمه مَندل مجرد بود!

# جاسم

"حَنُون " از " جاسم " چه خبر؟. میگن دیشب سرتیررفته، به پست " خسروآباد " که می رسه، نمی ایسته، دنده چاق می کنه گاز ِمی بره تخته، می زنه به چوب راه بند. ایست ژاندارم ها، فایده ای نداشته، می افتن دنبالش وبا تک تیر " بِرنو " کاسه سرشه می چسبونن بسقف " شُوفِه لِت ". ازوقتی که ئی سروان جدیده اومده، ژاندارمری هارشده. "

گرچه لبِ شکری " حَنُون " خنده ولبخند را ازش دریغ کرده بود، درعوض، اشک بی راه بندی به دهانش می ریخت، شوری آنرا تف کرد ولُنگ خیسش را برای چندمین باربه گلگیری که تکیه داده بود کشید. ماشین پائی وماشین شوئی شغل اصلیش بود و...مرکز همه خبرهای دست اول شهری.

" عَبود " بیشتر رقیب جاسم بود تا دوست او. ازوقتی که جاسم چند " بار " را بخاطرسرعت و شهامتش " رَد " کرده بود، هم بیشترمی ساخت وهم بیشتر صدایش می کردند. هردو بی واهمه به کام هرخطری می رفتند. " جنس " را که تحویل می گرفتند تا باختن جان آن را حفاظت می کردند وبه مقصد می رساندند. به همین خاطرطرفداران زیادی بین قاچاقچی های شهر داشتند.

" حنمن رُبیده خبر نشده ؟ "

" معلوم نیست شایدم شده "

" اگه خبرشده بود، شهرآروم نبود، اینجوری توسکوت جاخوش نکرده بود. مگه

زبیده را نمی شناسی؟ جاسم نفس وعشقشه، اگه بدونه جاسم را زدن، و دیگه جاسم نیست، شهر را بهم می ریزه، با دستای خودش ژاندارم ها راخفه می کنه."
جاسم هر" بار" را که رد مي کرد، هرچه دستخوش می گرفت، همه را می ریخت به پای زبیده.
بچه شون هم نمی شه، جاسم بچه زبیده بود! برای همین هم همه به جاسم میگن " جاسم زبیده "
" دیشب چه داشته ؟ "
" مث همیشه، کاغذ سیگار "
" اما میگن این آخریا، تریاک هم رد می کرده . "
" بیخود میگن، اصلن توخط تریاک نبود. خودت می دونی، جاسم با کشتی بُرا کارمی کرد، اونا هیچ وقت تواین خطا نیسن. نکنه خودت هسی کلک ؟ "
عَبود، هرقدرخودش را جستجوکرد، دید نمی تواند خوشحال باشد. با اینکه به جاسم بیشتر کار می دادند وبا اینکه زبیده مال اوبود، اما مرگش را نمی خواست و اندیشید:
" نه، نمیشه تو ئی کار پرخطرتنها بود. "
واحساس کرد وجود جاسم مایه دل قرصی بود. پایش که می افتاد، بیشتر از جاسم خطر می کرد، و شوررولت ۵۶ را بقول خودش، تاحدی که از اگزوزش خون بزنه بیرون می راند ولی جاسم همیشه سرراهش بود. با این همه نبودش را نمی خواست.
دلش گرفته بود. بغضی توام با دلهره قرارش را بهم می زد واحساس می کرد تنها شده، احساس می کرد جاسم باید باشد تا این کار رونق داشته باشد:
" اگه رقیب نباشه بچشم نمی خوری "
خودش قبلا خبررا گرفته بود، ولی به بهانه روشوئی اتومبیل آمده بود تا از " حَنُون " تائید بگیرد. دیشب، آخرشب جاسم را زده بودند. شهر هنوزکاملن بیدارنشده بود.
" کاشکی می شد کاری کرد زبیده هیچ وقت نفهمه جاسم رفته ... اون چشمانی که برقش بی تاب می کنه، حیفه که پرآب بشه. جاسم هم حیف بود. چه میشه کرد، عاقبت ئی کارا همینه. لامصب نمیشه هم ولش کرد، هم پول خوب توشه، هم اسم

ورسم داره. زبیده هم برای همین شد مال جاسم. اولش دلش را یکی نکرده بود،
گاهی سراغی هم ازمن میگرفت.

ازوقتی پیچید که جاسم ازتیرهم نمی ترسه وخبرآوردن که توخیابونای شهروحتی
توکوچه پس کوچه های تنگ وترش هم ، مث " کاریل چسمان " می رونه، ورق
برگشت و جاسم شد،

" جاسم زبیده "

"...لاکردار! چه سالاریه، گاهی اوقات از اینهمه خوشگلی حرصم می گیره، هرچه
گشتم مثلش پیدا نکردم، می خواستم، با یکی ازخودش بهتر، داغ به دلش بذارم،
اما نشد. نمی دونم چه داره. همه هیکلش هوسه، بی تاب می کنه، خنده هاش زنگ
داره، حرف زدنش یه جورخوبیه، ته استکانی هم که می زنه با لودگی هاش کلافه
می کنه ..."


" عبود کجائی؟ "

عبود باشرمی که حنون متوجه نشود گفت:

" پیش جاسم بودم، ما مث دوبرادربودیم. فکرمی کردم با زبیده چه کنم، چه جوری
دلداریش بدم "        " حالا حالاها ، نباید کسی بره پرچک زبیده ، او تا بفهمه، می
شه پلنگ تیرخورده "

روز به خاک سپاری، زبیده، بی ناله وفریاد، با وقارتمام ، سراپا مشکی، همانند
وجدان مجسم جاسم گام برمی داشت وعبود با دسته ای گُل، همراه باتعدای از"
بچه ها " ، آخرین بدرقه ازجاسم را بجا آورد وهنگام وداع، خطاب به جاسمی که
دیگر نبود، کلماتی را اداکرد، که میرساند:

" اگرجاسم نیست، عبود هست، شوفه لت هم هست، سرعت هم هست."

وبا صدای بلند نالید:

" جاسم! توخوب میدونی عبود، مث خودت، دل ئی کار داره ..."

وازآن پس، عبود آرامش نداشت، شب ها را با هزاران خیال به صبح می رساند.
با زبیده، حرف می زد وبه او میگفت:

"....ئی دُرُسهِ که جاسم نیس، جاسمی که واقعن حیف بود، اما تو نباید در را روی

خودت ببندی و زندگی را به خودت حرام کنی. به خدا عبود همون جاسمه، فقط کمی فرصت بده ..."

و از روزی که جاسم وار، " جنس " را دربدترین شرایط و باعبور از موانع بسیار به مقصد رساند وشنید زبیده گفته:

" عبود برای خودش یه جاسمه "

پا ک بي قرارشد ودائم درانتظار نیم نگاهی، خبری، پیغامی، و اشاره ای، از زبیده بود. تا شبی که به سرش زد، فردا، برای حل مشکلش و رام کردن زبیده، به " خِضر" برود...وبا این خیال که راهش را پیدا کرده است، صبح پس از تیمار" شورولت " با دنیائی از امید، رو به خِضر راه افتاد.

یکی از روزهای داغ مردادماه بود، حدود ۶ماه پس از مرگ جاسم. شرجی نفس گیری ، که ازچندروزپیش شروع شده بود، بیداد می کرد. دریغ ازکمترین نسیمی یا حرکت برگی، هوا درسکون کامل بود واکسیژن درذرات معلق آب ازتحرک افتاده بود. ولی شوق زبیده، عبود را بی توجه به آتشباران خورشید وشرجی سمجی که به تن شهر ماسیده بود، به راه انداخته بود. وقتی که جاده های روبراه تمام شد و زد به کوره راه شنی، احساس کرد دارد به زبیده نزدیک می شود.

ترانه عاشقانه ای را زمزمه کرد . بی توجه به سختی راه ، اتومبیل را به جلومی برد ومی خواست قبل ازغروب آفتاب حرف هایش را به خِضرگفته باشد.

وقتی برگشتم، براش سوغات می فرستم وصبرمیکنم، ببینم چه میگه. بعد می فهمم خضر برایم چکارکرده... و ترانه را در ذهنش چرخاند:

"....مثه یک آهوی تشنه، تمام دشت وصحرا را می دوم، تا به چشمه ای برَسُم ....وآنجا کنارهمون آب زلال وخنک می مونم... وتولابلای درختا ش خونه می سازُم...اونجا، عشق رنگ بهتری داره وبچه آهوا، راحتی بهتری دارن ...".

با همان شوروحال، دنده را عوض کرد تا شورولت را ازجا بِکَند، اما، خبری نشد. یکی دوبار فرمان را چپ وراست کرد، فایده ای نداشت . ناله های فریاد گونه موتوربی تاثیربود. شورولت داشت از " نا " می افتاد.

شرجی غلیظ و چسبنده فضا را می چلاند وعرق را ازچهارستون عبود به بیرون می راند و تمامی لباسهایش را خیس کرده بود. خورشید بي رحم تابستان، شن

های کوره راه را عین ریگهای تنور سوزان کرده بود وعبود بیش ازنیمساعت بود با چرخ پنچرکلنجار میرفت و می اندیشید:

" تا کلافگی دنیا را به سیاهی نکشه، تا زجرهمه وجودت را له نکنه، زیارتت قبول نمیشه "

و با این امید، زیرسه تیغ آفتاب با تمام نیروتلاش میکرد. گرما، شرجی، پنچری، وجکی که توی شن های داغ فرو میرفت وازتحمل وزن اتومبیل عاجزمانده بود، دمار ازروزگار عبود در می آورد.

به یاد چشمه وآب زلال وخُنکی که قراربود به آن برسد افتاد و با انگشت عرق را از لابلای ابروان پر پشتش به زمین چکاند. شن ها، عین جرقه های آتشفشان، مذاب بودند . عبود زیرپیراهن " کاپیتانش " را حفاظ داغی جک کرده بود ، تا زبیده را نرم کند، تا تمایل او راجهت دیگری بدهد، ومی خواست تا دیرنشده، تا تاریکی نیامده خودش را به چفت وبست های " خضر" برساند. یکباردیگر، آجرهائی را که سوارهم کرده بود، بغل دستتش کشاند، گُرده اش را داد زیر گلگیر، پا را حمایل کرد و با تمام نیرو، عربده کشان اتومبیل را تا حدی که بتوان جک را روی آجرها قرار داد، بالا کشید. واین چیزی نبود جز یک واقعه، معجزه عشق یا کرامت " خضر".

وقتی "استارت" زد و شورولت را که تمامی شیشه هایش را پایین کشیده بود، راه انداخت با این خیال که در صندلی جلو، در کنار دستتش "زبیده" را دارد، سری چرخاند، او را نگاه کرد و ترانه ای محلی را زمزمه کردو ادامه داد:

" اگه شرط دنیا را هم بگذاره، قبول میکنم. فقط ته دلش با من بشه، بقیه اش کاری نداره."

با پشت دست، عرق پیشانی را که میخزید تا چشمانش را از کار بیاندازد، پاک کرد و با شوق تمام فرمان اتومبیل را بیخودی پیچ و تاب داد. از بیم شن های نرم نمی توانست آنطور که دلش می خواست براند، بایستی مدارا مي كرد، و نالید:

" هر که طاووس میخواد، باید جور این جاده و این گرما و این همه درد سر را بکشه ."

و با خودش گفت:

" الحق چه طاووسیه، وقتی می خنده، چتر عشق را باز می کنه، چه صدای خوشی داره...."

یک بارکه شنگول بود، همان روزی که جاسم پنجاه صندوق " جنس " را رد کرده بود، چه رقصی کرد، تمام عضلاتش مثل ژله موجدار و لرزان، تکان می خوردند وآب را ازچک وچیل راه می انداخت.

" امروز، ول کن نیستم. باید زبیده را تمام کنم. بدون او نمیشه "

یادش آمد ماشینش رادیوهم دارد... وقتی صدای " ام کلثوم " توی اطاقک رها شد ، شوق وصل اوج بیشتری گرفت. سر دنده را ماساژ داد و آن را چاق کرد. اتومبیل مثل اسبی که سُم به زمین بکوبد، سروصدائی کرد، سینه اش را داد بالا وازجا کنده شد. ازآینه بغل گرد وخاکی را که همه چیزرا درخود فرومی برد دید، عشق کرد که هیچکس نمی تواند تعقیبش کند.

" اگه موقع آوردن جنس هم، همه جاده ها اینطورخاک بلند می کرد، هیچکس نمی تونست دنبالمون کنه، خب اونوقت هربچه ننه ای می شد جاسم یا عبود، دیگه نه اینهمه پول می دادن، نه این همه پُزداشت. آن وقت زبیده، مگه خل بود که بیاد سراغ ما. مرد میخواد که روی جاده کَفِه " شوفه لت " را با " بار " ازهمه جا رد کنه وازاگزوزش خون دربیاره. همین خون بود که زبیده را خراب جاسم کرد.

یادش آمد زبیده گفته بود:

" یه روز جاسم سوارم کرد، جنس هم نداشت، فقط میخواست عشق کنه. وقتی متوجه شدم که داشتیم پروازمی کردیم ."

و باخودش حرف زد:

" اگه به راه شد، و اومد سراغم ، پروازی نشونش بدم که کیف کنه ، شیشه ها را می کشم پائین تا ازسرعت ، موها ش کَندِه بشه، تا بفهمه پروازشوفه لت، یعنی چه، و بفهمه عبود کیه! "

خورشید ، بی هیچ مانعی همه جا را می سوزاند. نخل های باردار، زیر سنگینی " پَنگ" * های خرمائی که که از زور گرما وشرجی، به شیره افتاه بودند، خم شده بودند وتنها ساییان بارشان برگهای درهمی بود که روی آن ها چتربازکرده بودند.

---

* خوشه خرما

بخار " رادیاتور" ازدرز " کاپوت " مثل دودکش قطارهای زغال سنگی بالا می زد و جان شورولت را همراه با رمق عبود تحلیل می برد. پا را روی ترمز گذاشت و به دنبال زمینی غیر شنی، نگاهش را به همه جا چرخاند وچون نیافت به ناچار، روی شن های نرم وداغ توقف کرد. کاپوت چون آهنی گداخته بود، آن را بالا زد. صندوق عقب را بازکرد. ظرف آب را بیرون آورد، ومی رفت تا موتوررا خنک کند ، متوجه شد چرخ دیگری پنچر شده است.

مشتی نابکار قلبش را با تمام نیرو فشرد، ودرد بی تاب کننده ای تمامی سینه اش را در خود گرفت. ظرف آب ازدستش افتاد. سرش را روی تشک جلو گذاشت وبا تتمه رمقش، خودش را بالا کشید، دستش را به لب تشک بغل راننده گرفت و تا روی صندلی زبیده به جلو خزید، چرخی خورد، سرش را روی زانوی زبیده گذاشت وچشمانش را به سقف شورولت دوخت، جائي که کاسه سر جاسم را با تک تیر " بِرنو " چسبانده بودند. از درز چشمان بی فروغش روبه " خضر " نگاه کرد و به زور نالید:

" ای خضر ازشفاعتت گذشتم، دیوانه ام نکنی "

" زبیده " با جمله ی " عبود، بیشتر اوقات واقعن جاسم بود. با رفتن او شهرازشهامت خالی شد." ازعبود تجلیل کرد، تجلیلی درسایه جاسم !

این داستان، نگاهی زیبا و موشکافانه دارد به دوره ای از تاریخِ گوشه ای از کشورمان که بر پایه دفتر یاد داشت های یکی از تحمل کنندگان آن دوران، نوشته شده است. تعدادی از اوراق خاکستری این دفتر در قالب رُمانسی گیرا، توجهی داشته است به آنچه که روزی نامش زندگی بود . م. ص.

# روزهای آفتابی

وقتی موج " سالی دو ماه " راه افتاد و تعداد انبوهی ازکارکنان نفت را بی خانمان کرد " یوسف " را هم با خود برد.

**- به ازا هرسال خدمت " دو ماه حقوق" رقم خوبی بود، ولی برای ما حکایت جداشدن از مادر را داشت. مادری که هرچند مریض، ولی با تمام وجود به او وابسته بودیم، و چشمانمان جز محدوده او جای دیگر را نمی دید.**

بچه " لالی " بود، ولی از زمانی که سربازی را با " غلام " در " خسرو آباد " گذرانده بود، ماندگار" آبادان " شد وبا زبان انگلیسی کاملی که حاصل سالهای کودکی و نوجوانی زندگی با انگلیسی ها بود، دستش را به کار در پالایشگاه نفت بند کرد، و همین باعث نزدیکی و صمیمیت بیشتری با غلام شد.آخر های عمرش را با دخترش گذراند و من به سبب آشنائی با آن ها توانستم به یاد داشت های او دست بیابم. یاداشت هائی که هر چند کامل و مرتب نبود، ولی نمایانگر واقعیات آن زمان است و خواندنی. آنچه از پی می آید، تکه هائی از این نوشته ها ست.

---------------------------

صبح ها، با سه سوت، هرکدام به فاصله ی پانزده دقیقه، بایستی سرکارحاضرباشی و" لمبر" [1] را در جعبه مخصوص آویزان کرده باشی و به اصطلاح " لَمبَر"

---

۱ – " لمبر " شماره کارگری بر روی یک تکه فلز

انداخته باشی .
" فه ی دوس "[۲] اول ، سوت آماده باش بود که صدایش درتمامی شهرمی پیچید و باهمه ی سروصدای بیداری شهر که ازکله ی سحر راه می افتاد، باز صدای " فه ی دوس " ها کاملن شنیده می شد. در حقیقت بایستی هوش و حواست متوجه آن ها باشد.
اگر راهت کمی دور بود، سوت اول را که میزدند، بهتر بود راه افتاده باشی .
" فه ی دوس " دوم را می توانستی درراه باشی، ولی وای به روزی که قبل ازسوت سوم، در حلقوم پالایشگاه فرو نرفته بودی و درهای این جنگل فولاد پشت سرت بسته نشده بود و " لَمبَرت " به جای آویزان شدن در جای خود، مثل یک آلت جرم در دستت مانده بود....حقوق آن روز را که نداشتی هیچ، سین جیم های فردایش به جای خود، از همه بدتر به عنوان " کولی Coolie "[۳] وقت نشناس معرفی می شدی و امید گشایش احتمالی هم بسته می شد.
پالایشگاه، با درهای دوپاشنه ی خود که در فواصل معینی در حصارآهنین آن جا سازی کرده بودند، به فاصله ســـه " فه ی دوس " چهل پنجـــاه هزار نفر را مـــی بلعید. ازهردر، درکمترازنیم ساعت، چهار تا پنج هزارنفربه کام اژدها فرو می رفتند.
صف ِکولی ها،عین خط مورچگان ازعروق شهر جاری می شدند وبه سوراخ روزیشان ره می سپردند: بیشتر پیاده ، تعداد اندکی هم با دوچرخه و گاه با اتوبوس های مخصوصی به نام " تِریلی " در صف های جداگانه...
در آن سالها " آبادان " آن شهر دود و دَم، آن منبع بوهای مختلف، آن گاو شیر ده، با پالایشگاه حصارشده اش که قلب شهررا به خود اختصاص داده بود،خاطره جویندگان طلا را زنده می کرد.

ساکنان آن، تقریبن از تمامی نقاط کشوربه امید گشایش، به آن روی آورده بودند وبا خود زبان ولهجه های گوناگون را حمل می کردند ـ زبان محاوره ای که، با لهجه های مختلف بیان می شد.
در آمد ها بر خلاف تصور، در حد گذران بخور نمیری بود که گاه کفاف کشیدن

۲ ـ " فه ی دوس " سوت شروع و اتمام کار در پالایشگاه
۳ ـ " کولی " کارگر ساده

تنگ گرمای نفس گیر را هم نمی داد.

در تابستانهای گرم و طولانی و شرجی های خفه کننده ی " خرما پزان "، باد خنک رویا بود و یخ اکسیر. رونق یخچال شروع نشده بود و با همه گیری آن سالها فاصله داشت. کار آن را نه صندوق های " کلمن! که خود با یخچال های برقی آمدند " ، بلکه صندوق های چوبی دو جداره ِ دست ساز انجام می داد بنام " صندوق یخی!" که یخ آب رفته ی رو به مرگی را که با زحمت زیاد تهیه شده بود، گونی پیچ در آن می گذاشتند، واین تنها سینه سپر شده ای بود که بعضی خانه ها درمقابله با گرما داشتند. درمعدودی از خانه های کارگران فنی و" کارمندان "، علاوه برآن، پنکه های سقفی هم بود که هوای گرم را جابجا می کرد. ولی " Coolie " ها، این کارگران ساده که اکثریت هم بودند، از تمامی این ها محروم بودند.

خارجیها، صاحبان اصلی!! کار که خود برای در آمد بیشتر وگرفتن " حق توحش " با آموزشهای لازم به آبادان آمده بودند، معیار زندگی ها را میلیمتری! رَف بندی و خط کشی کرده بودند.حق هر کس همانقدر بود که " صاحاب [۴] " تعیین کرده بود و بستگی به قدرت باز دهی فرد و ارتباط های اوداشت.

محله های مختلف ایجاد کرده بودند که تفاوت آنها بین هیچ و همه چیز بود و در محدوده ی همین محله ها نیز فواصل امتیازات قطره ای بود....خانه های یک اتاقه، خانه های دو اتاقه با یک پنکه سقفی، خانه های دواتاقه با یک پنکه سقفی و ۲۵ سانتی متر یخ که می بایستی صبح قبل از " فه ی دوس " اول آن را از محل توزیع با ارائه ی کوپن دریافت کرده باشی.....وخانه های دوطبقه با ۵ اتاق خواب و استخر شنای اختصاصی، با کولر و بعد ها با تهویه مطبوع و یخچال و آشپز ،باغبان، خانه شاگرد واتومبیل سواری با راننده.

فاصله ها، گاه در حد سال های نوری بود، بین کارگری که خانه یک اتاقه ی بدون پنکه ویخ داشت ویا کولی هائی که همانها را نیز نداشتند و معمولن در نقاط مختلف شهر پراکنده بودند و در اتاق های بدون پنجره و یا در" کپَر" [۵] ها ، کرم وار مـــــی لولیدند با " صاحاب " هائی که در خانه های قصرمانند زندگی می کردند و از مزایائی در حد شیوخ حاکم بهره می بردند.

نفتی که در دیگر شهرهای خوزستان، از دل زمین به درون چاه ها می جوشید،

---

۴ – " صاحاب " عنوانی بود که " کولی " ها و بیشتر هندی ها، انگلیسی ها را خطاب می کردند.

۵ – "کپر "سر پناه حصیری

وسیله ی تعدادی لوله های سیاهرنگ قطور همچون صف مارهائی که با هم می خزند به پالایشگاه آبادان آورده می شد و درآنجا این معجون اسرار آمیز حیوانی به صد ها مواد دیگر تجزیه می گردید، از
" مازوت " تا بنزین هوا پیما،از وازلین تا حشره کش ها...
استان خورستان در حقیقت ایالتی دست نشاند بود. آنچه " صاحاب " ها می خواستند همان می شد...."

یاد داشت های " یوسف " در این روال بسیار مفصل است و حکایت از درد های نهانی دارد که سال ها روی هم انباشته شده بود...و البته در لابلای آن ها اشاراتی زیبا می یابی از حالت " زار " که اوج هیجان و از خود بی خود شدن گروهی خاص بود، و نحوه ی شرکت در مجالس آن ها و پا به پایشان چرخیدن و فریاد کشیدن و کف به دهان آوردن و در نهایت از خود بی خود شدن.
و توصیفی گیرا دارد از بهار بسیار کوتاه ولی دلنشین آن سر زمین، که از اوایل اسفند ماه شروع می شود و نمی تواند خودش را حتا تا پایان فروردین ماه بکشاند و زیر فشار تابستان عجول شانه خالی می کند....و قصه ای دارد از عشق، عشقی که به قول حافظ:

**یک قصه بیش نیست غم عشق و این عجب**

**کز هر زبان که می شنوم نا مکرر است**

در این یاد داشت ها، داستان " غلام " را خواندم. داستانِ یک عشق استثنائی را....

*****

"....ماجرای غلام در اوج قدرت و تسلط خارجی ها در آبادان اتفاق افتاد...
من او را از دوران سربازی می شناختم. با هم در یک پادگان خدمت می کردیم. پس از خدمت، در آبادان مستقرشدم و او را که در به در دنبال کار بود، یافتم. روزی که بالاخره درشرکت "تسهیلات " به عنوان راننده، کارش را با " موشولو" آَشوری، ثروتمندی که به تازگی بر تعداد اتومبیل های شرکتش افزوده بود شروع کرد، واقعن خوشحال شدم.

" غلام " پسر " علی کولی " بود و در آمد او برای بقا خانواده اش ضرورتی حیاتی داشت.
" مستر گاردنر " یک سالی می شد از انگلیس آمده بود و به دستور " مستر واکر"، که تقریبن همه کاره آبادان بود، ریاست حفاظت شرکت نفت ایران وانگلیس به او سپرده شده بود.
" حفاظتی " که جدا از دولت، برای خودش نیروی اجرائی مفصلی سازمان داده بود و بسیارهم خشن عمل می کرد....و یکی از خانه های آنچنانی، در ساحل " اروند رود " در اختیار او و همسرش بود و از تمامی مزایا، بهره وافی داشت.
" مارگارت " دختر ۱۹-۱۸ ساله و زیبای " گاردنر " برای تعطیلات کریسمس از انگلیس آمده بود. پدرش یکی از لوکس ترین اتومبیل های شرکت " تسهیلات " را با راننده در اختیارش گذاشته بود.
غلام را که تازه به استخدام شرکت در آمده بود، لباس تر و تمیز پوشاندند و با اتومبیل " بیوک" آلبالوئی رنگی، در اختیار مارگارت گذاشتند.

در دفتر خاطرات مارگارت آمده است:
"....اولین روزی که از پنجره ی خانه، از ورای هوای مرطوبی که از اروند رود می آمد و چمن های باغ پر گل جلوی پنجره را نوازش می داد، قد و قواره او را دیدم که از اتومبیل قرمز رنگ بسیار شیکی پیاده شد و راهروی باریک میان باغچه را به طرف خانه آمد، تا مرا به گردش در شهرببرد. هرگز از یاد نمی برم ، در یک لحظه فراموش کردم من در آبادان هستم ، در شهری که پدرم به اکراه به آنجا آمده بود تا با احتساب حق توحش، در آمد سرشاری داشته باشد واو راننده ایست که آسده تا دختر یکی از سرشناسان شهر را به گردش ببرد.
قد و بالای آراسته و چهره آفتاب خورده و جذاب غلام، حالت شوالیه ای را داشت که به سراغ پری رویا هایش می آمد. از اینکه خودم را آنطور که باید نیاراسته بودم دلخور شدم. از بس راجع به ناجوری های اینجا برایم حرف زده بودند، فکر می کردم نبایستی خودم باشم، ولی در را که باز کردم و او با تواضعی خاص، بدون بیان یک کلمه مرا راهنمائی کرد که بطرف اتومبیل بروم، و خودش با شرم

قشنگی که رنگ چهره اش را تغییر داده بود، سر برگرداند و مرا به دنبال کشاند، احساس کردم قلبم را تکان داد. با آنکه انگلیسی نمی دانست، می فهمیدم چه می گوید و توضیحاتش برایم همانند " تور لیدر " کار کشته ای بود که مسافرش را قانع می کرد.

در مراجعت دلم می خواست او را به خانه ببرم و برایش از همه جا حرف بزنم. هم از پدر و مادرم واهمه داشتم و هم، افسوس که او زبان مرا متوجه نمی شد ولی بهر شکلی بود به او حالی کردم که فردا زود تر بیاید، و Ok او دلم را لرزاند.


از احساسم بدم آمد که چرا باید چنین دگرگون بشود و به خودم گفتم...برای سه هفته به اینجا آمده ای و بایستی به موقع برگردی، این همه تصور و خیال برای چیست؟ ولی احساس می کردم بدون آنکه بخواهم چیزی دارد اتفاق می افتد.

شب وقتی پرسیدند روزم چطور بوده است، گویا زیاد تر از انتظارپدر و مادرم حرف زده بودم و رضایتم را نشان داده بودم. چون متوجه شدم که خیلی خوششان نیامده است...."


ـ" خسته از کار آمده بودم و هنوز خودم را نساخته بودم، که غلام به دیدنم آمد. مد تها بود او را ندیده بودم. خواستم از کار و در آمدش بپرسم، مجالم نداد. در کمتر از چند دقیقه همه رخداد ها را برایم تعریف کرد و گفت: یوسف نمی دانی چه دختر جذاب و خوشگلی است. افسوس نمی توانم به خوبی با او صحبت کنم..."

تکانش دادم و به او گفتم این خیال ها را از سرش بیرون کند.

بی توجه به حرف های من، خواست که چند جمله ی انگلیسی برایش بنویسم و چند بار تکرار کنم تا خوب متوجه بشود.

قبل از اینکه حرفی بزنم، صورتم را بوسید و یک ریز خواهش می کرد. از آن پس هر روز به سراغم می آمد، از برنامه های آن روزش حرف می زد و می خواست چند جمله ی دیگر برایش بنویسم. آشکارا می دیدم دارد فرو می رود.

در یکی از این مراجعات، برایم تعریف کرد:

ـ از دیروز " مگی " جلو و بسیار نزدیک به من می نشیند....و با آنکه در ِ عقب

را برایش باز می کنم قبول نمی کند..."
متوجه شدم کار دارد به مسیر دیگری کشیده می شود. به او گفتم:
" مگی؟ "
گفت:
- خودش گفته مگی صدایش کنم.
با ناراحتی گفتم:
-" غلام! داری کار دست خودت می دهی. داری برای خودت رویا درست می کنی. به فکر پدر و مادرت باش. تو بال پرواز با او را نداری. "
به آرامی به نحوی که صدایش را مشکل می شنیدم گفت:
- یوسف! کار از این ها گذشته. چیزی دارد درونم را چنگ می زند، دارم عذاب می کشم. شب ها خواب ندارم. فکر نمی کنم بتوانم از او دل بردارم . چند روز دیگر بر می گردد انگلیس. نمی دانم بدون او چکار کنم. روز های اول راحت بودم. بی خیال او را به گردش می بردم، و فکرم این بود که رضایتش را جلب کنم تا شاید در آمد بیشتری عایدم شود. فکر نمی کردم چنین زبانه ای بکشد. یوسف! کمکم کن، گرفتار شده ام. دلم می خواهد تمام لحظاتم را با او باشم. برایم حرف که می زند، با آنکه انگلیسی نمی دانم همه اش را متوجه می شوم، و سرم را که می چرخانم تا نگاهش کنم، تحملم کم می شود. می ترسم تصادف کنم. گاهی اوقات که دستی به موهایم می کشد، تمام تنم مور مور میشود. او ماهرانه دارد مرا می چلاند. بگو چکار کنم؟ اگر از کارم دست بکشم، خودم را به مریضی بزنم، و دیگر سراعش نروم، می دانم پشیمان می شوم. می ترسم بغضم باز شود، می ترسم پته ام برای او روی آب بیفتد.
زیر لب گفتم: خب بیفتد، عاشق که از رسوائی نمی ترسد.
واضح به او گفتم:
- " غلام گرفتاری سنگینی است، رهائی از آن ارادی نیست. نمی توانی مثل هر اعتیاد دیگری، ترکش کنی. راه رهائی از مسیر مشخصی نمی رود. "
- " به من بگو این به قول تو " مگی " چی؟ فکر می کنی اوهم در فکر توست؟ احساس می کنی صبح ها که تو را می بیند انتظاری بی تاب برایش پایان می گیرد؟"

- بله، خوب می دانم این احساس یکطرفه نیست. جلو که می نشیند، گاه آنقدر به من نزدیک می شود که خجالت می کشم در شهر بچرخم. دیروز به من گفت :" هر روز چه کلمات قشنگ جدیدی به کار می بری" و من دست و پا شکسته به او حالی کردم، دوستم یوسف، کمکم می کند. و تا آنجا که توانستم از تو برایش حرف زدم و متوجهش کردم که تو خیلی به من نزدیکی، و آنقدر گفتم که علاقمند شده تو را ببیند. یوسف! خواهش می کنم به خاطر من این فرصت را از دست نده و کوشش کن، شاید بتوانی به شکلی تکلیف مرا روشن کنی.

به فکر فرو رفتم ، چه می توانستم بکنم. حال و روز او با " روشن شدن تکلیف " فاصله زیادی داشت.

روشنی تکلیف او، از فردا نرفتن بود و احتمالن کار را از دست دادن. ولی او تا آنجا پیش رفته بود که برای بهتر با او بودن، در همین مدت کم زبان انگلیسیش داشت راه می افتاد.

فکر کردم شاید بد نباشد مارگارت را ببینم تا اگر بشود، همانطور که غلام خواسته بود کاری از پیش ببرم و غلام را از ورطه ای که در آن دست و پا می زد، نجات بدهم ، چون عمیقن وصله را ناجور می دیدم.

قرار گذاشتم برای یکی دو روز دیگر از کارم مرخصی بگیرم و ترتیب دیدن او را بدهم.


به اتفاق آمدند، و مرا که خانه مانده بودم سوار کردند. کنار هم نشسته بودند. هنوز راه نیفتاده مارگارت شروع کرد:

"...غلام گفته، شما انگلیسی را خوب می دانید.... متشکرم آمدید. "

در جواب گفتم:

" منهم از دیدنت خوشحالم و امید وارم در شهر ما به تو خوش گذشته باشد. هر چند جاهای دیدنی کم دارد و تقریبن عاری از جاذبه توریستی است، بخصوص برای دختر خانمی که از اروپا آمده باشد، ولی می شود از روز های آفتابی آن که زور زمستان را کم می کند لذت برد. "

وقتی با نگاه به غلام، به من گفت:

" دیدنی شاید نداشته باشد، ولی جاذبه و آفتاب چرا، آفتابی که هر زمستانی را گرم می کند. "

جوابم را گرفتم.

" ولی تو که داری چند روز دیگر این جاذبه و آفتاب را با هم جا می گذاری و می روی..."

بهتر دید مقدمه و پرده را کنار بگذارد و راحت حرف دلش را بگوید.

"...برایم سخت است. ولی برای رسیدن به غلام، بهتر است بروم. من غلام را با تمام وجودم دوست دارم. دلم می خواست که حد اقل یک هفته بیشتر میماندم. تلاشم را نیز کردم، اما پدر و مادرم موافقت نکردند. از علاقه ام به غلام آگاه اند. چون تقریبن هیچ شبی نیست که در باره گردشهای روزانه ام با آن ها حرف نزنم. بدون شک بوی علاقه ام به غلام را ازلا به لای حرف ها یم در یافت کرده اند. می دانی، عشق را به هیچ نحو نمی شود پنهان کرد.

دردفترچه یاد داشت هایم تمامی نظر و احساسم را به او نوشته ام ، شاید انها را خوانده باشند. می دانم آنها اصلن انتظار چنین رخدادی را نداشته اند، نه تنها عمیقن تعجب کرده اند، بلکه به هیچ قیمتی موافق ادامه آن نیستند. ولی خوشبختانه من از مرز سن قانونی گذشته ام وخودم می توانم تصمیم بگیرم و این تصمیم نمی تواند در اینجا عملی شود یا لااقل در این سفر کوتاه. بهتر است بر گردم و ترتیب کار را از آنجا بدهم. غلام خوب می داند دوستش دارم و حاضرم هر کاری برای رسیدن به او انجام بدهم و مواردی از آن را نیز عملن به او نشان داده ام!. فکر می کنم او می تواند مرد زندگیم باشد. میدانم در این فاصله کوتاه نمی توان خیلی از نا شناخته ها را دریافت کرد، اما در همین مدت، آنچه از او دیده ام نشانگر درستی برداشت من بوده است. اگر برای هر رسیدنی باید گام اول را بر داشت، من مدتی است که راه افتاده ام."

در یکی از باشگاه های شرکت نفت نشسته بودیم. به مبل تکیه داد. سرش را میان دستهایش گرفت، نگاهش را روی غلام چرخاند و ادامه داد:

"...هر چند غلام همه گفته هایم را متوجه شده، ولی خواهش می کنم تو نیز یکبار دیگر همه را برایش باز گو کن ..."

به واقع زیبا بود و بسیار خوب حرف می زد. کاملن به خودش متکی بود و برداشتم این بود که بهر نحوی می خواست غلام را داشته باشد.
تمام مطالب را برای غلام تکرار کردم و افزودم که پیداست تو را سخت دوست دارد.
نمی دانستم چکار کنم. برایم روشن شده بود بهم دل بسته اند و می دانستم وقتی کاربه اینجا می رسد، هر حرف و عملی، جز در همان روال بی ثمر است.
سکوت را غلام شکست. و در تلاشی موفق، توانست بگوید:
" قول می دهم، در فاصله ای که در انتظار خواهم بود، تلاش جانانه ای برای فرا گیری زبان انگلیسی به کار ببرم. "
مارگارت، نگاهی به من کرد و با خوشحالی گفت:
" دیدی تشخیص من درست است. می دانم غلام یک دنیا اراده است"
و ادامه داد:
" از پدرم خواهش خواهم کرد کاری در پالایشگاه برایش روبراه کند تا نخواهد راننده شرکت تاکسی رانی باقی بماند. ( و با خنده اضافه کرد ) و مجبور شود به " مارگارت " دیگری سرویس بدهد. در اولین فرصت باز خواهم گشت و ترتیب بردن غلام را به انگلیس خواهم داد و به اتفاق فراموش نخواهیم کرد که والدین او به زندگی راحت دوران باز نشستگی نیازدارند."
از من خواهش کرد که نامه هایش را برای غلام به آدرس من بفرستد.

شب تا ساعت ها خوابم نمی برد. هر قدر جوانب را زیرو رو و بررسی می کردم بجز آنچه قرار بود اجرا شود راه بهتر و عملی تری به ذهنم نمی رسید.

حدود دو هفته از رفتن مارگارت گذشته بود که مجددن غلام را دیدم. توضیح داد که در این مدت گرفتار کارهای اداری استخدامش بوده و گفت در اداره حفاظت، " اداره تحت نظر پدر مارگارت " در قسمت قایق های کنترل کننده آب راه " اروند " مشغول شده است. خوشحال بود که پدر مارگارت به او گفته:
" می دانم دخترم را دوست می داری."

آن را طلیعه ی خوبی می دانست و نا راحت بود که عده ای از روی حسادت دارند توی دلش را خالی می کنند و می گویند:

" پست بسیار خطر ناکی را به تو محول کرده اند."

وقتی اولین نامه مارگارت آمد، غلام دریافت که قول داده است برای عید نوروز باز گردد و احتمالن دوری از او برای همیشه پایان خواهد گرفت، مثل بچه ای که اسباب بازی تازه ای دریافت کرده باشد، سراسر وجودش پر از شوق شد.

غلام در لباس مامور حفاظت، برازندگی خاصی یافته بود وگرمای عشق مارگارت، تحرک وفعالیتش را چشمگیر کرده بود. پیشرفت اش در فراگیری زبان محسوس بود و بی شک روز شماری می کرد.

من دورا دور، کم و بیش سراغ او را داشتم و در هر نوبت که خبری از مارگارت می شد او را می دیدم.

*****

....قاچاقچی های مسلح، که سیگار و مشروب حمل می کردند، برای رهائی از تعقیب قایق های حفاظت شرکت نفت، شروع به تیر اندازی می کنند، اما با رسیدن نیروی کمکی کاری از پیش نمی برند و با محموله ی خود به دام می افتند.

اما حاصل اندوهبار آن از کار افتادن قلبی بود که شور عشق در ترنم طپش های آن جاری بود. جزعطوفت و مهر ذخیره ای نداشت و شوق انتظاری شیرین در آن موج می زد.

من هنور پس از سالها، غم سنگین از دست دادن او را که رفاقت را پاس می داشت و زندگی را قشنگ می دید، در تمامی وجودم احساس می کنم و جای خالی او خلا ذهنی عجیبی را در درونم جای گذاشته است.

یکی از کافی شاپ های شهر، با نور کافی، مبلمان راحت، وسعت فضا، و از همه مهمتر اینکه هر قدر می نشستی، اخمی را از گردانندگان آن نمی دیدی.، پاتق قرار هایم بود. با پاره ای از دوستان ساعت ها آنجا می نشستیم و از هر دری صحبت می کردیم. با اینکه جای خیلی مناسبی برای خواندن تکه های ادبی نبود، گاه این کار را می کردیم. آنچه داستان شکار را شکل داد بر خورد اتفاقی ام با " اکبر" بود. او همراه یکی از دوستان به این مکان آمده بود. تازه مهاجرت کرده بود.طی چند نشست با انبرک کنجکاوی اسکلت آنچه را که می خوانید از زوایای ذهنش بیرون کشیدم. در حقیقت داستان شکار یک داستان واقعی است با تغییر اسامی. و نشانگر یکی دیگر از مصائب جنگی است که می توانست رخ ندهد.

---

# شکار

"....من بابات را خیلی دوست دارم، مرد با محبت و با گذشتی است اما، کاش هم سن تو بود.... "

خودم نیمه مشتعل بودم، " فرشته " زن زیبای بابام هم چه کبریتی کشید.

مرا حیران روی پله های طبقه اول جا گذاشت و به آرامی بالا رفت. جائی که روزهای متوالی را تنها، دراتاق هایش میگذراند. آنجا " شاه نشین " خانه قدیمی ما بود.

یک بارکه بی هیچ بهانه ای، نفس زنان خودم را به آنجا رساندم . داشت آلبوم عکسی را ورق می زد. آن روز، عکسی از کودکی ام را نشانم داد و با حالت خاصی گفت:

" چه ناز بودی اکبر! "

از حرکات خانم بزرگانه اش که کوشش می کرد با من عین بچه کوچولو ها رفتار کند حرص ام می گرفت، هر چند چهره ای مهربان داشت. بابای حریصم بی توجه به ما به راه دلش رفته بود. از او بدم می آمد. و از عذابی که مادرم می کشید و لب ریخته هایش را با جملاتی کوتاه بیان می کرد، کلافه بودم.

-"...خجالت نمی کشه، دختری را که می تواند زن پسرش باشد بالای سر ما نشانده و وقت و بی وقت هم می خوابه بغلش...نه انگار که ما زنده ایم و روزگاری جانمان برای هم بالا می آمد..."

رنج مادرم، بی صفتی پدرم و زیبائی و جوانی فرشته، مرا در جهنمی از استیصال

می گداخت، بخصوص که مادرم هم، می گفت می بایستی زن من باشد.
تا آن روز، کسی به این قشنگی نگفته بود، " اکبر". تقریبن هم سن بودیم وخدائیش برای بابام خیلی جوان بود. از کجا پیدایش کرده بود؟ هرچه بود، بودنش، زیبائیش و حرف زدنش که با من خالی از بعضی حالت ها نبود. "یا من این طور فکر می کردم." البته بعد ها فهمیدم اشتباه می کنم و از همه مهمتر این که او زن بابام بود، زجرم می داد و تحملم را به منگنه کشانده بود. باید کاری می کردم.
" چطور شد زن بابای من شدی، مگر ندیدی که جای پدر توست؟"
" تازه عروسی کرده بودم که شوهرم رفت جنگ و دیگر بر نگشت. "
این جواب من نبود. پدرم می گفت:
" بیوه بود، شوهرش را در جنگ از دست داده بود، جوان و زیبا بود، شهرهم پر است ازگرگهای گرسنه، دلم نیامد بگذارم، طعمه آنها بشود. "
و خود را طلبکارهم می دانست و چه منتی هم سرش میگذاشت. کسی نبود به او بگوید: کجا و چطور شد که پیدایش کردی؟ اگر مانع از دست درازی گرگ های دیگر شدی، برای این بوده که خوراک خودت بشود، تو از همه گرگ تر بودی. درحقیقت نه برای رضای خدا که برای رضای خودت، او را شکار کردی.
سئوالم را مفصل تر مطرح کردم:
" تو که بچه نداشتی، با بهره کافی از زیبائی که داری، چرا به ازدواج با مردی که جای پدر توست تن دادی؟ برای تو یافتن کارکه مشکلی نبود. پدرم اغفالت کرد؟ درِ باغهای سبز را نشانت داد بدون گشودن آنها؟ واقعن چرا زن بابای من شدی؟ که هم مادرم را عذاب بدهی، هم بنحوی من را؟ "
نگاهم کرد و آرام و بدون هیجان گفت:
" تو را چرا؟ "
و همانطور که به نگاهش ادامه می داد و داشت از پای درم می آورد گفت:
" نا راحتی مادرت را درک می کنم ضمن اینکه مقصرنیستم. پدرت نگفته بود که زن دیگری هم دارد، البته من هم سئوال نکردم. تنها بودم، خانواده شوهرسابقم نه تنها مرا از خود رانده بودند که بنحو مسخره ای مرا درکشته شدن او بی تقصیرنمیدانستند. بیکس و بی پناه بودم، راه به جائی هم نمی بردم، پدرت که پیدا شد و اشاره اش همراه بود با:

" عقدت می کنم "

" دویدم. رضایت دادم . اگر ناراحتی تو به سبب ناراحتی مادرت است، آن را هم درک می کنم، چون دلیل دیگری نبایستی! داشته باشد . "

بدون برداشتن نگاهش از چشمانم، ساکت شد واین جمله چندین باردر ذهنم چرخید:

" چون دلیل دیگری نبایستی داشته باشد "

چه دلیلی از این همه زیبائی چهره و شوخی چشمان عسلی، و لحن بنیان کن صدا، محکم تر و واضح تر.

آستانه پختگی خانم ها، سالهای بیست، تا بیست و پنجسالگی است، ولی مرد ها، حتا درسی سالگی هم به آن حد نمی رسند و خیلی راحت می شود بردشان سرچشمه و تشنه برشان گرداند.  و "فرشته " این بازی را با من شروع کرده بود. آنچه را که می دانست کلافه ام می کند، از پوشیدن لباس و آرایش چهره تا ریختن همه ی عشوه های دنیا درحرکات وگفتارش، کوتاهی نمی کرد، به این بهانه  که:

" پدرت خوش ندارد مرا با سر وضعی غیرمرتب ببیند."

فکرمی کردم خیالاتی شده ام. آفتابی نمی شدم، خودم را با مسائل مختلف مشغول می کردم، گاه از خانه می زدم بیرون وبی هدف راه می افتادم وجسمم را به اینجا وآنجا می کشاندم.  فکرو روحم ازآن خانه جدا شدنی نبود. ناراحتی و درهم بودن مادرم که می دانستم پدرم را دوست دارد، زیبائی وآب ورنگ فرشته و جوانی خودم دست در دست هم، داشتند کلافه ام می کردند. تنهائی مادرم به نوعی و همه آن چیز هائی که فرشته را شکل می داد، به نوعی دیگر، و اینکه باید کاری بکنم و مانع از رخداد های ناگوار بشوم، زندگی ام را سیاه کرده بود. تصمیم گرفتم بی اطلاع، خانه را ترک کنم و از همه ی آنچه که داشت وسوسه ام میکرد فاصله بگیرم اما عشق به مادرو درماندگی فکری او، مانع بزرگی بود. او را بسیار تنها می دیدم. من فرزند بزرگتر او بودم . ولی کاری از دستم ساخته نبود. دریافته بودم که شادابی فرشته، پدر را دربست اسیر کرده است. دیگر دیر به خانه نمی آمد. همیشه با دست های پر می آمد و یکسر می رفت بالا. نه انگار زن دیگری هم چشم به راه اوست و مادرم چلانده می شد.

پدر، رسمن عاشق شده بود، من قبل از تجربه شخصی، ازاعمال و رفتار او بود که فهمیدم چه بی تابی هائی دارد عشق  و چه سرسپرده وتسلیم می کند. ولی

مادرم می گفت:

" این عشقی متعارف نیست، این عشق پیری است."

از غبن او، شکستش را متوجه می شدم، می دیدم که چه فشاری را تحمل می کند. طبیعی بود، مردی به سن حاج قاسم، با وجود زنی چون فرشته، دیگر نای رسیدن به دیگری را نداشته باشد، آنهم زنی به سن و سال مادرم و فرشته خوب این ها را می دانست. گاه با آگاهی از آن، سنگ تمام می گذاشت و من فکر می کردم که برای من هم هست.

تا آن روزکه پدرم مریض شد. تصورکردم موقع هوشیاری فرشته است که دریابد:

" حاج آقا " آفتابی بر لب بام است اما آنچه را که شاهد بودم تصمیمم را راسخ کرد و دریافتم دیگرجای من در آن خانه نیست.

عین یک گیشا، زانو زده بود . دستمالی را مرتب در کاسه پراز آب روبرویش فرو می برد ، در می آورد، می چلاند وروی پیشانی پدرم می گذاشت. و این کار را با چه حوصله و با چه کلماتی همراه می کرد.

" حاجی، دلم گرفته، نمی خواهم مریض بشوی..."

"...باید قول بدهی فرشته را تنها نگذاری ...هذیان های دیشب ات پریشانم کرده است "

چه جادوئی در پدرم چنین به بار نشسته بود؟ جوان ها خواب چنین روابطی را هم نمی بینند. خودم را وارد معرکه کردم.

" پدرکمکی از دست من ساخته است؟ "

بجای او فرشته جوابم را داد:

" برای پرستاری ازاو من هستم. اگر زحمتت نیست خودت را در محل کارش نشان بده، تا بدانند سایه بابات آنجاست "

داشت در قالب مادرم ظاهر می شد. عین خانم بزرگ ها حرف میزد. سکوتم که ادامه یافت، پدرم به حرف آمد:

" حالم دارد بهتر می شود، خودم می روم. ولی می خواستم کمی با تو صحبت کنم. "

" حالا؟ "

" نه، خوب که شدم، یکی دو روز دیگر "

و در تمام این مدت دریغ از نیم نگاه مهربانی از فرشته. ولی مثل پروانه دور پدرم می چرخید. بی اختیار به ذهنم جاری شد

" مرد هم مرد های قدیم. خدا یک جو شانس بدهد. "

داشتم بیرون می رفتم که فرشته به حرف آمد:

" اکبر! بابات خیلی دوستت دارد "

" ولی تو را بیشتر "

گفتم و زدم بیرون:

عجب رویای باطلی! چه زن قدر شناسی! شکاری که تا این حد شکارچی اش را دوست داشته باشد، ندیده بودم.تا آن روز " من و مادر و برادر کوچکترم " فکر می کردیم زیر سر پدر بلند شده است، فکر می کردیم یک هوس زود گذر است. ولی امروز متوجه شدم، دقیقن یک عشق دوطرفه است. اصلن باورم نمی شد. پدری با آن وقارو با آن همه مهربانی و دلبستگی که نشان می داد، ناگهان عوض شودو فضای پر از احساسی را که وقتی دور هم جمع می شدیم روحمان را جلا می داد، از هم بپاشد. مادرم اولین قربانی بود ، دوام زخم تیر شکارچی را نیاورد . طفلک با همه تلاش نتوانست تحمل کند. می دانستم پدر را خیلی دوست دارد. همیشه با حسرت می گفت:

" چی شد؟ چرا خوشی زد زیر دلش؟ ما که چیز زیادی نداشتیم که چشممان کرده باشند. "

و بالاخره هم، ادامه سردی پدر کار خودش را کرد.

وقتی در آستانه بهار ما را تنها گذاشت، همه گلهای قشنگ فصل را با خودش برد. کاخی که در ذهنم از توجه فرشته به خودم ساخته بودم، کاملن فروریخته بود و زیر آوار آن به نفس نفس افتاده بودم، ولی " حاج قاسم " پنجاه و شش ساله از هم نفسی با جوانی بیست و پنج ساله، داشت چل چلی دومش را آغاز می کرد وعین قالی کرمان رنگ بازکرده بود. در حالیکه مادر چهل و چهار ساله من، چندین ماه از مرگش می گذشت. زندگی آرام و قشنگ ما، چون نیستانی آتش گرفته، داشت خاکستر می شد. برادرچهارده ساله ام یادگار عزیز مادرم ، روی دستم بود، بایستی بجائی رسانده می شد. به پدرامیدی نبود. من بایستی آستین ها را بالا می زدم. چند روزی بود حال پدرخوب شده بود. بنظرمن سرماخوردگی یک بیماری

نیست یک کسالت است و بسته به آدمش و نازکشی که داشته باشد، سبک و سنگین می شود.

پدر به فرشته پیغام داده بود تا به محل کارش بروم. می خواهد با من حرف بزند. معمولن در اینگونه مواقع کنجاوی جان آدم را به مور مور می اندازد. ولی من هیچ علاقه ای به شنیدن حرف های او نداشتم و اگر تتمه حرمتش نبود، اصلن به دیدنش نمی رفتم.

" اکبر! ماشا تو دیگه مردی شده ای، دیپلم ات را هم گرفته ای، موقعش رسیده که مستقل زندگی کنی."

نگذاشتم به روضه خوانیش ادامه بدهد. کم و بیش انتظارش را می کشیدم. حق داشت، به هر شکل غزالی را شکارکرده بود. نمی خواست در دید و تیرس نا محرم باشد.

" بسیار خوب پدر، دراولین فرصت. "

" کمکت می کنم، دست برادرت را بگیری و خانه ات را جدا کنی. "

هرگز پدر را به این سرحالی و چابکی ندیده بودم . مثل اینکه مرا نمی دید، حتا نگفت که بنشینم، سرپا حرف هایش را گفت و خودش را مشغول کاری دیگر کرد. واقعن داشت با دمش گردو می شکست. ساختار قبلی زندگیمان از هم پاشیده بود و من بایستی از صفر شروع می کردم.

بسیار سرد از هم جدا شدیم. تصمیم گرفتم بدون کمک از او راه خودم را بروم. باخاله ام که در شهرستان دیگری، زندگی روبراهی داشت.تماس گرفتم وخلاصه ماجرا را برایش تعریف کردم و به اوگفتم تا اجرای تصمیم نهائیم که کوچ از کشور است، می خواهم نزد او بروم. موافقت توام با استقبال، و حتا خوشحالیش، نفسم را جا آورد. مانده بود برادرم و نمی خواستم به او فشار بیاورم. وضعی را که در انتظارمان بود برایش توضیح دادم، حرفی نزد. هنوز در تکان مرگ مادر بود. خوشبختانه به پایان سال تحصیلی چیزی نمانده بود. رفتم مدرسه سراغش، بیرون که آمد بردمش خانه. چنان آرام وارد شدیم که فرشته متوجه نشد. صحبت های پدر و تصمیم خودم را با او در میان گذاشتم. بر خلاف تصورم، برخوردش بسیار آگاهانه بود. و گفت:

" هر چند از مادر دور می شویم، ولی چاره ای نیست. از خانه ای که بیرونت

می کنند، مگرمی شود ، چمدانت را بر نداری؟ ضمن اینکه در هرگوشه وکنار آنجا، چهره درد کشیده و تحت فشار مادر به چشم می خورد. "

و گفت:

" اکبر! به خانه خاله که رفتیم، اگر هرچه زود تر کاری پیدا کنی تا بتوانیم درخانه خودمان باشیم خیلی بهتر است. منهم تابستان را کمک می کنم. "

و با طنزی که انتظارش را نداشتم، ادامه داد:

" بگذار پدر خوش باشد! "

من دیگر پدر را ندیدم. مانده سال تحصیلی را، برادرم بدون من درخانه پدر ماند. خاله دو بار زحمت سرزدن به او را به عهده گرفت. روزی که با یک چمدان خانه پدری را ترک کرد، فهمیدم تمام زندگی ما، دو چمدان بوده است، که هر کدام یکی از آنها را به کول کشیده ایم. آن خانه که وجب به وجبش را مادر تمشیت کرده بود و ما کودکی و نو باوگی خود را با چه شور و شوقی درآن گذرانده بودیم، ماند برای پدری که او هم دیری نپائید.

باد گرفته بر آتش نیستان خیلی سریع همه چیز را خاکستر کرد. نا مهربانی و تعدی، فضای زندگی ها را کدر کرده بود، مراودات خشن و تهی ازمروت حاکم بر روابط اجتماعی، دستان هرکس را فقط برای نگهداری کلاه خودش بالا برده بود و در چنین وضعی من به دنبال آرامش بودم، تا آغاز کنم.

با پایان سال تحصیلی آن سال، فصل غم انگیز و بد فرجام زندگی ما، کاملن بسته شد، در حالیکه جای آن چون سالکی بر مغزمن حک شده بود. استقبال خاله و شوهرش، یکبار دیگرگرمای بودن را به ما نشان داد تا با زندگی آشتی کنیم. کم کم داشت تخم عشقی واقعی نیز، درلم یزرع وجودم که امیدی به باروری آن نداشتم جوانه می زد. قسمت مستقلی از خانه آنها به من و برادرم واگذار شده بود وما که بوی مادررا با وجود خاله ای مهربان با خود داشتیم، با تمام نیرودرتلاشی سازنده بودیم.

با ترک آن خانه، فرشته راهمراه پدراز یاد بردم و هیچگاه هم علاقه ای به دنبال کردن مسئله نداشتم. آن روز که پدر به من تکلیف کرد خانه را ترک کنم، عهد کردم برای آرامش خیال اوهرگز نام فرشته را حتا در ذهنم نچرخانم. ولی دریافتم چه زود می شود یک ساخته را سرنگون کرد و روالی جا افتاده و زیبا را از هم

توچاند...

و البته این را نیزفهمیدم که همیشه می شود از نو شروع کرد. وقتی یکبار دیگر صدای زیبائی، به نرمی و دلنشینی یک نسیم، بهنگام دیدن عکس کودکی من گفت:

" اکبر چه ناز بودی"

فهمیدم پیامم را گرفته است و در یافتم که من هم می توانم شکارچی خوبی باشم. ولی شکاری خانگی و مناسب .

و حالا، سال ها از آن روز های پر تلاطم می گذرد، و من در کنار دختر خاله و تنها فرزندمان زندگی آرامی را می گذرانم....و کمتر پشت سرم را نگاه می کنم.

برای سینما رکس آبادان

# شب گوزن ها

خُنَکی دوش آب سردی که بیش از نیم ساعت روی سرم ریخته بود، کم کم در همه بدنم می دوید، و فشار گرمای نفس گیر را کم می کرد.
حرارت طاقت سوزمرداد ماه، شهر را همچون تنوری بزرگ می گداخت و روز پایانی نداشت.
فریاد درد آسفالت تاول زده خیابانها، که زیر چرخ اتومبیل ها پوست می انداختند، از هر سو بگوش میرسید. و همه چیز از ورای تَف زمین گُرگرفته، لرزان و مواج دیده می شد.
بوی نخل نر، فضا را انباشته بود و چنبره چتر برگ ها، گرده های منتظر پرواز را ازدید نا محرم نور پنهان می کرد.
شرجی، همانند بختکی سمج، حلقوم شهر را می فشرد و نسیم وصال را از نخل های ماده دریغ می کرد.
لرزش امواج ریز " اروند رود "، بوی ماهی زنده را در همه جا می پراکند.
پالایشگاه خاموش، چون جنگلی از فولاد نیمه سوخته بر پا بود .
" آبادان " بیمار و زخمی، محصور در آبها، تشنگی را تحمل می کرد و حکایت رونق گذشته را بر پیشانی داشت.
به دیدار "فرخ " رفته بودم. درخانه ای که در محله " نخلستان بِرِیم" دست و پا کرده بود، حال و گذشته را با هم داشتیم. پس از بازگشت به آبادان، اصرار داشت

چند روزی را با او باشم. سالهای جوانی را با هم در این شهر گذرانده بودیم. من، مدتها قبل از همه ماجراها، از آنجا رفته بودم. ولی فرخ، تا آخرین روزهای سر زندگی " آبادان " در آنجا ماند و همه چیزش را هم در آنجا از دست داده بود.

در آن شب هولناک، نوبت شب کاری داشت. در برق رسانی پالایشگاه مشغول بود، و می دانستم که بی شک در این رابطه است که به اینجا آمده است. اما من کوشش می کردم که کمترین یاد آوری و اشاره ای نکنم. بیم از شروع و مرور داشتم، ولی او، فقط به همین منظور آمده بود. ده پانزده روز قبل از من، آمده بود و می دانستم که تا آخر مرداد خواهد ماند. می گفت:

" می خواهم بیشتر عکس بگیرم، وگزارش تهیه کنم. می بینی که آبادانی وجود ندارد، خرابه شده است. باید کاری کرد. "

اما در حقیقت آمده بود تا روز های زیادی از گذشته را، در محل، در ذهنش، باز سازی کند و آلبوم خاطراتش را ورق بزند. مرا خوا سته بود که مخاطب داشته باشد. نیاز داشت تا در هر موردی حرف بزند. روی تخت دراز کشیده بود، و خودش را به باد ناکافی پنکه گردانی که با بی میلی می چرخید سپرده بود. ولی می دانستم آنجا نیست.

چراغ روی میز تحریر، اوراق درهمی را روشن کرده بود، وروی همه آنها، یاد داشتهای نیمه تمامی بچشم می خورد. نیم خیز شد و دستش را ستون سرش کرد. روی مبل، کنار پنجره نشسته بودم و بیرون را نگاه می کردم . او بدون نگاه به من گفت:

" شاید این هزارمین گزارش باشد. اشکال درشناخت نیست، نمی خواهند و یا شاید نمی توانند درمان را شروع کنند. "

و با بدرقه ای از آه ادامه داد:

" هرچند دیگر، درمان هم افاقه نخواهد کرد. اشکال در نبود آدمهای سابق است. آنهائی که اکثرن دستچین شده بودند. ولی بایستی رو براه  بشود، بایستی رونق بگیرد. امکانش هست. آخرحیف است، در فضای اینجا بوی عشق سرگردان است."

نگرانش شدم. از آن همه موهای مشکی پر پشت یادگار محوی بر جای مانده بود، تنک، جوگندمی، و اصلاح نشده. برف پیری زود رس بیشتر بر سبیل و شقیقه

هایش، نشسته بود. چشمانش کماکان برق سابق را داشت. آهنگ مردانه صدایش، همچنان شمرده و گیرا بود. بیانش از کلمات بجا و به موقع عاری نشده بود ومثل گذشته شنونده را مجذوب می کرد. طنز خاص خودش را حفظ کرده بود، هرچند از لابلای اندوه جاگیر شده در جانش، به ندرت خودش را نشان میداد. رگهای پشت دستتش بالا آمده بود وقلم را قدری لرزان نگه میداشت. عینک دودیدش را همیشه برچشم داشت و آب دهانش را بیشتر از معمول قورت میداد. می خواستم بَرَش دارم ببرمش کنار " اروند رود "، می خواستم به اتفاق بیشتر شهر را بگردیم، تا اگر بشود بنحوی افکارش را منحرف کنم. اما روز مثل همه روزهای مرداد ماه قد کشیده بود و با دستان درازش، خورشید را درآغوش داشت وگرما را به تمامی تن شهرمی کشید، و راه تنفس را می بست.

" من به عنوان دانشجوی دانشکده فنی آبادان به اینجا آمدم، یادت هست؟ "

و بی انتظار پاسخ، ادامه داد:

" سرما را خوب می شناختم، دراین شهر با گرما و حرارت آشنا شدم، با گرمای عشق و شعله های سوزنده اش. "

در تلاشی بی حاصل، برای رشته ای که داشت به جاهای باریک کشیده می شد، سر به سرش گذاشتم:

" مثل امروز، که داریم دو باره تجربه می کنیم. نمی دانم این چند مین بار است از گرما پوست می اندازیم ."

سرش را از روی دستش بر داشت، روی تخت نشست . نگاهم کرد و نا مربوط جوابم داد:

" اگر انجمن عکاسی بود، عکسهائی را که گرفته ام، خودم ظاهر می کردم تا بتوانم گزارشم را زود تر تنظیم کلم. "

سه ، چهار روزی بود آمده بودم . امروز قرار بود برویم شهر را بگردیم. می گفت:

" خیلی دور نمی رویم، شهر یک محل بیشتر ندارد، جاهای دیگرش دیدنی نیستند. "

بطرفم آمد، دستش را روی پشتی مبلی که روی آن نشسته بودم گذاشت، سرش را پائین آورد و همراه من از درون پنجره، بیرون را نگاه کرد و در گوشم به آرامی

گفت:

" کجا را نگاه میکنی؟ پاشو لباس بپوش برویم ( تاج محل ) "

خوب متوجه شدم که چه می گوید ومنظورش از ( تاج محل ) کجاست. یکه خوردم،
وچند بار در ذهنم چرخاندم. تاج محل! رفتم از ایرج برایش بخوانم :

" مدفن عشق جهان است اینجا.....یک جهان عشق نهان است اینجا "

ولی نخواستم از آنچه که هست بی تاب ترش کنم. بدون آنکه نگاهش کنم، خشک
جوابش دادم:

" هوا خیلی گرم است، حالا نمیشود بیرون رفت ."

و باز سر به سرش گذاشتم:

" پس ما هندوستان هستیم و خودمان نمی دانیم؟ "

ملایم به کتفم کوبید و رفت روی تخت نشست و خودش را با تکه پاره ی روزنامه
ای که معلوم نبود، مال چند سال پیش است مشغول کرد و آرام گفت:

" تاج محل هندوستان مدفن یک عشق است، ولی این تاج محل، نه مدفن که قتلگاه
صدها عاشق است در اینجا عشق را سوزاندند."

مانده بودم چه بگویم و چه واکنشی داشته باشم .خودم هم منقلب شده بودم . گرما
داشت خفه ام می کرد . پیراهنم را در آوردم و تن عرق کرده ام را به باد پنکه
سپردم.

همانطورکه روی تخت نشسته بود سرش را به دیوار تکیه داد، و برای خودش
حرف زد:

"...نمی دانم چرا در تقویم ها، حتا روز عطسه کردن بعضی ها را به عنوان یک
واقعه نوشته اند ولی به این واقعه، هیچ اشاره ای نشده است."

مدتی ساکت ماند، تکه روزنامه را دوریکی از انگشتانش می پیچید و باز می کرد.

آرام گفت:

" لوله شد "

و بعد آنقدر ساکت ماند تا برخاستم و به سراغش رفتم:


" فرخ! من توی این گرما، نمی توانم بیرون بیایم، دلخور نشو. ضمن اینکه شهر
خیلی جاهای دیگر دارد که پس از جنگ باید رفت ودید. باید همه خرابی ها و

ویرانی ها را دید، بخصوص برای من که گمان نمی کنم، دیگر به این شهر بیایم. ضمنا پس فردا بر می گردم، توهم بیا برویم، نگران آبادان نباش، بالاخره درستش می کنند. "

همانطور که با تکه روزنامه بازی می کرد دنباله حرفم راگرفت:

" که می خواهی، نیامده برگردی، ها؟ تو فکر می کنی تعادل درستی ندارم، فکر می کنی حرفهایم نا مربوط است. اگر فقط یک لحظه، خودت را جای من بگذاری و همه زندگی مرا که خوب می شناسی و می دانی، درجانت بریزی، متوجه می شوی چرا اینجا هستم، چرا می خواهم بیشتر اینجا باشم، وچرا دلم می خواهد هرچه زودتر آبادان را روبراه کنند، تا بشود تاج محل را بنا نهاد..من همه چیزم اینجاست، اگر هم بروم جسمم را بیرون می کشم، روحم برای ابد اینجا، مجاوراست. "

چشمانش خیس بود. ازفلاسک چای پر رنگی برای خودش ریخت و رفت پشت میز تحریر، فنجان چای را روی میز گذاشت و به صندلی تکیه داد.

- خسته روی مبل افتاده بودم که آمد تو. با شرمی که وجودش را پر کرده بود، ساکت جلویم ایستاد، و پس از چند لحظه گفت:

" پدر اگر اجازه بدهی، امشب می خواهم با چند تا از دوستانم بروم سینما. "

موافقت نکردم و به او گفتم :

" بگذار هفته بعد با هم می رویم، این هفته نوبت شب کاری دارم. "

زهره، به دنبالش آمد و پا در میانی کرد:

" امشب را بگذار برود، چند تا دوست هستند، می خواهند با هم با شند. آخر هفته هم اگر حوصله اش را داشتی به اتفاق برنامه می گذاریم "

گفتم:

" دلم نمی خواهد بدون ما برود، هنوز زود است که تنها باشد. "

و زهره قول داد که همراهیش کند.

آرنجش را به میز تکیه داده بود، چانه اش را درمشت داشت و پلک نمی زد. مثل اینکه دنباله حرفش را نگاه می کرد. احساس می کردم منهم حضور دارم و آن آخرین دیدار و مکالمه را می بینم و می شنوم.

فرخ بی حوصله تکان می خورد و زهره، دستِ سهراب را گرفته بود و داشت از اتاق خارج می شد.

آرنجش را از روی میز برداشت، با انگشتانش موهایش را چنگ زد، چراغ روی میز را خاموش کرد، به صندلی تکیه داد و بازوانش را از اطراف آن به نوسان درآورد. و به دنبال نفسی چون آه، ادامه داد:

" با دست خودم روانه شان کردم. زهره را من همراهش فرستادم، زهره خوش شانس را، که اگر نرفته بود، نمی دانم چه می شد."

آمدم چیزی بگویم، ولی ساکت ماندم. دلم نیامد و نمی خواستم با حضور خودم، جوّی را که در آن دست و پا میزد، تغییر بدهم.

" آمدن و رفتنشان همه زندگی من بود با زهره شروع شد، و با سینما رفتنشان پایان یافت .عجبا که من هنوز هستم. "

درمانده شده بودم، نمی دانستم چکارکنم، فرخ داشت یکی از درد ناکترین ماجرا هائی را که می دانستم، نقاشی می کرد. باید کاری می کردم. می دانستم که هیچ واکنشی تاثیر ندارد. دلداری مسخره بود، هم پائی هم، نه می توانستم و نه می خواستم. فرخ برای من دوست و یادگار عزیزی از گذشته بود و بار قسمتی ازخاطراتم را حمل می کرد و زنجیر این دوستی مرا با همه گرفتاریهائی که داشتم، به خواست او به اینجا کشانده بود.

وقتی از اینجا رفتم و ماجراهای پشت سرهمی آبادان را لورده کرد و در هم پیچاند، تصمیم نداشتم دیگر به این شهر برگردم. می خواستم همان تصویر خوبی را که در ذهن داشتم، مثل عکسهای دوران جوانیم، برایم باقی بماند. ولی با آگاهی از زندگی و ماجرای فرخ، وقتی مادرش پیغام او را به من داد، بی درنگ راه فتادم . آمده بودم تا تنها نباشد. آمده بودم او را در کشیدن بار مرور گذشته ای که همه زندگی او بود، یاری کنم، ولی خودم داشتم فرو می رفتم.

سکوت فرخ فرصت داد خودم را پیداکنم. یکبار دیگر درتلاشی بی حاصل مسیر حرف را تغییر دادم.

" توی این گرما چای نمی چسبد. "

زیرلب پاسخ داد:

" اما وقتی خوردی، حالت را جا می آورد. "

" پس بگذار فنجان دیگری برایت بیاورم. "

" نگران من نباش حالم روبراست، بخصوص وقتی ازآنها حرف می زنم. من تا زنده ام با آنها خواهم بود. همه این شهر برای من تاج محل است. در هر گوشه اش زندگی من با آنها جریان داشته است. و حالاهم در تمامی فضای اینجا بوی آنها در پرواز است و همیشه هم خواهد ماند."

تصمیم گرفتم پا بپایش بیایم و بگذارم راحت با آنها باشد. از یخچال کوچک کنار اتاق، کمی یخ برداشتم، لیوانی آب سرد روبراه کردم و رفتم کنارش، تعمدن صدای یخ توی لیوان را درآوردم تا توجهش، و شاید هوسش را جلب کنم. گمان می کردم در ان هوای گرم، آب سرد بگذارد در فضای بهتری کنار بیائیم. ولی او، محصور در شعله های آتشی که آتش بجانش زده بود دست و پا می زد، و از ورای آن و از درون آن صحبت می کرد.

" اگر آنشب با آنها بودم."

نگذاشتم حرفش تمام شود، و با کمی دلخوری گفتم:

" حالا تو هم نبودی و همه چیز تمام شده بود."

از قساوتم بدم آمد، چندشم شد، و با خودم فکر کردم: پستی چقدر می تواند آزار دهنده با شد. بالای سرش ایستادم با لیوان آب سردی که کاری از پیش نبرده بود. احساس می کردم داغی روز، همراه با شعله هائی که همه زندگی فرخ را سوزاند، همچون سُربی مذاب، در تمامی رگ هایم جریان یافته است. حالم از خودم بهم می خورد، نمی دانستم چکارکنم. هر حرف و حرکتم، فاصله ام را با او بیشتر می کرد. او از پرواز و شکوه عشق و حرمت دوستی حرف می زد، و من ناتوان از همراهی. او درعمق و همراه با همه وقایع به طواف مدفن عشق می رفت. به قصد ترمیم، ساکت روی لبه مبل نشستم و با نگاه از پنجره بیرون رفتم وگذاشتم تنها باشد. در پایان مراسم عروسی همراه با فرخ و زهره، و تعدادی از دوستان، سوار بر قایق موتوری، اروند رود، را گشت زدیم. آن شب من همه کاره بودم و همه بر و بیا ها را فرمان می دادم. چقدر زهره خوشحال بود، وچقدر فرخ روبراه و شاد بود. با صدای بوق کشتی که از قاب پنجره نمی توانستم آنرا ببینم، یادم آمد آن شب روی همین آب همیشه در حرکت، با جمع دوستان، وقتی ازکنار یک کشتی تجاری

که تازه لنگر انداخته بود گذشتیم، ناخدا، عروسی ما را دید و با چند بوق ممتد خوشحالمان کرد.

حالا همه چیز تمام شده است، مدتهاست تمام شده است، از همان شب واقعه. تحملم زیر بار حرف های او مثل فانوس تا شده بود. آزردگی او داشت کلافه ام می کرد. به قصد دلجوئی، و بیشتر برای اینکه خودم را راضی کنم، رفتم صورتش را بوسیدم. طعم شور گونه هایش، عمق رنجی راکه می کشید بر لب هایم چسباند. به دستشوئی رفتم. آبی به صورتم زدم و مدتها چهره ام راکه سخت خسته می نمود در آینه نگاه کردم. وقتی برگشتم، داشت گونه هایش را پاک می کرد. چند قطره آخر چای را سرکشید و روی تخت نشست ، به دیوار تکیه داد و مرا نگاه کرد. در نگاهش آشتی را خواندم. می دانستم که این قلب رئوف، تحمل رنجش و قهر را ندارد ودلم سوخت که چرا همیشه سنگ به در بسته می خورد و از ذهنم گذشت:

" چرا زندگی ، همیشه با عشاق واقعی، عناد داشته است. "

موقع را برای صحبت مناسب دیدم:

" فرخ اگر بیائی با هم بر گردیم، قول می دهم دفعه بعد را با تو باشم، با هم خواهیم آمد، هر وقت تو بخواهی. "

نگاهش را از من بر داشت، سرش را پائین گرفت، و با صدائی که مشکل شنیده می شد گفت:

" که دیگر اینجا برایت جاذبه ای ندارد؟ عجله داری برگردی؟ ولی باید قول بدهی که اسفند بیائی. زیبائی اسفندِ اینجا را هیچ کجای دنیا ندارد ."

همراهیش کردم:

" کاملا درسته! بهار این شهر با اسفند می آید، و طراوت را با دنیائی از گلهای " محمدی " به همه شهر می پاشد. قول میدهم تمام اسفند آینده را در اینجا با تو باشیم. "

از اینکه خوشحالش کرده بودم، احساس راحتی می کردم.

روی تخت نشسته بود و به دیوار تکیه داشت، پا هایش را دراز کرد و نگاهش را به پنجره ، به سوی اروند رود چرخاند و هیچ نگفت. منهم حرفی برای گفتن نداشتم. ریزش بی وقفه گرما از شاخه های نور ادامه داشت و زمین قهوه ای شده بود. همه

چیز در آستانه ی سوختن بود، ولی شرجی داشت کوتاه می آمد و گه گاه نسیمی از درون اتاق می گذشت و شکوه زندگی را یاد آور می شد. در بیرون از خانه پرنده پر نمی زد و جز صدای عبور گه گاه اتومبیل ها، سکوت شهر را در خود داشت.

"... سالها قبل، آن وقتها، که همه چیز جای خودش بود و رنگ و بوی دیگری داشت و می شد بی دلهره دوست داشت. آن موقع ها که خنده گناه نبود و شوق موج می زد، آن سالهای خوب که با خودمان بیگانه نبودیم، و زندگی رونق دیگری داشت، و می شد عشق را فهمید و به آینده نگاه کرد. "

برای خودش حرف می زد و حضور مرا باور نداشت. گذاشتم تنها باشد. پشت میز تحریر نشستم سرم را پائین گرفتم .  خودم را با خطوط درهمی که می کشیدم، مشغول کردم، ولی تمام حواسم به او بود. داشت مرا هم با خودش می برد. یاد آوری آن سالهای خوب مجذوبم کرده بود، برخاست. لیوان آب را که دیگر یخی در آن نبود سر کشید و دو باره به همان وضع روی تخت، تکیه به دیوار، پایش را دراز کرد. سکوت را نمی خواستم، ولی بیم داشتم تفاهمی را که داشت بارور می شد خراب کنم.


" گمان نمی کنم تو ماجرای آشنائی ما را بدانی، یادم است آن سال عید اینجا نبودی." بدون شک با من بود، ولی به این اکتفا کردم که سرم را بالا بگیرم و نگاهش کنم.


" غروب یک روز اواخر اسفند ماه، حاشیه ی کوچه باغهای همینجا را ( نخلستان) را گرفتم و پیاده راه افتادم، شمشاد های همیشه سبز پرچین ها را تازه آرایش کرده بودند، ردیف، یک اندازه، با برگهای شسته شده ازنم بارانی که تازه بندآمده بود. بوی چمن ماشین شده، نخل های افراشته و بوی عید در راه، فضا را از زندگی انباشته بود."

و حالا داشت آنچه را که گمان میکرد نمی دانم، برای هر دویمان تعریف میکرد، و بیشتر برای خودش. از گذشته ای صحبت میکرد که دیگر نبود، ولی تبلور زندگی را در خود داشت.

" همانطور که گفتی، بهار در آبادان با اسفند می آید. من در بهار آن سال، یک روز

غروب راه افتادم، رفتم " میلک بار". هم جائی این بار با کتابفروشی طبقه پائین کشش خاصی داشت. با کتابها و مجلات که ور میرفتی، بوی قهوه تازه و موسیقی آرامی که دائم در ترنم بود وسوسه ات می کرد. پله را میگرفتی میرفتی بالا، همیشه چهره های آشنا در انتظار بودند. جای ترو تمیز و مناسبی بود. پاتوق بود. گوشه دنجی را گرفتم و سفارش قهوه دادم. مجله ای را که از پائین آورده بودم، بازکردم و مشغول شدم."

نمی دانستم چرا جزئیات را می گفت. من هم مثل او در این شهر زندگی کرده بودم. ولی ادامه که داد، دریافتم دارد صحنه را دوباره سازی می کند حالت آدمهای نشئه را داشت.

" بهار در آبادان، مثل اکثر شهرهای جنوب، زودتر می آید. شهر تحمل زمستان را ندارد، آمده نیامده روانه اش می کند، بهار کوتاه اما دل انگیز با اسفند می آید. نمی دانم چه حکمتی است که همه ی بهار های دل انگیز کوتاه و زود گذرند."

گریز هایش، نشانه هائی از سرکشی های آتش درونش را داشت. فنجان خالی چای را برداشت، سرازیر دردهان بازش نگه داشت، و آنرا چلاند. عبور آخرین قطره مانده را زیر پوست گلویش به وضوح دیدم.
نیمه مانده قهوه ام را، سرکشیدم. پیانوی "کلایدر من" سکوت را همراهی می کرد. بغضم گرفته بود، سنگینی همه ی باخت ها را روی سینه ام داشتم، مدتی بود از جایمان تکان نخورده بودیم. روز در تدارک رفتن بود و شهر می رفت که خودش را پیدا کند. پیدا کردنی که هیچ شباهتی به گذشته نداشت.
بوی خاک نم خورده در فضا جا باز می کرد و نشانی از وجود همسایگانی بود که آب را به اطراف خانه های خود می پراکندند تا حفاظی بین خود و گرما به وجود بیاورند. چهره فرخ، آراسته و مصمم بود. داشت به میعاد گاه می رفت. بود و نبود من تاثیری نداشت.
" آن سالها، از اوایل اسفند ماه، توریست های داخلی، شوق را با خود می آوردند،

و صدای شادی را، خنده را، گشت و گذار را، رنگ های دل انگیز را، میهمانی های مرتب را و شب نشینی های خاطره انگیز را، درباشگاه ها، درفضای باز، بر روی" کارون "، " اروند رود " ، و " رود خانه ی بهمنشیر" در همه جا می پراکندند....و ادامه داشت تا اواخر فروردین ماه. "
آب دهانش را با تانی قورت داد.

" انگار همین دیروز بود، تمام لحظاتش، روشن و واضح جلو چشمم است، سرم را که بلند کردم، چند میز آن طرف تر، با دوستانش نشسته بود، تلاقی نگاههایمان همه چیز را در خود داشت. دستپاچه رفتم به طرفش.... "

برخاست، اتاق را قدم زد، کنار یخچال ایستاد. مثل اینکه دویده باشد نفسهای تند و سنگین می کشید. کمی آشفته به نظر می رسید. کماکان حضورمن را نشان نمی داد. کاملا برای خودش بود. آخرین پرتوهای نور، سهم مارا از پنجره به رویمان می ریخت و صورت فرخ درپناه آن رنگ باخته بود. کمی که آرام گرفت، یک پایش را روی صندلی کنار میز تحریر گذاشت. چراغ روی آن را روشن کرد و بسیار ملایم و شمرده ادامه داد.
"... چند شب قبل از آن غروب درمیلک با، او را درشب نشینی باشگاه ( گلستان ) دیده بودم . با استفاده از تعطیلات نوروز، به اینجا برای دیدار برادرش آمده بود. دل به دریا زدم و ازش تقاضا کردم که با من برقصد. با شرمی که کارم را ساخت، دستش را به سویم دراز کرد. و عشق را با رایحه ملایم عطر یاس که از همه وجودش بیرون می زد، در جانم ریخت.
آمدنش وزش نسیمی لطیف، سبک و دل انگیز بود، که تا آمدم تمامی وجودم را از آن پر کنم، از در دیگر رفت و با خودش میوه عشقمان را نیز به همراه برد."
پس از چند لحظه سکوت، بطرفم آمد، دستش را روی شانه ام گذاشت و دقیقا خطاب به من گفت:
" و محل پر کشیدن آنها، بیاد ماندنی ترین محل این شهراست. آنجا، برای من، مکان مقدس عروج عشق است و تا هستم به طوافش خواهم آمد."

# ماخولیا

وقتی پرستار برای چند مین بارآمد بالای سرش، دومین تزریق مرفین کارخودش را کرده بود و از پیچ وتاب درد کلافه کننده ای که امانش را بریده بود و استفراغ های مداومی که گلویش را می فشرد وقصد داشت خفه اش کند، خبری نبود. قطرات سرم مثل تکانهای ثانیه گردی تنبل به آرامی در رگ دستش سرازیرمی شد. با برطرف شدن فشارخردکننده دردی که بیش ازچهار ساعت توانش را بریده بود، مثل اینکه سنگین ترین بار را زمین گذاشته باشد ، احساس آرامشی سبک و راحت داشت. با پشت دست صدای زبری صورت اصلاح نشده اش را درآورد و با لبخندی کمرنگ از پرستار تشکر کرد.

" قبلا هم این درد را داشته ای ؟ "

- نه ، این اولین بار است ....هرگز چنین درد سنگینی نداشته ام.

" از کی شروع شد ؟ "

- از حدود یک بعد از نیمه شب.

" پس چرا اینقدر دیر مراجعه کردی ؟ "

- کسی را نداشتم همراهي ام کند ضمنن فکر کردم دو تا آسپرین خورده ام، خوب می شوم.

" اما دیدی که حتا، اولین تزریق مرفین هم چاره ساز نبود. "

- بله، از آن درد های مرد افکن است.

" ولی طاقت زن ها، در کشیدن درد، هر نوع دردی، بیشتر از مرد ها است."

- گمان نمیکنم.

" چرا، گمان کن "

- حالا که تو می گوئی قبول می کنم.

" مردها بیشتر تظاهر می کنند، پایش که بیفتد، از ضعفشان ....چه بگویم ..."

- درسته، گاهی اوقات، ضعفشان خوب به چشم می خورد.

" موضوع فقط بچشم خوردن نیست، گاه خجالت آور است "

- چه دل خونی از مردها داری، خوب شد با یک تزریق راحتم نکردی.

" من آدم کش نیستم، پرستارم، مثل اغلب زن ها."

- بهر حال من یکی خیلی ممنونم، چون واقعن داشتم ازدرد میمردم . ببینم ، حالا معتاد نمی شوم ؟ آخر دوتا مرفین تزریق کرده اند.

" نه مرفین ونه هیچ داروی اعتیاد آور دیگری، وقتی که بهنگام درد شدید تجویز می شود اعتیاد نمی آورد....جالبه، نه ؟ "

- کی مرخص می شوم ؟

" گفتی کسی را نداشتی همراهي ات کند، پس آن خانم که تو را آورد کی بود؟ "

- خانم تنها نبود، خانم وآقای همسایه ام بودند. از بس ناله کردم، به آهستگی درخانه ام را زدند و گفتند اگربخواهم مرا به بیمارستان به قسمت اورژانس می رسانند. به اینجا که آمدم، از زوردرد و استفراغ نمی توانستم حرف بزنم . خانم به جایم صحبت کرد. پرستار دیگری مرا تحویل گرفت و آورد تو، خیالشان راحت شد، خداحافظی کردند و رفتند.

" به چیزی حساسی ؟ "

- نمی دانم. گاهی اوقات ازچیزهائی ناراحت می شوم.

" منظورم دارواست، آیا به داروئی حساسیت داری ؟ "

- تقریبن تاحالا مریض نشده ام. داروهم زیاد استفاده نکرده ام، ولی گمان نمی کنم که به داروئی حساسیت داشته باشم.

" سابقه فامیلی نداری ؟ "

- از زیر بته که در نیامده ام ، حتمن فامیل دارم.

" خوشمزگی نکن، منظورم، بیماری های فامیلی است، دیابت، صرع، سل، درد کلیه ، بیماریهای قلبی و...."

- من خوشمزه نیستم، تو سئوال ها را ناجور مطرح میکنی.

" می دانی اگر به تور پرستار دیگری می خوردی، اول سئوال بود و بعد داروی ضد درد؟ و تو بایستی با همان پیچ وتاب به سئوال های او جواب می دادی ؟"

- خب، آدم همه اش که بد نمی آورد، گاهی اینجوری می شود. این را می گویند شانس؛ ساعت پنج صبح، توی اورژانس بیمارستانی در حاشیه شهر، پرستاری خوشرو، مهربان و خوشگل، آنهم از دیار خودت بیاید بالای سرت ...

" طبق دستور پزشک کشیک، کمی خون می گیرم می فرستم برای آزمایش، تا چند دقیقه دیگر هم، میروی بخش رادیولژی تا عکس ساده ای از کلیه هایت بگیرند. همه این ها را طبیب معالج مطالعه می کند و دستور نهائی را می دهد. امید وارم موضوع مهمی نباشد. در اینصورت امروز بعد از ظهر مرخص می شوی. "

- تو کشیکت کی تمام می شود؟

" یکی دوساعت دیگر ، اگر مجددن درد داشتی، اطلاع بده، به هرکس که دم دستت بود. معمولن روی تخت های اورژانس زنگ اخبار نیست، مرتب پرستارها در رفت وآمد هستند."

- ممکن است باز این درد کشنده بیاید سراغم؟

- بله ممکن است. ولی لازم نیست که تو پیشا پیش ناراحت بشوی. دستت را مشت کن تا اگر رگی پیدا شد بتوانم کمی خون بگیرم. "

- می خواهی بگوئی بی رگم ؟

" می خواهم بگویم اینهمه چربی جمع نکن، کمی هم تحرک داشته باش. "

از رادیولژی که برگشت، هیچ چهره آشنائی ندید. کشیک جدید کارش را شروع کرده بود. از درد هم خبری نبود، و به احتمال، بعد از ظهر بیمارستان راترک می کرد. پشتی تخت را بالا آورد، بحالت نیمه نشسته به آن تکیه داد و شروع کرد به چرخاندن سر. باتمام شدن کرختی تاثیر مرفین، کم کم خودش را پیدا می کرد، و همراه با آن تصویرمحو پرستار، مثل این که در محلول ظهور گذاشته شده باشد به آهستگی در ذهنش شکل می گرفت و پر رنگ می شد . دستی به محل فرو رفتن

سوزن کشید، اطراف آن را، جائی را که پرستار برای پیدا کردن رگ کاوش کرده بود با دقت نگاه کرد و یادش آمد که موهای کوتاهی داشت وگفته بود :

" چربی هایت را آب کن "

خودش را بر رسی کرد .

- چرا فکر کرده بود که آدم کم تحرک وتنبلی هستم؟ حتمن وقتی که گفتم خوشگلی، فهمیده بود که نظرم را گرفته است، و خواسته بود بگوید همراه شدن با من تلاش می خواهد، تحرک می خواهد، ولی تو نداری. چربی های اضافی نمی گذارند ضربان رگهایت رسا و کافی باشد.

- ولی من چربی زیادی ندارم، شاید با خودش مقایسه کرده بود. اندامی ترکه ای و کشیده، و انصافن خوش تراش، چهره ای جمع و جور و مینیاتوری، گردنی بلند وخوش حالت که با خم زیبائی به شانه ها می رسید، انگشتانی ظریف و کارشده، و با چاشنی حرکاتی موزون و تحرکی نرم و چالاک.

- اما خوب است آدم یک پرده گوشت هم داشته باشد. ولی بدبختی این است که وقتی پرده اول آمد نمی شود جلو دارش شد، واضافاتش میشود چربی و حتمن جلو تحرک را می گیرد.

- ولی اشکال فقط چربی اضافی نبود، هرچه خواست بارم کرد، حتی گفت، چقدر لوس و بی مزه ای. دستش را روی پیشانی گذاشت و آن چند دقیقه ای را که با او بوده دوباره مرور کرد. به دنبال بارقه ای می گشت.

- او حتی گفته بود مردها کم جنبه اند، درد را بیشتر بروز می دهند ودست رد به سینه ام زده بود.

- حتمن توقع داشت بیشتر ازش تعریف کنم. این گناه من نبود، اولش درد نمی گذاشت، بعد هم مرفین. خودش هم مرتب تو ذوقم می زد.

- واقعن پرستارها چه حوصله ای دارند. با همه ناله ها و فریاد های بیماران می سازند، با رگهای نا پیدا وچربیهای زیادی کنارمی آیند و حتی مریض هائی را که تحت تاثیر مرفین خوشمزه می شوند تحمل می کنند. اما، با همه این برداشت ها، دست خودش نبود. بند دلش بجائی قلاب شده بود.

سرک کشیدن هایش برای یافتن گمشده حاصلی نداشت. فکرکرد درد را بهانه کند و

بماند تا درکشیک بعد مجددن او را ببیند.
پرستاری را که از کنارش می گذشت صدا کرد:
- کمی درد دارم، مثل اینکه دوباره دارد شروع می شود. اگر اینطور باشد نمی توانم بروم خانه.
ولی پرستار خشک جوابش داد:
" تا یکی دو ساعت دیگر متخصص می آید، با او صحبت کن، کمی درد هم اشکالی ندارد، اگر شدید شد بگو تا کاری بکنیم. "
توی ذوقش خورد.... - این چه جورش بود؟ .....پس چرا او آنهمه خوش رو برخورد کرد؟ ....باز هوا برش داشت :
- .... لابد نظری داشته و گرنه مثل این یکی خشک و بی تفاوت برخورد می کرد .
از اورژانس که بیرون آمد، آدم اول نبود ، " چیزی " در او فرو پاشیده بود ، یا " چیزی " در او جوانه زده بود. فکرش سبکی و بی خیالی سابق را نداشت، دلش می خواست، صدایش کنند و بگویند :
" کجا میروی؟ هنوز اجازه مرخصی تو صادر نشده است "
یا بگویند
"...تلفن برای شما است، خانم ....با تو کار دارد..."
خانم کی؟.....چرا اسمش را نپرسیدم ؟....ولی اسمش را گفته بود... اولش که آمد خودش را معرفی کرد و گفت که من ....هستم ، اما درد بی مروت نگذاشت متوجه بشوم ، درد هم که خوب شد ، دیگر چیزی از خودش نگفت.
مثل اینکه اسمش را خارجی گفت. خیلی کوتاه بود. چیزی شبیه : " نانسی " یا " بتی ".... آره یه همچی آهنگی داشت. دلش نمی خواست به خانه برود. بهتر دید همان حدود پرسه بزند تا وقت کشیک شب برسد. تکانی به شانه هایش داد و سرش را کرد توی برف ...
- حتمن گمشده اش را در من پیدا کرده بود که آنهمه خوش و بش کرد.... هیچ لازم نبود، وقتی که خون می گرفت، سرش را بیاورد پائین و بوی تنش را بریزد توی حواسم. پهنه ی صورتش را موجی از شعف پوشاند و خنده رضایتی از بن وجودش تا روی لب هایش دوید. نرم و موفق تا کنار در خروجی اورژانس را قدم

زد. تمامی آنهائی را که در اتاق انتظار بودند، با تانی نگاه کرد، و خوشحال برای ادامه خیالاتش روی یکی از صندلی ها نشست.

- ماندن در اینجا، در سالن انتظار، پشت در اورژانس درست نیست. اگر مرا ببیند هوا برش میدارد. خودش شروع کرد، خودش هم می داند چطور تمامش کند.... بهتر است بروم. خودش پیدایم می کند. با جهشی سریع از روی صندلی برخاست و راه افتاد....ولی نمی توانست ....در فضای آنجا گم شده بود. دلش می خواست درد با تمامی زورش بیاید و با استفراغ های پشت سرهم، همه را متوحش کند، تا در کمترین زمان خودش را روی یکی از تختهای اورژانس ببیند.

- باید مقاوم باشم، کمتر ناله کنم، و اگر آمد بالای سرم، بی تکان روبرویش بنشینم و به تمام سئوال هایش جواب بدهم. اگر پرسید درد داری ؟ خواهم گفت: " چیز مهمی نیست، می توانم تحمل کنم "

هیچ گونه داروی ضد دردی هم نخواهم خواست تا بداند با کی طرف است. از خودش بدش آمد.

- اگر دیشب هم قدری خود دار بودم، رهایم نمی کرد. آمد سراغم و قبل از سئوال و جواب دردم را تسکین داد، تا آبرویش را نبرم، همه میدانستند که از یکجا آمده ایم، و او با مرفین دوم وقارش را حفظ کرد.....نمی دانم واقعن بی طاقتی کردم یا خواست سرکوفتم بزند.

نمی توانست گامهای بلند بر دارد، احساس می کرد مدت ها است دارد راه می رود ولی هنوز در سالن انتظار بود و نتوانسته بود فاصله کوتاه تا در خروجی را برود. ریزش بی وقفه احساسی ناشناخته قلبش را پرکرده بود و با فشارمتناوب آن به بیرون می جهید و به تک تک سلولهایش سرک می کشید وآرامش آنها را بهم می زد. تمامی اراده اش را نیروی مرموزی در مشت گرفته بود.

با صدای بلند گوی بیمارستان، تکان خورد و بدون اینکه بفهمد چه میگوید، منتظر ماند، منتظر اسم خودش شد.

- ممکن است، اسم مرا از روی پرونده بیمارستانم پیدا کرده باشد. وگرنه چگونه می تواند از تلفنچی بخواهد که مرا صدا کند.

- چرا او که این همه ازمن سئوال کرد، اسمم را از خودم نپرسید؟....حالا حقش

است که من هم به تلفن اش جواب ندهم ....این جورآدم ها را باید کم محل کرد.
- فکر کرده تا زنگ زد، با سر میدوم. همه شان اینطوری فکر میکنند.
مدتها بود صدای بلند گو قطع شده بود و خبری از طلبیدن!! او نبود.
- پاشو، برو خانه، بی خود به خودت وعده نده. او حتما با سایر مریض ها هم همین رفتار را دارد، به آنها هم اگر درد شدید داشته باشند مرفین می زند، خونشان را می فرستد برای آزمایش وسایر دستورها را می دهد.
- ولی با آن ها که شوخی نمی کند، به آنها که نمی گوید، بی بخار و بی بته، به من همه این ها را گفت. اگر نظری نداشت، پس چرا شوخی کرد؟ چرا گفت خوشمزگی نکن؟
هوا داشت کم کم خاکستری می شد. شب درتدارک آمدن بود. چندین باراتاق انتظار پروخالی شده بود. از جا بلند شد، مدتی مبهوت به هرطرف نگاه کرد. انتظار، صلابت را از تفکرش سلب کرده بود. زمین پا ها یش را رها نمی کرد. مور مور خواب رفتگی، عضلاتش را از کار انداخته بود.
نمی دانست اگر کسی بپرسد این جا چه کارمی کنی؟ چرا مدت هاست تکان نمی خوری؟ چرا به دنبال کارت نمیروی؟ چه بگوید.
خیال کرد بایستی رد گم کند. رفت سراغ اطلاعات:
- ببخشید! کشیک های شب چه ساعت ی می آیند؟
" درچند نوبت می آیند. هشت، ده، و دوازده "
- میتوانم بپرسم خانم نانسی یا بتی، پرستار اورژانس چه ساعتی می آید؟ مسئول اطلاعات نگاه مشکوکی به او انداخت وپس از کمی مکث گفت:
" ما چنین خانمی نداریم "
یکی به دو را ادامه نداد. برگشت کنار دیوار شیشه ای اتاق انتظار، جائی که بشود بیرون را دید نشست.
- او که براه بود. وقتی پرسیدی کشیکت کی تمام می شود، نگفت به تو مربوط نیست. خب چرا نپرسیدی کشیک بعد یش چه موقع است؟ .....چرا اسمش را نپرسیدی؟ شاید خودش اطلاعات بیشتری در اختیارت می گذاشت.
- چه گوشواره های با مزه ای داشت، حتمن برای همین موهایش را کوتاه کرده بود.

اصلا"همه کارهایش باقصد بود. خواسته بود علاوه بر گوشواره هایش، بنا گوشش راهم به تماشا بگذارد....مردحسابی! پاشو، برو خانه، برو سراغ زندگی معمولی ات ....وقتی آمده اینجا، نمی خواسته با آدم هائی مثل تو دمخور باشد، وگرنه همانجا میماند..پس چرا آنجائی را که بعدن سوزن را فروکرد آن همه با انگشتانش مالش داد؟ چرا مرتب به بهانه یافتن رگ به دستم ضربه زد؟ چرا وقتی آهسته گفتم: " آخ "، گفت: ببخشید. سوزن زدن که پوزش خواستن ندارد....نمی دانم چرا گفتم آخ .... آنهمه از ضعف مردها حرف زده بود، باز برای درد معمولی یک سوزن گفتم آخ! لابد چندشش شده بود، و برای اینکه آرامم کند، گفت:

" ببخشید ".

شاید هم خواسته بود کوچکم کند. اصلا تصمیم داشت زجرم بدهد، روی یک شست پا، چه حرف ها که نگفت.....

تمام این مدت با تکیه به پشتی صندلی چشمانش را بسته بود و مسیر عبور افکارش، حرکات درهمی را درچهره اش به صحنه می آورد.

با صدای آرامی که گفت:

" می توانم کمکتان کنم؟ "

از جا پرید. پرستاری با همان لباس جلویش ایستاده بود. فرصت نکرد خودش را جمع و جور کند ونتوانست حرفی بزند. پرستار ادامه داد:

" ازقسمت اطلاعات می گویند شما مدتی است در اینجا نشسته اید، و گویا منتظر یکی از همکاران ما هستید؟ "

یکپارچه ذوق شد، و بی اختیار دستش را جلو برد تا با تاخیر با او دست بدهد، و دستپاچه گفت:

- بله بله، منتظر او هستم، همان پرستاری که موهای کوتاه دارد، که ...

" با او قرارقبلی دارید؟ "

- دیشب اینجا بودم، درد داشتم، او پرستارم بود.....

و با کمی مکث ...

- قرار بود در باره مطلبی با هم صحبت کنیم، دیشب فرصت نشد، چون شب ها کار میکند، مانده ام تا بیاید.

پرستار انگار دیوانه ای را ور انداز کند، کمی از او فاصله گرفت و با تردید جواب داد:

" کتی، دیشب آخرین شبی بود که قبل از رفتن به مرخصی، کار می کرد. از امروز برای دو هفته رفت به مسافرت، حتمن وقتی که مراجعت کرد با شما تماس خواهد گرفت."

چند بار " کتی " را در مغزش چرخاند، و با صدای کمی از معمول بلند تر گفت:

ـ بله با " کتی " کار دارم.

پرستار نگاه نا جورش را به سرتا پای او انداخت و گفت:

" گفتم رفته مرخصی، شوهرش هم اینجا نیست به تو کمک کند، با هم رفته اند. او هم از همکاران ماست.  تنظیم کرده بودند که با هم بروند. "

عرق سردی روی پیشانیش روئید. سالن انتظار با همه محتویاتش شروع کرد به حرکت. به آرامی روی مبل نشست، و بدون نگاه به پرستار گفت:

ـ ولی او چیزی در انگشت نداشت ....و نگفت که برای مدتی اینجا نخواهد بود...

پرستار ماموریتش تمام نشده بود.

" می خواهی کمکت کنم؟  "

درماندگی دردناکی از چشمانش سرازیر شد و آشفتگی را به تمام صورتش کشاند. نا استوار از جا برخاست. بدون اینکه حرفی بزند، با باقیمانده توانش خودش را به بیرون رساند. آخرین نگاه

ما یوسانه اش را به در متحرک بیمارستان انداخت و راه افتاد....

# غیر نظامی

ـ هوای اینجا به اندازه کافی خفه و سنگین هست، کمی کوتاه بیا، چقدر سیگار می کشی؟

" خودت گفتی قرار اینجا، تو کافه فیروز. "

ـ خواستی گوشه دنجی با هم چای بخوریم، منهم گفتم اینجا که به هردوی ما نزدیک باشد. چه اینجا، چه هر جای دیگر، این همه سیگارکشیدن از پا درت می آورد. تو هنوز خیلی راه داری که بروی، اگر بخواهی اینجوری تیشه بزنی، ریشه سلامتت را نفله می کنی.

" افسانه هم نظرش همین است. "

ـ افسانه!

" همکلاسیم. برای همین خواستم که تو را ببینم. "

ـ فکر کردم می خواهی شعرتازه ات را برایم بخوانی، یا داستان کوتاه دیگری را تمام کرده ای، کافه فیروز جای همین قرارهاست.

قدیم ها، زمان " هدایت " و " نوشین " را می گویم، پاتق " کافه فردوسی " بود، بعد شد " کافه نادری "، اما حالا، جوان ها بیشتر اینجا جمع می شوند.

" خب شاید هم در باره بهترین شعرم بخواهم با تو حرف بزنم. می خواهم قصه ی عشقم را برایت بخوانم. "

" مرتضای " دیگری داشت صحبت می کرد. با آنکه حجب همیشگی توی صورتش

گشت می زد، سرش را پائین نگرفته بود. مصمم ترنگاه می کرد.
در دوران دبستان، یک روز که به خانه رفتم، مادرم گفت:
" مشق و درست را زود تمام کن چون قرار است، " آقا مرتضا " هم با خانم " مهران " بیاید خانه ما ."
تعجب کردم، آقا مرتضا چه ربطی به من دارد؟ و فکرکردم، حتمن معلم یکی از مدارس است و مادر برای اینکه خجالت نکشد بچه تنبلی دارد، می خواهد بساط، تکالیف مدرسه را قبل از آمدنش جمع کرده باشم. بهتر دیدم، هنگام آمدن او خودم را قایم کنم.
بعد از یکی دو ساعت خانم مهران، تنها آمد. یعنی من هرچه از درز در نگاه کردم، نه آقا مرتضا را دیدم و نه صدای او را شنیدم. آفتابی شدم. سلام کردم و داشتم رد می شدم که مادر دستور داد :
"آقا مرتضا را کمی مشغول کن "
دلم هری ریخت. بی خود آمدم روی صحنه، حتمن منظور مادر این است که کمی درس هایم را با او مرور کنم.
اسم آقا مرتضا که آمد از اتاق بغلی پسر بچه ۵-۴ ساله ای آمد بیرون با مسلسل از کار افتاده ای که مادر از باقی مانده اسباب بازی ها بیرون کشیده بود. اصلن فکر نمی کردم این کوچولو، آقا مرتضای گنده ای باشد که درذهن داشتم. وقتی ترسم ریخت، خنده ام گرفت و در مغزم چرخید " آقا مرتضا! " و از همان روز به اوعلاقمند شدم، با اینکه حدود ۷-۶ سال از او بزرگتر بودم، شدیم همبازی. دردلم جای گرفت. احساس می کردم برادر کوچکی است که بایستی حمایتش کنم. بیشتر اوقات را با هم بودیم، و اودر هر موردی با من مشورت می کرد، و من با تمام وجود نسبت به او احساس مسئولیت می کردم و مادرم چقدر از این بابت خوشحال بود. از وقتی توانست بخواند به کتاب هایم ناخنک می زد. با صدای بلند می خواند.
یک روز به اوگفتم:
- باید با چشمانت بخوانی تا برای خودت خوانده باشی، قشنگی خواندن به سکوت آن است. اگر نتوانی، حفاظ ذهنت می ریزد.
یک دانه ای بود که می رفت به درد نخور شود، ولی به مدد جوهر ذاتی و بی

علاقگی به آرامش حاشیه و شهامت بازیگری در متن، حصار" مادرمهری " را ترکاند، و بروز حادثه ی نازپرودگی را مانع شد. اولین نوشته اش را تصادفی خواندم. شایدهم خودش ترتیبی داده بود لای یکی از کتاب هایم بماند .

"....نمی دانم چرا نمی توانم دروغ بگویم. از بس به خودم هی زده ام دروغ گفتن برایم مشکل شده است و چه مصیبتی است، اگر گه گاه نشود دروغ گفت ،عریان می شوی، سِپَرَت می افتد. بی پناه و بی حصار، هر ضربه ای می خورد به فرق سرت. "

- حالا که تو شعر نمی خوانی و می خواهی قصه عشقت را برایم تعریف کنی، بگذار من برایت بخوانم.

" از من مخواه اعتراف کنم. چشمانم با هر نگاه به تو هزاران بار به من خیانت می کنند. "

شد مرتضای همیشگی. سرش را پائین گر فت، و من تَف برخاسته ازگونه هایش را احساس می کردم.

" ولی وقتی من این تکه را گفتم، عاشق نبودم. مثل خیلی از موارد دیگرکه نیستیم اما وانمود می کنیم که هستیم، اما چه وصف حال است. واقعن از تو ممنونم، چقدر به موقع آن را خواندی. خوشحالم با این همه مشغله و مسئله، شعرکی از من را هم در خاطرداری."

فهمیدم که غرق است، و دارد مراحل پایانی را می گذراند.

- پس چرا اینقدر دیر داری با من در باره اش صحبت می کنی. تو ازعلاقه من به خودت به خوبی آگاهی و می دانی که نه تنها مثل برادری بزرگتر، که مثل یک دوست نزدیک تو هستم .

" داشتم با خودم می جنگیدم، داشتم مقاومت می کردم، داشتم کنار می کشیدم، داشتم روی اولین زبانه ها، سر پوش می گذاشتم. ولی نشد. نتوانستم، ودر این آشوب فکری نمی فهمیدم چه دارد می گذرد. برای همین با تو صحبت نکردم، نمی دانستم چه بگویم. "

- حالا چرا این همه می جنگیدی؟ مقاومت می کردی؟ و با تلاشی که خب، نتیجه هم نداد، شعله ها را خاموش می کردی؟ مگر واقعن دوستش نداشتی؟ مگر فکر می

کردی بهم نمی خورید؟ چرا این همه تلاش برای نشدن؟
یال و کوپالی بهم زده بود. با چهره ای مردانه و زیبا، و با شخصیتی محکم و استوار. همیشه خنده خفته ای توی صورتش حضور داشت، و چشمانش پر از رفاقت و همدلی بود. گذران در تنهائی را نمی پسندید. کمتر در خودش بود، و تحرکی چشمگیر داشت. خوش برخورد و گرم دهان بود، و همیشه چند تا از دوستان فراوانش را دور و برداشت. مادرش را درحد پرستش دوست می دا شت . منهم پس از مرگ مادرم، کمبودش را با مادر او پرمی کردم، و بیشتر با آنها در تماس بودم و اغلب که به خانه شان می رفتم و سه نفری گپ می زدیم، بهترین احساس را پیدا می کردم. و مرتضا همیشه مطلب و موضوع تازه ا ی برای گفتن داشت و چقدر با حرارت و با حرکات تکمِلی سر و دست حرف می زد.از اینکه دوستان فراوان و خوبی دور و برداشت عمیقن خوشحال بودم و از احترامی که برای من قائل بود پُر می شدم.
تقریبن همه مسائلش را با من در میان می گذاشت. علاقه مرا که حس می کرد بیشتر نزدیک می شد. برایش سنگ صبوری بودم که به آن نیاز داشت. گه گاه از روزی که با دلهره در انتظار آمدن " آقا مرتضا " بودم حرف می زد و کلی می خندیدیم .
اغلب نوشته هایش را برایم می خواند وهرگز ندیدم که از اشاراتم دلگیر بشود. اشعارش را روی تکه کاغذی می نوشت و پس از خواندن به من می داد. واقعا بهم عادت کرده بودیم و از هر فرصتی برای با هم بودن استفاده می کردیم. می گفت:
" انسان برای مفید بودن فرصت کمی دارد "
و عمر کارآمد را اندک می دانست و اعتقاد داشت:
" نه برای نام نیک، چرا که وقتی رفتی، رفتی و انگشت شمارند آنهائی که فراموش نمی شوند. بلکه برای اینکه بگوئی هستی، باید به نحوی بگوئی. "
این آخری ها کمتر همدیگر را می دیدیم. اودر تلاشی چند جانبه بود و من بار سنگینی از زندگی را به دوش می کشیدم. درآخرین دیدار قبل از نشست کافه فیروز، در خانه شان و با حضور خانم جان، مطلبی را برایم خواند که قصه نبود، حالت سخنرانی داشت و حرکاتش نیز همین را می رساند، تمام که شد مثل اینکه متوجه تعجب من شده باشد، گفت:

مقاله نویسی را تمرین می کنم.. درحالیکه نوشته را از دستش مـگرفتم گفتم:
- گویا بیشتر داری سخنرانی را تمرین می کنی. نوشته ات کلی بو دار است. بد جوری داری جهت دار می شوی، مطلبی هست که به من نگفته باشی؟ و یا نمی خواهی بگوئی؟ به جای جواب که معمولن درچنین مواقعی، بله یا نه بود. تمرین عملی را شروع کرد:
"مگر می شود بی جهت بود؟ به نظر تو با اینهمه نامرادی و نارسائی، با اینهمه تفاوت و بی توجهی، باید ساکت بود؟ بهتر نیست این چند صباحی را که زنده ایم، مفید باشیم .
کاملن می فهمیدم ازکجا و از چه می گوید. گفتم:
- مگر مفید بودن فقط در یک راه و یک موضوع خلاصه می شود؟ مگر یک شاعر نمی تواند مفید باشد؟ مگر پس از قرن ها هنوز این حافظ نیست که مفید است؟ حرفم را برید:
" من را با این اشعار دست و پا شکسته با حافظ مقایسه کردن، بیشتر حالت تمسخر دارد "
" مگر در راهی که میروی می خواهی " لنین " بشوی !"
یکه خورد. انتظار نداشت درست به هدف بزنم. البته آن روز ها، متاعی مرغوب با آنکه در دکان هردمبیلی عرضه می شد باز مشتری های فراوانی داشت.
- خب قرار بود از قصه ی عشقت، از " افسانه " ای که مثل من دلش نمی خواهد سیگار بکشی بگوئی. و نیش دار ادامه دادم :
- شعر جدید هوشنگ را خوانده ای؟
" دیر است گالیا به ره افتاد کاروان ....... دیگر فسانه دلدادگی مخوان "
برای تو چی؟ دیر نشده؟
" نه، دیر که نشده هیچ ، تازه اول کاره. افسانه هم با کاروان همراه است "
و خندید.

" کاروان یک جوری است، حالت کوچ را دارد، درحالیکه ما به دنبال ماندگاری، ماندگاری آزاد و با اختیار هستیم. در اینجا بیشتر نمی شود صحبت کرد، بحث در

مورد کاروان و کاروانیان باشد برای وقتی دیگر. می آیم سراغت، جائی که تنها باشیم. فقط سر بسته بگویم که زندگیم از دو سو معنا پیدا کرده است. هم با کاروان در راه همراهم، هم عاشقم، عاشق."

سر زندگی مثل هاله ای از نور او را احاطه کرده بود. از همان اوایل آشنائی مان یک گلوله انرژی بود. در بازی های مشترک، گاه آنقدر فعال، باحرارت و پر توان بود که من احساس پیری و ازکار افتادگی می کردم. نمی دانست خستگی چیست. نیمه راه ماندن را دوست نداشت. دست و دلباز و با محبت بود. این آخری ها شنیده بودم اوایل هر ماه، هرچه دارد خرج می کند، ته که کشید می گوید: " من تمام !" و همه را می ریزد به پای دوستان.

نشست با آنها و گپ زدن و شعر خوانی را دوست داشت و اغلب به اتفاق، به شبگردی هم می رفتند.

- از دوستانت شنیده ام شب های شعر و قصه خوانی دارید، چرا مرا خبر نمی کنی؟ می دانم که نه شاعرم و نه نویسنده، ولی شنونده خوبی هستم. از بودن با آنهائی که ابزار کارشان ظرافت و احساس است خوشم می آید.

" قبلن بیشتر دور هم جمع می شدیم، مدتی است خیلی کم شده ...."

- چرا؟ چون بعضی ها " اسهال قلم دارند و یبوست مغز "

" کی این را به توگفته؟ منظور من شخص بخصوصی نبوده ..."

- چرا، اتفاقن منظورت شخص بخصوصی بود است. خوشحالم که داری راه می افتی، و کم کم داری حصار می یابی و مانع می شوی، ضربات زندگی بی حفاظ، بخورد به مغز سرت.

سیگاردیگری روشن کرد، نگاهش را از شلوغی خیابان " نادری " بر داشت و باکمی دلخوری گفت:

"....برای تو خیلی عریانم. اگر در کاروان هم، چنین افشا باشم، کار آنها را خراب می کنم. نباید مثل شیشه شفاف بود، این جوری دستم خیلی روست !"

به ساعتش نگاه کرد. خیابان را از پشت شیشه های مِه گرفته گشت زد، با دیدی سریع فضای کافه را چرخید و گفت:

" قرار است افسانه بیاید اینجا....تو را از دید من خوب می شناسد، به او گفته ام تو هوای مرا داری و گفته ام که چقدر برایت احترام قائلم..."

- پس امروز خواستگاری رسمی است ؟

" نه، مراسم معرفی است؛ می خواهم با هم آشنا بشوید."

بعد از آن روز ، در همین کافه، یکی دو بار دیگر به اتفاق افسانه دیدار هائی داشتیم، وکم کم دریافتم که کاملن خودش را بقول افسانه در اختیار " جریان " گذاشته است. دیگر او را ندیدم، تا آخرین ملاقات ، بسیارکوتاه بود...و آن ملاقات اگر بجای ۱۰ دقیقه ۱۵ ساعت هم بود، باز کوتاه بود....

من مدت ها بود که بجایی دیگر کوچ کرده بودم، وگه گاه که به تهران می آمدم و به دیدار خانم

" مهران " می رفتم از احوالش جویا می شدم . در یکی از این دیدارها ، از افسانه شنیدم :

" مرتضا، همه شوق و استعداد، و همه ی نیرو و بخصوص اعتمادش را درسبد اخلاص گذاشته است ."

زمانی بود که همه ی پهن دشت کشور را هیجان بلعیده بود. سالها مبارزات آزادیخواهی، توام با آزادی نسبی احزاب این نوید را می داد که مردم سالاری واقعی در راه است، و همه بی توجه به سرنخ ها که جای دیگری بند است، با صداقت و خوشحالی، درتلاش بودند تا دوران بهتری را رقم بزنند.

چند ماه پس ازدستگیری او، یک روز صبح زود، هنوز کاملن ازخواب بیدارنشده بودم ، تلفن اتاقم زنگ زد. صدائی که عاری از هرگونه احساس بود ، پس از پرس و جوی هویتم، گفت:

"...اگر ممکن است، فردا بیائید تهران. درتیپ زرهی، مرتضا مهران، می خواهد شما را ببیند. ....شما تنها کسی هستید که می خواهد ببیند. "

و بدون اینک فرصت سئوال به من بدهد تلفن را قطع کرد. وقتی که او را دستگیر کردند، همه ماجرا را در رو ز نامه ها خواندم، و روزانه اخبار رادیو را دنبال

کردم. کم و بیش می دانستم قضیه چیست. افسانه را پیدا نمی کردم ولی چندین بار با خانم مهران تماس تلفنی داشتم. پریشانی او زجرم می داد، بخصوص که، کاری هم از دستم ساخته نبود. در بین انبوه دستگیرشدگان، اوتنها فرد " غیر نظامی " بود، و چون نوک تیز فشار متوجه نظامیان بود، احتمال می دادم که او را برکرسی اتهامی سنگین ننشانند، و ذهنم بر این قلاب خوش خیالی آویخته بود. اما تلفن خشک مامور، دلهره را در جانم ریخت .

سرش را تراشیده بودند. زیر پیراهنی، رنگ و رو رفته ای به تن داشت که با دقت ادامه ی آن را درون شلوار قهوه ای رنگش فرو برده بود. وقتی مرا دید لبخند کمرنگی را به صورتش کشاند و گفت:

"....گویا این دفعه به واقع و برای همیشه، من تمام ...."

سرش را با دو دستم گرفتم و بی توجه به محافظی که درکنارمان ایستاده بود به چشمهایش نگاه کردم و در گوشش خواندم:

" در مسلخ عشق جز نکو را نکشند "

بغض امانم نداد تا ادامه بدهم ، احساس می کردم گلویم ورم کرده است. دستش را دور شانه ام انداخت و مرا بوسید، و در گوشم نجوا کرد:

" خیانت کردند....کت بسته تقدیم شدیم "

تقریبن با صدای بلند و عصبی گفتم:

- چیز تازه ای نیست. ولی بدان هر پته ای روزی روی آب خواهد افتاد.


"....قرار است فردا یا پس فردا ترتیب کار! را بدهند . اجازه این ملاقات برای بیان وصیت است. من وصیتی ندارم. نمی خواهم در آخرین لحظات افسانه را ببینم، گو اینکه باعث می شود که با حسرت بیشتر بروم، ولی برای او که هنوز در آستانه شادابی و جوانی است، نخواستم، تداعی نا مطلوبی درست کرده باشم، به او از قول خودت بگو، می دانم ، مرتضا واقعن و با تمام وجود دوستت داشت و به مادرم بگوکه مرتضا پشیمان نبود. چون همیشه اعتقاد داشت روزی پشیمان می شوم. او را بجای من ببوس و به من قول بده تا زنده است از حضور تو برخوردار خواهد بود. در این پاکت که دست محافظ است و موقعی که خواستی بروی به تو می دهد،

انگشترم را همراه با تکه کوتاهی برای افسانه گذاشته ام، به او بده و به او بگو که
از ش متشکرم .

اسم محافظ که آمد راه افتاد، پاکت را به من داد و گفت:

" وقت ملاقات تمام است "

من آن غروب را، آن رنگ خاکستری غبار گرفته را، آن غروب دَم کرده ی بی
نسیم را....آن غروب را که با ولعی سیری ناپذیر مانده های روز را سرمی کشید،
و در مرگ نور پای کوبی می کرد، هرگز فراموش نمی کنم.

آخرین نگاه های مرتضا را که بی بدرقه کلامی به صورتم دوخته بود. و لرزش
لبانی را که یک زندگی حرف را با قدرتی تمام مهار کرده بود، نیز از یاد نخواهم
کرد.

هر قدر نگهبان اصرار کرد، و حتا تهدید، که بروم، گفتم تا مرتضا اینجاست، هستم.
وقتی که میرفت تا در خم پیچ راهرو برای آخرین بار از نظرم محو شود، تازه
متوجه شدم کفش به پا ندارد و نمی تواند راحت راه برود.

یکی دو ماه بعد پیغامی از افسانه دریافت کردم که خواسته بود تا در " کافه فیروز
خیابان نادری " نشستی داشته باشیم . برایم سخت بود. بارخاطراتی که با مرتضا
داشتم، شانه هایم را می فشرد، ولی موافقت کردم قبلن، طی دو، سه باری که او را
دیده بودم، نه شرح کامل آخرین دیدارم با مرتضا را، ولی خلاصه ای را به او گفته
بودم، و او در تمامی این دیدارها، محو و مجنون بود وتقریبن حرف نمی زد.  شیار
دو قطره اشک بر گونه هایش که تا ابدیت ادامه داشت، واکنش همیشگی او بود. و
حالا پس از پرواز شکوهمند مرتضا  این اولین دیداری بود که احتمالن افسانه می
خواست حرف بزند. کافه قنادی فیروز، بهمان شکل و شمایل و سرو وضع باقی
بود، و فقط وقار مرتضا را کم داشت و آهنگ صدای گرمش را که بخواند:

**" من نمی گویم سمندرباش یا پروانه باش**

**گربه فکرسوختن افتاده ای، مردانه باش "**

افسانه با غرور برایم تعریف کرد:

" ....مرتضا همیشه می گفت، می خواهم اگرچه نه درحد برگ های بی دریغ چنار،

حد اقل در حد حجم اندک برگ های زبان گنجشک سایه داشته باشم . نم نم باران را دوست داشت.

دانه های ریز بارش را که میدید، دستم را میگرفت و در گوشم نجوا می کرد. ندیدم که حتا یکبار واخورده و نا امید باشد..."

نا آرام کافه را برانداز می کرد، و همچنان با من حرف می زد. گمان می کرد، هیچکس قدر مرتضا را ندانسته است. فکرمی کرد حتا خودش هم خوب او را نفهمیده بود و پشیمان و مغبون می نمود. نمی خواست قبول کند بایستی زندگی بدون مرتضا را یاد بگیرد، آنقدر از او پرشده بود که نبودش داشت مچاله اش می کرد. به او گفتم:

- می خواهی از نامه وانگشتر برایم بگوئی؟

" نامه نبود، سروده ای کوتاه است، که البته از هرنامه ای گویا تراست ،برای دلخوشی من.

ازکجا پیدا کنم چنین پدیده ای را....؟

بی انصاف ها! صدها نوع جریمه وجود دارد، چرا چنین سنگین و غیر قابل برگشت ؟ "

کاغذی را از کیفش بیرون آورد و به من داد. خط مرتضا نبود. تعجب مرا که دید گفت :

" اصلش که با خط عزیز اوست درجای امنی نگهداری می شود، یادگار همه سالهای عمر من خواهد بود. "

خواست آن را بلند بخوانم .

" در زمهریر زندگی ام،

آنگاه که سرمای یاس جانم را می فسرد،

با شعله ی تو سوختم،

و شگفتا که زنده شدم "

" نمی دانم در این سر زمین تا کی بی ارزش ترین کالا زندگی است؟ خودشان هر نفس را با هزاران دست می چسبند، و مثل گنه رهایش نمی کنند، ولی به دیگران

که می رسد، بارورترینش را از ریشه در می آورند."
دیگرحضور مرا احساس نمی کرد. برای خودش حرف می زد. مزاحمش نشدم. به صندلی که نشسته بودم تکیه دادم. و با ته مانده ی چای فنجانم، مشغول شدم و گذاشتم برای خودش باشد.

" مرتضا پهنه ی سبزی بود که بر افق دوردست بوسه می زد.....وقتی ازش خواستم که سیگار نکشد، قاطع و کوتاه گفت:
" از فردا "
و دیگر هرگز لب نزد. حتا در آن سحرگاه آغاز. وقتی قاضی عسکرکه با چِرت وپرت هایش کلافه اش کرده بود، و احساس می کند که حوصله شنیدن ندارد، سیگاری به او تعارف می کند. ولی مرتضای من درآن لحظه هم پای برعهد می ماند....بهنگام اجرا، وقتی می خواهند چشمهایش را ببندند، پیشنهاد می کند:
"... اگر ممکن است نبندید، چون من با چشمهائی کاملن باز در این راه گام گذاردم و حالا هم بی اندک تردید و ندامتی می روم. بهر حال، بسته یا نبسته شما کارتان را بکنید.
این ها را که برایم تعریف کردند بیشتر دلم سوخت که چه سالاری را از دست داده ام."
وچشمهای پر از اشکش را از درون کافه برداشت و از ورای شیشه ها، خیابان نادری را جستجو کرد. و مرا به یاد روزی انداخت که، مرتضا در همین کافه و از پشت همین شیشه ها، خیابان نادری را به دنبال افسانه می گشت.
و فهمیدم که زندگی، گاه بی توجه به تحمل انسان، با تمام توان فشار می آورد و چه بی صفت است.

با توجه به داستان بسیار آشنای یوسف و زلیخا، شاید خواسته ام به شکلی، از تکرار همیشگی آن بگویم...

## مثل یوسف

وقتی آوردنم اینجا، بهت زده، متحیر و عصبی بودم، اما در نهایت سلامت جسم و روان، زورشان رسید، آوردنم. نمی دانم با چه توصیه ای همراه بود، که ازلحظه ورود مراقب های گردن کلفت نفسم را گرفتند.

وقتی اتهام "روانی" می زنند، نجات غیر ممکن است، بخصوص وقتی در واقع بیمار نیستی، و می خواهند که باشی. عین گیرآمده ای در باتلاق، هر تلاشت، نه بی ثمر که مصیبت بار است. هر دست و پا زدنی بیشتر پائینت می برد. راه در رو نداری، بخصوص اگر چون من حامی هم نداشته باشی، و کسی چوب موازنه اش را بسویت دراز نکند، تا مفری باشد، و بهر جان کندنی، مانع شود که سرنگون شوی.

نزدیکی های یک غروب گرم تابستان، تحویلم دادند، ودری که حماقت های خودم روی پاشنه نشانده بود، پشت سرم چرخید و بسته شد.

غروب چیست که گرم هم باشد و به چنین جائی هم، تحویل داده شوی.

" ... بیمار روانی شماره ۸۵۴، مجرد، خموش ادواری، رویائی و قصه گو..." چنین حرف هائی را توانستم در پرونده ام بخوانم. بیش از ۱۲-۱۰ صفحه بود، همین اش یادم مانده است. چنین برچسب و یا تشخیصی، هر تلاشی را برای اثبات روانی نبودن، و در نهایت خلاصی از آن جهنم، نقش بر آب می کند. به دنبال راه دیگری باید بود. سویه " خموش ادواری! " را پیش گرفتم. تا فرصتی مناسب.

***

" ...به یک راننده، جوان با سابقه کافی، تمام وقت برای شش روز در هفته، نیازمندیم. واجدین شرایط، تماس حاصل فرمایند. تلفن...."

تماس گرفتم، برای روز بعد ساعت یازده صبح به مصاحبه دعوت شدم.

خانمی ۳۰ ـ ۳۵ ساله روبرویم نشست. معمولن سئوال اول این نیست.

" متاهلی؟ "

در نشیمن خانه ای ویلائی، با پنجره هائی گسترده و بغایت نورگیر، رو به باغی درندشت، چای را قبلن مستخدمه آورده بود.

" خیر، مجردم! "

نمی توانستم دروغ بگویم، با آنکه می دانستم برای کار در یک جمع خانودگی " متاهل " مناسب تر است.

" می توانی هر روز ساعت ۷ صبح اینجا باشی، و تا سرشب؟ "

با آنکه از خانه ام فاصله کمی نبود، گفتم:

" بله می توانم "

فکرکردم پاسخ های کوتاه بهتراست، یاد گرفته بودم بی فکر پایم را روی بیل نبرم. تجارب متعدد گذشته، نشانم داده بود که تا بخواهی بگوئی " سقا " نیستی چل راه به کولت آب می کشند.

" چایتان سرد نشود "

" زیاد اهل چای نیستم "

ولی برش داشتم، و بی مصرف شیرینی شروع به خوردن کردم.

" تلخ می خورید؟ "

چه دقتی!

" کار زیادی نداریم. شاید هم بعضی روز ها نیازی به اتومبیل نداشته باشیم. شوهرم مریض است. گاه او را بیرون می برم. ولی شما، باید هر روز، یعنی شش روز در هفته، به موقع اینجا باشید. یک ساعت هم وقت ناهار دارید. حقوق تان هم، پانزده روز یکبار پرداخت می شود...."

همه شرایطش خوب بود. ازحقوقش هم راضی بودم.

" موافقم "

از روی میز کنار مبلش، کاغذی به دستم داد.

" لطفن این پرسشنامه را پر کنید. "

اسم:  هوشنگ

شهرت: دادالهی

تاریخ تولد: فروردین ۱۳٤۹

سابقه کیفری: ندارم

قبلن در یک کارخانه شوکلات سازی راننده بودم.

از هر روزی که بخواهید، می توانم شروع کنم.

پس از امضا، خود کار را رویش گذاشتم، و به او تحویل دادم.

" اسم من شیرین است... فردا ساعت ۷ صبح، منتظرت هستیم "

نمی دانم چرا خوشحال نشدم.تازه بیکار شده بودم و شدیدن به درآمد نیازداشتم.
بسیار خانم محترم و مؤدبی هم بود.شرایط آنچنانی هم نداشت. چه مرگم بود؟ نمی
دانم.

ولی با این همه، فردا ساعت هفت صبح آنجا بودم و رسمن کارم را شروع کردم.
اتومبیل شیک و نوی بود. رنگش مشکی و شیشه هایش به شدت دودی، از بیرون
خودت را درآنها می دیدی. کلید ی را به دستم داد و گفت:

" توی همین محوطه گشتی بزن، تا قلقش دستت بیاید. "

داشتم می گفتم:

" نیازی نیست، قلق خاصی ندارد..."

که در را باز کرد، و در حین سوار شدن گفت:

" من هم همراهت می آیم."

از دیروز خوشگل تر بنظرم آمد وعقب نشست. داشتم آینه و صندلی را میزان
می کردم.

" بنظر می رسد، کار کرده ای. "

نمی دانستم چی باید گفت. سکوت خوشایند نبود. گفتم:

" نظر لطف شماست "

گمان می کنم، پاسخ درستی بود. از آینه ی بالای سرم دیدم که چهره اش باز شد. محوطه بزرگ جلو ساختمان را، که باغ بزرگی بود، دور زدم.

" بسیار خوب. با من بیائید، تا شما را به شوهرم معرفی کنم. "

از پاگرد سرسرا گذشتیم، همانجائی که دیروز در یکی از اتاق هایش با من مصاحبه کرده بود. از پله چوبی بسیار شیکی بالا رفتیم. در اتاق بزرگ و باشکوهی که پنجره وسیعش به باغ باز می شد، مردی با مو های جو گندمی، روی صندلی چرخدار، پشت به ما، نشسته بود.

" جهان! آقای راننده آمده اند با شما آشنا شوند. "

چرخید، با خنده ای نا محسوس، نگاهش را به صورتم دوخت.

" خوش آمدید، امیدوارم کار خسته کننده ای نباشد. "

معرفی شدم:

" آقای دادالهی!  اگر اجازه بدهد، او را با نام اولش، هوشنگ خان صدا خواهیم کرد، از امروز کارش را با ما شروع کرده است."

سرم را به احترام کمی خم کردم. اما او دستش را بسویم دراز کرده بود. بسویش رفتم، و آن را به آرامی فشردم. و گفتم:

" آقای!..." شیرین خانم یاد آوری کرد.

" جهانگیری! "

" آقای جهانگیری! امید وارم بتوانم، رضایتتان را جلب کنم."

فضای سنگینی بود، ادامه اش داشت ناراحتم می کرد. با کمی مکث گفتم:

" اجازه بدهید، بروم ببینم اتومبیل تیماری لازم ندارد. "

" چه کلمه قشنگی، کار برد تیمار برای اتومبیل ".

صدای آهنگین آقای جهانگیری بود. رضایت بیشتری را در چهره خانم دیدم. نشان می داد  از انتخاب من بدش نیامده است. با گفتنِ مجددِ

" با اجازه! " از پله ها پائین آمدم. توی اتومبیل پشت فرمان نشسته بودم و فکرمی کردم، که ضربه های آرامی به شیشه، توجهم را جلب کرد. آقای جهانگیری، روی صندلی چرخدار، شیرین خانم و مستخدمه " هنوز اسمش را نپرسیده بودم "، کنار اتومبیل ایستاده بودند. با نگاهی پرسان و متعجب، پریدم پائین.

" تصمیم گرفتیم گشتی در شهر بزنیم "

همه تصمیم ها با شیرین خانم، " خانم خانه " بود در عقب را باز کردم، و رفتم برای سوار شدن به آقای جهانگیری کمک کنم، خانم مانع شد.

" فاطی کارش را بلد است. "

پس اسمش " فاطی " است. از شیرین خانم جوان تر بود، ولی نه به آن زیبائی! هنوزحرکت نکرده بودیم که فاطی با صندلی خالی به طرف ساختمان بر می گشت.

" کولر روشن کرده بودید؟ "

داشتم همه چیز را وارسی می کردم.

آقای جهانگیری دنباله اش را گرفت:

" گفته بود که می خواهد تیمارش کند. "

" هوای سرد برای تو بد نباشد من حرفی ندارم "

فرمان را خانم صادر کرد:

" حدود نیمساعت هرجا را که خودت میدانی برو."

در مغزم جستجو کردم.  کجا بروم که تیپ ام را خراب نکند؟ شاید داشت ذوق ام را امتحان می کرد.

راه افتادیم. تابستان گرمی بود. اجازه گرفتم وکولر را روشن کردم. " سی دی " را آوردم روی شماره۳، آهنگ بدون کلام ملایمی در اتاقک تاریک اتومبیل پیچید، ترنمی که تا آن روز نشنیده بودم. بسیار با ملاحظه و با احتیاط، می راندم.

هرکاری اگر روز اولش به خوبی بگذرد، و صاحب کار، رضایتش جلب شود امید به ادامه کار بیشتر می شود. اعتماد به نفس می یابی، و من در این فکر بودم.

" خوب با شهر آشنائی، همه جا را می دانی "

نظر آقای جهانگیری بود، که یعنی رضایت. در مراجعت، وقتی فاطی، آقای جهانگیری را بر صندلی نشاند و از ما دورشد، شیرین خانم مرا که برای ناهار عازم بودم دعوت به ماندن کرد.

" فاطی دست پخت خوبی دارد. خوشحال می شویم، ناهار امروز را با ما باشید."

چرا " امروز؟ "

یعنی، " هوا برت ندارد " یا هر چیز دیگر. بی منظور و قصد نبود. ماندم، و به تنهائی، در همان اتاق کذا، اتاق دیروز، دست پخت فاطی را، امتحان کردم. فکر کردم:

" باید خودمانی تر بشوم. غیر از آن گمان نمی کنم بتوانم ادامه بدهم، رودرواسی و عصا غورت دادگی، برایم سخت است "

شب را راحت نخوابیدم. فیلمی را مرور می کردم که هنوز ساخته نشده بود. بعضی از صحنه هایش را نمی پسندیدم. اگر شیرین خانم به این زیبائی نبود. اگر آقای جهانگیری این همه محترم رفتار نمی کرد. اگر فاطی تنها نبود، ومثلن باغبانی آنجا پرسه می زد، شاید بهتر می توانستم ویرم را به کار بدهم. کنجکاو شده بودم:

آقای جهانگیری چرا زمین گیر شده؟ ازکی؟ چه نوع روابطی با هم دارند؟ تنها هستند؟ فرزندی ندارند؟ بنظر می رسید که وضع مالی خوبی دارند. ولی در چه سطحی؟ گمانم بر این بود، که به راننده ای تمام وقت نیاز نداشتند. نیمه وقت هم، ضمن کم هزینه تربودن، کارشان را که گه گاه بیرون رفتن به اتفاق است، راه می انداخت.

بر عکس خانم، فاطی خشک و اخمو بود. بیشتر روز ها فقط او را برای خرید مایحتاج می بردم. تنها که می شدیم، تلاشم برای به حرف کشیدنش، بجائی نمی رسید. می دانستم مجرد است، ولی نمی دانستم بلائی سر شوهرش آمده، یا هنوز، کسی را ندارد. نمی دانم چگونه، سکوت، و ملاحظه را، با هم کنار گذاشتم:

" فاطی، خیلی وقت است این جا هستی؟ "

" سه سال پیش که آمده بودند، " جواهر ده " مرا با خود آوردند."

" مگر شوهر نداشتی؟ "

وقتی به این سئوالم پاسخ داد، گستاخ شدم.

" نه، من هنوز شوهر نکرده ام "

" چرا؟.... مگر چند سالت است؟ "

خندید. این اولین خنده ای بود که در این مدت از او می دیدم. کمی امیدوار شدم. رفتم تو برنامه نزدیکی بیشتر به او. درفکر یافتن راهی، مغز تکانی کردم، می

خواستم بیشتر خنده هایش را ببینم، " چیزی " داشت قلقلکم می داد. داشتم از بی
تفاوتی فاصله می گرفتم، باید بیشتر او را می شناختم. سرم را برگرداندم، دیدم
دارد، خریدارانه نگاهم می کند، کمی دستپاچه شدم. چشم از او برداشتم و گفتم:
" چرا رانندگی نمی کنی؟، می خواهی یادت بدهم؟ "
چهره اش که باز شد، به نظرم خوشگل تر آمد.
" کجا؟، چطوری؟ کی؟ "

نباید دختر دهاتی بی سوادی باشد. اینگونه مکالمه کردن نمی توانست بی ریشه
باشد. رویا بافی شروع شده بود. در باز گشت از خرید، آمد جلو و کمی نزدیک به
من نشست. بازی با احساسم را استقبال کردم. فرصت نداد تعجبم را بروز بدهم:
" کمی دقت کنم ببینم چکار میکنی، واقعن دلم می خواهد رانندگی یاد بگیرم. "
وقتش بود کمی جلو بروم، لحنم را خودمانی تر کردم:
" اگر راستش را بگوئی، حتمن یادت می دهم. از این پس هر وقت آمدیم خرید...
(به عمد جمله ام را چنین تمام کردم....) کمی با تو  ور می روم.... تا کم کم یاد
بگیری "
زنگ را به صدا در آورد:
" ولی خانم نباید بفهمد! "
بار ِحرفش را متوجه شد. سکوت کرد. نگاهش را بیرون برد، تکیه داد. از
سرعتم کم کردم، راه زیادی نمانده بود. دنبال شروع مجددی می گشتم که گفت: "
گفتی اگر راست بگویم، راستِ چی را بگویم؟ "
داشتیم به در باغ، و محوطه چشم انداز شیرین خانم نزدیک می شدیم. منتظر
جواب من نماند.
" نگه دار، من بروم عقب بنشینم. "

چند روزی بود، که چیزکی را بعنوان ناهار با خودم می آوردم. هم رفت و
برگشت برایم مشکل بود، و غذای بیرون  هزینه اش زیاد می شد وهم بیشتر می
توانستم، " فاطی " و " شیرین " را که داشتند، هر کدام به نوعی افکارو احساس

ام را دستکاری می کردند، ببینم. با آنکه خرید آن روز زیاد نبود، و فاطی به راحتی می توانست آن را حمل کند، اجازه ندادم. در آشپزخانه شیرین خانم را که دیدم، جا خوردم.

" مرسی هوشنگ خان، فاطی خودش می توانست. "

چه حضور مسلطی داشت. بر همه چیز نظارت کامل می کرد. با این همه حواس جمع، امکان دسترسی به هر " چیز" کم، و حتا غیر ممکن بود. تشکرکردم، و آمدم بیرون. فاطی خودش را به جاسازی خریدها مشغول کرده بود. او را نمی دانم، ولی احساسی در من داشت جوانه می زد. طلیعه خوبی نبود.

شب جیک و پوک را برای مادرم تعریف کردم. دلم می خواست با کسی حرف بزنم، مادرم بهترین بود.

" گناهی نداری، جوانی، مجردی، ماشاالله بالا بلندی و برو روئی هم داری...خب، بالاخره یک روزی باید دست به کار شوی. نه اینکه پسر منی، ولی اعتقاد دارم، اگه دست روی هرکس بگذاری، نه نمی گوید. "

امان از این مادرها، فقط به فکر خودشان هستند.

" تا زنده ام دلم می خواهد داماد شوی. "

خواسته همه آنهاست، طوق ازدواج به دست دنبال پسرشان راه می افتند. گفتم:

" مادر، خودت می دانی، اول باید طرف را خوب شناسائی کرد و درحد امکان با خصوصیات او آشنا شد. از همه مهمتر باید دید، آیا او هم تمایل دارد، و خیلی بیشتر.


به دام انداختن شکار، بدون آنکه صیدش کنی، کاری است که استادی می خواهد، و من با فاطی به چنین چالشی کشانده شده بودم. شیرین، تازی هوشیاری بود، که می رماند. و این آستانه احتیاط را بالا می برد، ولی معمولن در چنین شکارگاهی احتیاط زیاد، راه گشا نیست، شکار، چنین حوصله و تحملی ندارد. شهامت حرف اول است.

اما من به درآمد این کارکه ریش و قیچی اش دست شیرین بود احتیاج داشتم وچه نا کار آمد می کند آدم را، این احتیاج.

ترتیبی دادم که ناهار خودم را داشته باشم. به بهانه زمان رفت و برگشت، و خستگی ناشی از آن ، ظهر ها را آنجا نزدیک فاطی باشم. با کمال نا باوری شیرین خانم با خوش روئی پذیرفت. تا خرید بعدی حدود ده روزمانده بود و من برایش روز شماری می کردم، شیرین خانم بجای فاطی آمد گفت:
" روزی که می خواهم، برای خودم و جهان وسائل شخصی تهیه کنم، وسواسم به کارمی افتد. "

- بوئی برده بود؟ " هرچند هنوز بو و بِرنگی نداشت ". ادامه داد :
"...من همسر دوم جهان هستم، وفاطی دختر او از زن اولش است، که دو سال پس از تولد فاطی در تصادفی ناگوار، از بین رفت..."
بی مقدمه، شروع کرده بود، سر نخ خوبی هم بود برای عطش کنجکاوی من.
" پس در آن تصادفی که فاطی مادرش را از دست داد، آقای جهانگیری هم، پاها یش را. عجب ضایعه ای. فاطی هم جریان را می داند؟ "
منتظر باز تاب تندی بودم. نگاهش را بسویم چرخاند، سنگینی اش عذابم می داد.
پشت چراغ قرمز سرم را برگردانم و گفتم:
" اگر زیاد سئوال کردم می بخشید، من اصولن آدم فضولی نیستم. "
می خواستم بیشتر بگویم، شاید محبتی را در نگاهش بیابم. فرصت نداد:

" وقتی با جهانگیری ازدواج کردم، پاهایش سالم بود. زمین گیری او حاصل اسبی رام است که نفهمیدیم، چرا ناگهان یورتمه رفت و در حین چهار نعل رفتن، جهانگیری را کوباند به زمین، کوباندنی که معمولن سوارکار زنده نمی ماند. آنچه که می بینی حاصل سال ها مراقبت و مداوا ست."
و ساکت شد.درمراجعت پس از حمل کیسه های خرید، موقعی که داشتم باز می گشتم تا اتومبیل را به درستی پارک کنم، بسیار قاطع گفت:
" کجا؟ "
کمی ترسیدم، و به آهستگی قصدم را بیان کردم.
" نمی خواهی بقیه کنجکاویت را ارضا کنی؟ بمان تا برایت تعریف کنم "

"می بخشید خانم، واقعن پوزش می خواهم، اگر بی ادبی کرده ام شرمنده ام. همانطور که تشخیص داده اید، کنجکاوی بود، که قول می دهم تکرار نشود."

بیشتر ادامه ندادم، چون احساس کردم در آستانه: " کلید را بگذارید، تا تسویه حساب کنیم. " قرار گرفته ام.

حالا علاوه بر نیاز به درآمد، علاقه به " فاطی "، و زیبائی متشخص خودش نیز کاملن جا باز کرده بودند.

" نگفتم که پوزش بخواهی، درحقیقت می خواهم با بیان آن برای تو، خودم هم یکبار دیگر آنها را بشنوم و خب به تو نیز که کم کم داری عضوی از ما می شوی، نزدیکتر شوم."

گیج وسط آشپز خانه ایستاده بودم، نمی دانستم چکار باید بکنم. خوشحال باشم یا بی تفاوت. خودش را، بی توجه به من که حالت بدی داشتم به تهیه قهوه مشغول کرد. دل به دریا زدم:

" خوشحالم که مرا عضوی از خانواده خودتان می دانید "

بدون برگرداندن سر، ولی شمرده و آرام گفت:

" در نشیمن باش تا قهوه را بیاورم "

در مغزم چرخید:

" خدا عمرت بدهد! "

از گیجی در آمدم و خودم را به مبل اتاق نشیمن رساندم. دو فنجان قهوه بدون شیر را روی میز وسط گذاشت. سیگاری برداشت، و حین روشن کردن آن گفت:

" اگر قهوه را باشیر دوست داری پاشو روبراه کن "

لحن خودمانی اش را به فال نیک گرفتم، و " پاشدم! " در حین برخاستن گفتم:

" ندیده بودم سیگار بکشید "

" زیاد نمی کشم، گه گاهی هوس می کنم. مگر تو چقدر با من بوده ای که ندیده ای سیگار بکشم؟ "

داشت از" شیرین خانم " کارفرما! خارج می شد. و من احساس راحتی می کردم.

" جهان " مهندس است و شرکت مقاطعه کاری دارد، هنوز هم درآمدش از شرکت اش، خوب است. منهم خیلی داشتم. ولی تصادف جهان، و مسافرت های مکرر

به خارج و هزینه های سنگین بیمارستانهای اروپا و آمریکا، از پا درمان آورد. و بالاخره هم، درمان به انجام دلخواه نرسید. درست است که جهان از مرگ نجات یافت، ولی زمین گیر شد، بچه دار هم نمی شود. و من چقدر هم دلم بچه می خواهد.

واقعن داشت برای خودش حرف می زد. انگاربا کسی که من نبودم، صحبت می کرد.

" اجازه می دهید فاطی را صدا کنم میز را خلوت کند؟ "

" تنها زندگی می کنی؟ "

سئوالم را بی پاسخ گذاشت. نگاهش که کردم تاثیر حرف هایش را در چهره اش ندیدم، در حالی که مرا متاثر کرده بود.

" با مادر پیرم هستم "

" فقط! "

" بله، فقط،، من تنها فرزند مادرم هستم، پدرم سالها پیش ما را تنها گذاشت "

" چگونه تنهائی؟ بجائی رفته یا،..."

" خیر خانم، درگذشته "

" فاطی اینجا نیست برای مدتی کوتاه رفته شمال، تا با خاله اش باشد. باید در انتظار خبرهای خوشی از او باشیم ."

پاسخم را حالا، با تاخیر داد.

" چگونه خبر هائی؟ "

بدون معطلی جویا شدم، ضربه ای به بند دلم خورده بود. فاطی! شمال! خاله! خبرهای خوش؟ پس من چه می شوم؟ چرا خودش چیزی به من نگفت؟ چرا چنین ناگهانی؟ طفلک مادرم! حتمن شیرین خانم از اشارات ما بوئی برده است. خب برده باشد. من که کار خلافی نکرده ام. داشتم زمینه های ازدواجی درراه را می چیدم... یعنی شیرین خانم " رَدَ ش " کرده ، چرا؟ رد کردن من که راحت تر و صحیح تربود. چرا شیرین خانم باید مخالف باشد؟ اگر فاطی از من بدش آمده باشد، پس چرا از فراگیری رانندگی با علاقه استقبال کرد؟ یکی دو بارهم، ترمز دستی را که می کشیدم، دستش را روی دستم گذاشت. حتا گفته بود اگر بشود، با

اتومبیل و به اتفاق به شمال، به " جواهر ده " برویم. اشتباه نمی کنم، چراغ سبز را روشن کرده بود. درست است که، واضح و مستقیم هیچکدام اشاره ای نکرده بودیم، ولی نباید این همه اشتباه کرده باشم. بی خبر رفتنش عادی نبود. هرچه بود تصمیمی ناگهانی، یا حساب شده در آخر هفته ای بود، که معمولن من با آنها نیستم. مجبورش کرده اند. آ قای جهانگیری هم بدون او که با جان و دل مواظبش بود، کمبود خواهد داشت.

دلم می خواست تنها و برای خودم باشم.

" خاله اش، برایش دست بالا زده، خیلی فاطی را دوست دارد، خودش بزرگش کرده، از مادر برایش بهتر است. باید لقمه خوبی روبراه کرده باشد.

داشت سوهان کشی را ادامه می داد، شاید هم داشت علاقه مرا به او، محک می زد. باید متوجه شده باشد. کاملن وا داده بودم. جز شیرین هر کس دیگری هم می توانست متوجه بشود.

با چه فشار و تظاهری گفتم:

" مبارک است "

وادامه دادم:

" یعنی می ماند تا همه کارها تمام بشود؟ پس مواظبت از آقای جهانگیری چه می شود؟ "

داشتم پایم را کمی بیشتر از گلیم کوچکم دراز می کردم.

" جهان زحمتی ندارد، آن بالا، توی دنیای خودش است. تلفن و کتاب و روزنامه هم در اختیار دارد. منهم در فرصت هائی می روم سراغش "

داشت آب پاکی می ریخت. می خواست فاطی را از ذهنم بشوید، و خیالم را راحت کند که، دیگر فاطیی در میان نیست. یا من اینطور فکر می کردم. تحمل نشستن و شرکت در ماجرا را نداشتم به آرامی برخواستم و گفتم:

" اجازه مرخصی می فرمائید "

و لیوانهای قهوه و شیر را از روی میز بر داشتم:

" حالا که فاطی نیست من میز را تمیز می کنم "

" فکر کردم می گوئی حالا که فاطی نیست من هم می روم. "

" نبودن فاطی چه ربطی به من دارد؟ "

فکر می کنم در مغزش چرخید:

" که اینطور؟ "

فقط خندید، دستش را بسویم دراز کرد و گفت:

" فردا منتظرت هستم، جهان می خواهد سری به دفترش بزند "

مگر خوابم می برد. در پاسخ هزار! سئوال مادرم، فقط گفتم:

" چیزی نیست مادر، نمی دانم چرا این همه خسته ام "

وقتی چراغها ها را خاموش می کرد گفت:

" ولی من می دانم "

و در جواب من که گفتم:

" چی را می دانی مادر؟ "

گفت:

" که چرا خیلی خسته ای "

اگرمادر متوجه شده باشد، شیرین، جای خود دارد. راست می گویند:

عشق را نمی توان پنهان کرد. من حتا از رسوائیش هم که از دیگر صفات! آن است، ابائی نداشتم. اما طفلک فاطی، بدون خوردن آشی! داشت دهانش می سوخت، و من هم، درآستانه ازدست دادن او، و کارم، با هم بودم. می خواستم تلفنی اطلاع بدهم دیگر نمی آیم. روال معمول داشت بهم می خورد. فاطی ذهنم را آرام نمی گذاشت. چه سردرگمی غریبی. باید خودم مقصر باشم . فاطی به اندازه کا فی بی توجهی کرده بود، حتا بد اخمی. این من بودم که بازی را شروع کردم.... کاش می توانستم به نحوی با او تماس بگیرم. شاید این ذهن امیدوار من است که چنین تصوراتی دارد... شاید او به واقع "منتظر " دیگری را در شمال دارد. او که به جز نشان دادن علاقه اش به رانندگی کار دیگری نکرده بود. دخترها وقتی موافق باشند، فرستنده های خوبی دارند. این ما مردهای ازخود راضی هستیم که می بریم و می دوزیم و می پوشیم بدون اینکه به مراسمی دعوت شده باشیم... پس چرا آمد جلو و نزیک به من نشست؟ چرا به خانه که نزدیک شدیم، رفت عقب؟.

چرا گفت:

" ولی خانم نباید بفهمد "

چی را خانم نفهمد؟ ...نه اشتباه نمی کنم، پیام را فرستاده بود، من هم گرفتم. باید هرجور شده با او حرف بزنم، و بی پرده نظرش را بپرسم. بهتراست مثل معمول بروم و به کارم ادامه بدهم تا شاید امکان داشته باشد بتوانم با فاطی صحبت کنم . نرفتن یعنی تمام شدنِ رسیدن به او. ضمنن، امروز بایستی کمی هم زودتر بروم، چون قرار است آقای جهانگیری سری به شرکتش بزند. شیرین خانم خواسته بود که به موقع آنجا باشم و رفتم. و کوشش کردم هرچه بیشترعادی باشم. کنجکاویم را سر کوفت بزنم و منتظر فرصت بمانم. بر خلاف یک هفته ای که فاطی نبود، شیرین خانم را منتظر ندیدم. گمان می کردم به اتفاق آقای جهانگیری منتظر من باشند. خودم را آماده کرده بودم که جهت قدری تاخیر پوزش بخواهم. وقتی به هنگام ورود، کسی را نمی بینم بزرگی و خلوتی خانه برایم وَهم انگیز می شود. با بستن در ورودی که نشانه ی ورودم به خانه بود، صدای مهربان آقای جهانگیری را شنیدم که به طبقه بالا به اتاق خودش دعوتم کرد. به رو به راهی و آراستگی همیشگی نبود. می رساند که نبود فاطی در جمع و جور کردن او تاثیری اساسی داشته است. البته رسیدگی های مستمر و مسئولانه همسرش نیز، در مرتب کردن همه چیز او کاملن به چشم می خورد.

" سلام آقای جهانگیری، احضار فرمودید، خدمت رسیدم "

" صبح بخیر هو شنگ خان. شیرین قدری کسالت دارد، روی تخت دراز کشیده، لطفن ببینید اگر به چیزی نیاز دارد کمکش کنید. روزنامه من هم باید، پشت در پائین باشد، آن را به من برسانید "

قرار بود کنجکاوی نکنم، درعوض فضولی کردم.

" از وقتی فاطی خانم رفته اند شمال، بنظر می رسد که کار شیرین خانم زیاد شده است. خسته می شوند. کاش فاطی اینجا بود."

" کسی را گفته ایم، از هفته آینده می آید تا کمک شیرین باشد، هرچند کارِ خانه ما زیاد نیست، این کارِ شخص من است که زیاد است. "

داشتم از اتاق خارج می شدم، که آقای جهانگیری آخرین حرفش را زد.

" فاطی کلفت خانه نیست. او فرزند من است. "

آهسته چند سر انگشت به در زدم، و منتظر ماندم. شیرین خانم اجازه داد وارد شدم.

" بد نباشد خانم! سرما خورده اید؟ آقای جهانگیری دستور دادند که خدمت برسم، اگر نیازی دارید، بفرمائید، فورن تهیه می کنم. "

نه، نیازی نیست، کسالتی ندارم، سرما هم نخورده ام، فقط کمی خسته ام. چهره اش حتا خستگی را هم نشان نمی داد. نمی دانستم چرا به رختخواب پناه برده است.

" می خواهید چای برایتان درست کنم یا لیوانی شیر داغ را ترجیح می دهید؟ "
با کمی مکث ادامه دادم:

" احساس می کنم کمی تب دارید. آن را روی گونه هایتان می بینم. "
درحالیکه چراغ کنارتختخوابش را روش می کرد وخودش را کمی ازرختخواب بیرون می کشید، بدون نگاهی به من گفت:

" شما از آنجا چگونه تب مرا تشخیص می دهید؟ جلو تر بیائید، تب ازداغی پیشانی بهتر مشخص می شود. "
و ادامه داد:

" می بخشید دراتاقم صندلی یا مبلی برای نشستن ندارم، اما می توانید روی لبه تخت بنشینید"
تشکرکردم و قصد خروج داشتم: :

" اگر کاری داشتید، اطلاع بدهید "
مانع شد و با طنز ادامه داد.

" بالاخره تب دارم یا نه؟ "

" بیائید اینجا، روی لبه تخت بنشینید، و با لمس پیشانیم، طبابت تان را کامل کنید. بفرمائید. "
رفتم و روی لبه تخت نشستم، اما راحت نبودم، نمی دانستم، چرا باید طبابت کنم. دستم را گرفت و روی پیشانیش گذاشت، و گفت:

" متوجه می شوید که تب ندارم؟ "

گفتم:

" اگرگرمی پیشانی دلیل تب است، دارید درکوره آن می سوزید، ضمن اینکه چهره تان نیز شهادت می دهد .به واقع به استراحت نیاز دارید."

چشمانش را بست، و بسیار آرام گفت:

" هوشنگ! "

و ساکت شد. نمی دانستم چه کارکنم، یا چه بگویم. بد جوری گیرکرده بودم. مشخص بود که بیمار نیست، سرما هم نخورده است، و خسته هم نیست. یک تمارض آشکاربود، اما چرا؟

جنجال عجیبی در مغزم راه افتاده بود. خدایا! یعنی شیرین به من نظر دارد؟ مگر می شود. باورکردنی نیست. قدرت تمرکز نداشتم. بهتر بود می زدم بیرون. شیرین داشت هذیان می گفت . یقین کردم که به نحوی تب دارد. بلند شدم و گفتم:

" خانم شما حالتان خوب نیست. به طبیب تان تلفن کنید، وقت فوری برای همین امروز بگیرید تا شما را به مطبش برسانم."

دستم را گرفت و مانع رفتنم شد. هنوز چشمانش را بسته بود. مگر نه حیا در چشم است؟

" هوشنگ بنشین، من برای صحبت با توخودم را به رختخواب کشانده ام. فرصت زیادی نداریم "

دستم را از دستش بیرون نکشیدم، ولی ننشستم. قاطعانه پرسیدم:

" خانم من نمی دانم از چه فرصتی دارید صحبت می کنید. شما وضع روبراهی ندارید، اجازه بدهید خارج می شوم، تا قدری بخوابید. دستم را از دستش درآوردم، چراغ بالای سرش را خاموش کردم، پرده را که به کنار رفته بود کشیدم و به قصد خروج راه افتادم، وگفتم:

" اینطور بهتر است، در اتاق تاریک بهتر می توانید استراحت کنید. "

" هوشنگ! "

بسیار محکم بود.

" بله خانم! "

" لطفن بنشین تا بگویم "

دلم می خواست بفهمم چه می خواهد بگوید، از روی کنجاوی، مجددن نشستم. اتاق کاملن تاریک بود. این بار این من بودم که هیجان داشتم، تنفسم ناجور بود. نیم خیز شد، هردو دستم راگرفت و قبل از هرگونه واکنشی از جانب من، خودش را کشاند به طرفم، درآغوشم گرفت، وگریه را سرداد.

" در این مدت زندگی مرا، با مرد ی ازکارافتاده شاهد بوده ای. یک زندگی بی رونق، بدون هیجان، بدون آینده، بدون بچه. این خانه برای یکی و نصفی آدم خیلی بزرگ است...خانه ای ساکت و بدون روح است...شوق زندگی در این خانه مرده است..."

درحین حرف زدن، کم کم به من نزدیکتر شده بود. بوی عطری خاص دماغم را می سوزاند. وقتی دست هایش را به دور گردنم حلقه کرد، داشت گُر، می گرفت. آن قدر از رختخواب خودش را بیرون کشیده بود که بشود دید، فقط یک پیراهن خواب رکابی بسیار نازکی به تن دارد. آقای جهانگیری، و فاطی در ذهنم حضور داشتند و شاهد ماجرا بودند. ولی فشارهای دست او که مرا به سوی خودش می کشاند، و تن تقریبن عریانش، داشت مرا از پا در می آورد. دیگر حرف نمی زد، نفس هایش از هزاران حرف، تحریک کننده تر بود. دست هایش را از دور گردنم رها کرد، هر دو مچم را گرفت و با یک حرکت سریع آن را روی سینه هایش گذاشت و فشار داد، تعادلمان داشت بهم می خورد. وا داده بودم، مقاومتم داشت آب می شد... وقتی از او جدا شدم، و باعجله بسوی در رفتم، کلید ماشین را روی کف اتاق انداختم و تقریبن با فریاد گفتم:

" من دیگر، هرگز به این خانه پا نخواهم گذاشت ..."

" مادر! پسرتان خانه است؟ "

" شما کی هستید، چکارش دارید؟ "

" ما از اداره تجسس آمده ایم، لطفن بگوئید بیاید دم در."

" بلا دور باشد، کمی کسالت دارد، خوابیده است. "

" مادر پسرتان، گویا بیش از کمی، کسالت دارد، بگوئید بیاید، این هم کت اوست، بیاید اول کتی را که جا گذاشته تحویل بگیرد، بعد هم به چند سئوال ما جواب بدهد ."

داشتم به همه مکالمات آنها گوش می دادم. وقتی صحبت ازجا گذاشتن کت شد، فهمیدم که، از کجا آب می خورد. خودم قبلن متوجه جا ماندن کتم شد ه بودم. ولی چرا کتی را که کنار تخت شیرین جا گذاشته ام دست این هاست؟ گمان های متعدد، فکرم را در هم ریخته بود. من که گناهی نداشتم، این شیرین بود که آتش را برافروخت. خودم را به در رساندم، با دیدن من، دستپاچه آمدند تو، مثل یافتن یا درتله انداختن یک فراری. مادرم مبهوت نگاهشان می کرد. فرصت ندادم:

" چه خبر است آقایان!؟ شما که تا حالا آرام و معقول داشتید با مادرم حرف می زدید، او هم که بودن مرا در خانه تائید کرد، منهم که فورن آمدم، دیگر این هجوم برای چیست؟ "

و باز قبل از آنها ادامه دادم:

" درخدمتم، امرتان را بفرمائید. کتی را هم که همراه دارید متعلق به من است. من درآن خانه کار می کنم، علاوه بر کت وسایل شخصی دیگری نیز آنجا دارم..."

به عنوان شروع، این ستوال را مطرح کردند:

" چرا در اتاق خواب خانم خانه جا مانده است؟ "

و قبل از پاسخ من، ادامه دادند:

" بفرمائید برویم پاسگاه، آنجا روشن می شود. "

همراهشان رفتم.

" چند وقت است این ناراحتی را دارید؟ "

این تنها سئوال آنها تا قبل از رسیدن به آنجائی بود که داشتند مرا می بردند. هرچه خودم را جستجوکردم نفهمیدم منظورشان از " ناراحتی" چیست. جوابشان را ندادم.

"...این هم هوشنگ خان! هوشنگ خان دادالهی "

با این جمله مرا تحویل ماموری دادند، که گوش شنوا نداشت.

" بفرمائید بنشینید! "

به اتاق یک مامور آگاهی یا دفتر ریاست کلانتری شباهتی نداشت. در چنین اتاق هائی معمولن بجای صندلی، آنهم کهنه و به تعداد یکی دوتا، چند مبل شیک وجود ندارد. داشتم با نا باوری اتاق را بر انداز می کردم که دو آدم نخراشیده ی

پر عضله وارد شدند، و بی هیچ کلامی، در دوطرف میز آقای شیکی، که حتمن مامور نبود، ایستادند. نمی دانستم چه دارد می گذرد.

" قربان، با من چکار دارید؟ با وضعی غیرمتعارف، مامورین تجسس! شما، مرا از خانه کشانده اند اینجا. نمی دانم این احضار برای چیست؟ و بخصوص آدم های شما، مامورین تجسس چه اداره ای هستند. اصلن قضیه چیست؟ اینجا کجاست؟ "

" چرا از خودشان نپرسیدید؟"

کمی سکوت.

" بفرمائید بنشینید. با اکراه و ناراضی، نشستم.

" گفتید اسمتان چیست؟ "

" من چیزی نگفتم، کسی هم اسم مرا نپرسیده است. ولی مامورین شما، مرا با نام خودم به شما تحویل دادند."

" می خواستم خودتان اسمتان را بیان کنید "

" شما که هنوز اسمم را نپرسیده اید، ولی اسمم: هوشنگ است، هوشنگ دادالهی است "

نگاهی به دوتا هیولای اطرافش انداخت، و با چشم و ابرو، در رابطه با من، اشاراتی را ردو بدل کردند. خوشم نیامد، احساس کردم. دارند بازی در می آورند. به قصد رفتن بر خاستم. آن دو آدم ناجور با هم، به سویم تکان خوردند. وبسیار نا مهربان و نا خوشایند، و به اتفاق گفتند:

" بنشین! "

کمی ترسیدم. و گیج تر از قبل، نشستم وگفتم:

" معلوم هست این جا چه خبره و شما کی هستید؟ و از من چه می خواهید؟ "

آقائی که پشت میز بود، خودش را معرفی کرد:

" من دکتر نصرتی هستم، رئیس این آسایشگاه "

چشمهایم سیاهی رفت، حالم داشت بهم می خورد.

" آسایشگاه! آسایشگاه چی؟ مرا چرا آورده اید اینجا؟ دارم درست می شنوم و می بینم؟ قضیه چیست؟ ... من لزومی نمی بینم اینجا بمانم و با شما دهن به دهن بشوم. "

تا بلند شدم که بروم ، باز آن دو محافظ، این بار بسویم آمدند، و زور بازویشان را حالیم کردند.

" بگیر بنشین ادا هم در نیاور "

و نشاندندم!

" خودت می دانی که چه نوع بیماری داری؟ اسمی برای آن به توگفته اند؟ اسم داروهائی که استفاده می کنی می دانی؟ "

ساکت نگاهش کردم و هیچ جوابی ندادم. به واقع جوابی نداشتم. چی باید می گفتم؟ جواب های بله، و نه، مرا وارد سناریوئی می کرد که علاقه ای به بازی در آن نبودم.

" پس این جا بایستی بیمارستان روانی باشد. یعنی مرا به دیوانه خانه آورده اید. چرا؟ و به چه حق و حکمی؟ گمان می کنم اشتباه یا سوتفاهمی رخ داده است. اجاز بدهید از خدمت مرخص می شوم. اگر گناه یا جرمی هم مرتکب شده باشم مسیر قانونی مشخص ومعلومی دارد. "

و این بار قاطعن عزم رفتن کردم. مجددن مرا با خشونت بسیار سرجایم نشاندند.و با چشم و ابرو، اشارات مجددی را رد و بدل کردند.

" نمی خواهید با من صحبت کنید؟ نمی خواهید بگوئید چرا مرا به چنین جائی آورده اید؟ "

" پرسیدم، چند وقت است که گه گاه بیماری شما عود می کند؟ "

" من بیمار نیستم. نه دردی دارم، نه تبی، چرا فکر می کنید که مشکلی دارم؟ "

" پزشک فامیلی شما می گوید بیش از یک سال است که علائم " شیزوفرنی " را نشان می دهید. "

" چی را نشان می دهم؟ "

"جنون ادواری را "

" پس چرا طی این یکسال، هیچ گونه حرفی به من گفته نشده ا ست. من چندین بار برای سرفه و تزریق واکسن، یک بار هم برای حساسیت که با عطسه های فراوان همراه بود به طبیبم مراجعه کرده ام. هرگز صحبتی ازآنچه که شما اشاره می کنید مطرح نشده است. حالا هم اگر اجازه بدهید از تلفونتان استفاده بکنم، در حضور

شما باز از او جویا می شوم تا بدانید که اشتباه می کنید. "

" او نظرش را کتبن اعلام کرده است و در پرونده شما موجود است. لزومی به تائید مجدد آن نیست "

پرونده! برایم پرونده بیماری روانی درست کرده اند...؟ چرا؟ جریان چیست؟ ماجرای من و شیرین با هر اقدامی می توانست همراه باشد جز آنچه که دارد اتفاق می افتد.

" ببینید آقا! مگر مرا بکشید که آرام بگیرم. من تحت هیچ فشار و ضرب و شتمی ساکت نمی شوم، باید روشن و واضح بدانم که جریا ن چیست. باید قبول کنید که در هر مورد و مسئله و موضوعی می تواند، اشتباه رخ بدهد. خواهش می کنم اجازه بدهید پرونده ام را مطالعه کنم. "

بسیار خشک و عصبانی کننده، در یک جمله کوتاه گفت:

" چنین اجازه ای نداریم "

" از چه کسی باید اجازه گرفت؟ شما که خودتان رئیس و همه کاره اینجا هستید. شما در حقیقت بدون داشتن مجوز، مرا از خانه ام دزدیده اید. اینطور که سنگ روی سنگ بند نمی شود. "

هر بار کلی حرف می زدم ولی او فقط یک کلمه جوابم را می داد، آن هم نا مربوط، که قانعم نمی کرد. مستاصل شده بودم. این بار نیز گفت:

" دیگه داری حوصله ام را سر می بری "

و پس از کمی مکث ادامه داد:

" این خلاصه علت آوردن تو به اینجاست. بشرط اینکه بچه خوبی باشی توضیح می دهم و پس از آن آمادگی شنیدن حتا یک کلمه بیشتر را ندارم. مثل بچه آدم با آقایان راه می افتی تا جا و سکانت را مشخص کنند. یا می برندت. همین "

بهتر دیدم ساکت و آرام باشم تا بدانم که چرا به اینجا آورده شده ام.

" شما به جنون ادواری مبتلا هستی که تا حد زیادی قابل درمان است. در یکی از حملات آن، به خانم خانه ای که راننده اش بودی حمله کرده ای، قصد تجاوز به او را داشته ای که جیغ و داد او و فریادهای شوهر علیلش، شما را متوقف می کند. خوشبختانه با بجا گذاشتن کت خود با خشونت خانه را ترک میکنی. در چنین

مواقعی گاه حتا امکان قتل نیز هست."

و با مهربانی که تا حالا نشان نداده بود، اضافه کرد:

" بفرمائید، با آقایان تشریف ببرید. امید وارم معالجات مفید واقع شود. "

" اجازه بدهید فقط یک سئوال مطرح کنم و به اتفاق آقایان بروم ."

سکوتش را که دیدم، جرات پیدا کردم، مامورین گردن کلفتی هم که چپ و راستم را گرفته بودند، مانع نشدند.

" باور بفرمائید، جریان بدین گونه نبوده است. من بهیچ وجه بیمار نیستم. نه جنون ادواری دارم نه جنون جوانی و نه آن اسم پزشکی که گفتید. اگر روزی حوصله داشتید و اجازه دادید، برایتان تعریف خواهم کرد."

این را گفتم و برخاستم تا به اتفاق ماموران، نمی دانم به کجا بروم. داشتیم از در خارج می شدیم که شنیدم:

" این درست علامت بیماری است. همه مبتلایان ادعا دارند بیمار نیستند... ولی هستند "

این آب پاکی بود، که به سرتا پایم ریخت، سردم شد.

این کوچ عظیم نه تنها پایان نگرفته،
که با همان عظمت و گستردگی هنوز
ادامه دارد...
از " آمازون " تا " کانبرا "...

# قصه ی کوچ

در " بخارست " هواپیما عوض می کردیم. هوا آزار دهنده سرد بود. برفی سنگین
فرودگاه را پر از اشباح کرده بود. شلاق باد، ساچمه های ریز برف را بیرحمانه
در پوست صورت می چکاند. نور زرد و بی حال تک توک چراغ های ترمینال
دوردست با تاریکی مسلط بر همه جا، کاری نداشت.

چهار صبح بود، مامورین سلاح به دست که تا گردن در لباس هایشان فرو رفته
بودند، از زیر کلاه پوست های چرک و بی قواره خود، تک تک مسافران را می
پائیدند. از پله های هواپیما سرازیر شدیم، نگاه هایمان را که بی اختیار روی آنها
افتاده بود جمع کردیم. سه ساعتی را باید درانتظار کشنده باشیم، و برای سوار
شدن، از سد کنترل پاسپورت بگذریم. از " بانکوک " می آمدیم. در آنجا داشتیم
می پوسیدیم.

بدون " پاس " به پاکستان و از آنجا به تایلند رفته بودیم. هر جای دیگر را فکر
کرده بودیم جز" تایلند " را. و حالا داشتیم بیرون می زدیم.

من پاس بلژیکی داشتم، " مهدی " پاس آمریکائی . هردو، موهایمان را کمی
رنگ کرده بودیم و به کمک لنزهای آبی و سبز، خودمان فکر میکردیم که تغییر
قیافه داده ایم. می دانستیم که این دیگر دل به اقیانوس! زدن است. برایمان دیگر
اقیانوس و دریا فرقی نمی کرد.

در بانکوک، یکبار کنترل پاسپورت را از سر گذرانده بودیم. به " اسپانیا " می
رفتیم، بهترین راه رفتن به " کانادا " پروازمستقیم از" مادرید " بود. خیلی ها

مدیون همیاری کارکنان فرودگاههای اسپانیا، بخصوص بروبچه های فرودگاه " باراخاس " مادرید هستند:

gracias amigos (۱)

البته اگر از سد " فرود گاه بخارست " جان به در می بردیم.

بیش از دو سال بر بال بی پرواز قول های " UN " عمر سائیده بودیم. گاه راهی دانمارک بودیم و زمانی در صف انتظار سوئد و نروژ ، بی حاصل! وکما کان هر روز در رستوران " ما ما " درپائین شهر بانکوک جمع می شدیم و بحساب مستمری آخرماه، صبحانه ای که گاه بایستی تا فردا صبح دوام بیاورد می خوردیم. وقتی وارد می شدیم، از درز باقی مانده چشمان گندمیش که برای دیدن ما تنگ تر می شد محبت را باخنده مادرانه ای به استقبالمان می فرستاد و ازشوق لبریز مان مىکرد. با " ماما " دریافتیم، هنوز قلب هائی که با طپش های خود، خون صمیمیت را در رگها جاری کنند یافت می شوند.و نوید می دهند که هنوز انسان در هجوم رذالت ها کاملن تنها نشده است.

هشت نفر بودیم. درحاشیه جنگلی کم پشت، درحومه " بانکوک " ، خانه ای کهنه و قدیمی، ولی دلباز وجا دار را که سالیانی دراز از بیم ارواح، متروک افتاده بود، با ماهانه ای ناچیزبه اجاره گرفتیم. روزهای زیادی مشغولمان کرد تا توانستیم دستی به سر و کولش بکشیم. بوی گس نا، همه فضای خانه را پر کرده بود. نفهمیدیم با آمدن ما، و آوردن صدا و زندگی، این بو همراه با ارواح! به جای دیگر رفت، یا ما عادت کردیم. هنوز پیچک های رونده قسمتی ازخانه را در اختیار داشتند، و هنوز سبزک های ماسیده بر در و دیوار، حکایت سکوت و تنهائی و دوری از انسان را فریاد می زدند، که ما زندگی را شروع کردیم، و بودیم تا آخرین نفر. با رفتن ما یقینن سکوت بر بالهای سپید ارواح، بار دیگر به خانه باز می گشت و تنهائی آن خانه متروک مجددن آغازمی شد.

هیچ برگ هویتی نداشتیم، پلیس تایلند هر وقت ویرش میگرفت می توانست ما را دستگیر کند، و در آمدن از زندان به رویا و معجزه مي مانست. با همه تلاشی که کردیم، " امیر " را هفت ماه بعد با خرواری از بیماریهای پوستی بیرون کشیدیم. در بانکوک آشنا شده بودیم. هر کدام بنحوی زده بودیم بیرون. با عبور از مرز ماجراها شروع می شد. بیشتر ما از پاکستان به تایلند آمده بودیم و صابون دلالها

۱- دوستان متشکریم.

ی بلوچ و مامورین پاکستانی را بر جامه خود تجربه کرده بودیم. خوب هم داشتند، چرا که به کلاه قانع بودند. و این برای ما که تمامی کلاه ها را با سر دیده بودیم اولین بارقه ی امید بود.

" رضا " می گفت چند کیلومتری که از مرز گذشتیم، دستور استراحت داده شد، و ادامه یافت تا تنگ غروب، هرچه اصرارکردیم که تا روز است و چش و چارمان جائی را می بیند راه بیافتیم، بلکه بجائی برسیم، راهنما زیر بار نرفت. بلند بالا،لاغر اندام و آفتاب سوخته بود و گمان می کرد با " پیشتوئی " [۲] که زیر لباس بلوچی پنهان دارد، قادر بهر کاری است. از کارش نا راضی بود، می گفت:

"... حکمِ رئیسه، ولی مو دِلُم می خواد، جلوی قافله باشم و راه صاف کُنُم، او کار مردونَس ...."

جیپ عهد بوقی داشت. هوا که تاریک شد، کورسوی چراغهائی از دور دست، خوشحالمان کرد. راهنما که تا آن موقع روی زمین داز کشیده بود، خودش را تکانی داد و گفت:

" بچه ها، برین تا به اون چراغا برسین، اگه قبل از روشن شدن اونا، راه می افتادین گُم می شدین..."

خودش را تکاند و سوار جیپ شد. رفتیم سوار شویم، گفت:

" نه! مو تنها برمی گردُم، شما باید بقیه راهه پیاده برین "

بهم نگاه کردیم . چقدر راه است؟ آنجا کجاست؟ اگر رسیدیم بعد چکارکنیم؟ راهنما موتور جیپ را روشن کرده بود.

"...سراغ غلامِ بگیرین. صدای موتور مامورینه هوشیار می کنه، باید بی سرو صدا و پیاده برین، غلام را هنمائي تون می کنه "

نگاه هایمان می گفت: به زیرش بکشیم، حلقومش را بفشاریم و درجا کارش را تمام کنیم. دیگر تحمل نامردی نداشتیم. با عصبانیت اعتراض کردیم:

" این همه پول داده ایم، حالا ما را در بیابان به امید یکی دوچراغی که معلوم نیست تا کی روشن خواهند بود رها می کنی؟ آمدیم به آنجا که رسیدیم غلام نبود؟ اصلن غلام چگونه قیافه ای ست؟ ما را از کجا می شناسد؟ بچه هائی که قبلن رفته اند، به ما نگفته اند که پیاده روی شبانه داشته اند. "

راهنما گوشش بدهکار نبود. بدون روشن کردن چراغهای جیپ، سر و ته کرد.

۲ - طپانچه

"...اگه تند و بی خستگی برین، سه چار ساعت راه بیشتر نیست. اگر نجنبید، تاصبم نمی رسین. اون وخت، کار خراب میشه. قبلن این راهه با لباس، پاکی و سوار شتر می رفتن، اما حالا هر شتر سواری مظنونه. رفعش ام! خرج داره.... معطل نکنین. اگه هوا روشن بشه، غلام غیبش می زنه. ...یه قهوه خونه اونجاس، وختی برسین، بسته اس، در بزنین، اگه بی درد سر باز بشه، غلامه. "

" اگه بی درد سر باز نشه چی؟... "

به سئوال های ما وآشوب درونِ‌مان کاری نداشت. حرف خودش را می زد.

"...سفارشات شده، ولی شانسم باید داشته باشین "

در" بانکوک " آشنا شده بودیم، و حالا در ترانزیت نشسته بودیم ...در فرودگاه " بخارست "، من و مهدی... دود سیگارهای نا مرغوب و بوی کبریت های فسفری، لنزهایمان را نا راحت کرده بود و چشم هایمان سوزن سوزن می کرد. رایحه مخلوطِ عطرها و اودکلن ها، بوی عَرَق های کهنه تن و انواع مشروبهای الکلی، تنفس را به تعطیل می کشاند، و روی تحمل ما فشار می آورد. از ماموری سراغ دستشوئی را گرفتم. خشک و بی احساس به چشمانم خیره شد، و با تحکم گفت:

" پاسپورتت را ببینم "

بند دلم پاره شد. را هیچ دلیلی نداشت جز اینکه فهمیده باشد. خودم را جمع و جورکردم، برگشتم سراغ ساکم، مامور دنبالم آمد. پاسم را درآوردم و با ناراحتی دستم را با پاسپورت به سویش دراز کردم. بدون گرفتن آن، نشانی را داد. هنوز نفهمیده ام چرا.

مهدی می گفت: این جماعت به همه چیز و همه کس شک دارند، همین طوری تیری می اندازند، شاید کسی گفت: آخ.

تنها خط هوائی که ما را درخور امکانمان به " مادرید" می رساند، همین بود، چاره ای نداشتیم، باید تکان می خوردیم. بوی سکون گرفته بودیم. داشتیم می پوسیدیم. به قصد " تایلند " نیامده بودیم. تله بانکوک بد جوری گرفتارمان کرده بود. وقتی که " UN " را بی وفا! یافتیم، به چاره دیگری متوسل شدیم و عصیانی بیرون زدیم. هرچند نفر بسوئی..... بیش ازدوسال بود که زندگیمان در کیف دستی های بزرگمان، خلاصه می شد. با مجموعه زندگیم به دستشوئی رفتم تا بلائی سر لنزهای لعنتی که قرار را از چشمانم گرفته بود بیاورم. دلم نمی خواست از مهدی

جدا بشوم، بیم داشتم، به اوگفتم:
تا بر می گردم روزنامه را کنار بگذار. مدتی است که خود را با روزنامه مشغول کردن اعتبارش را از دست داده است. این مربوط می شود به زمان نهضت مقاومت فرانسه، حالا دیگر کارساز نیست، بیشتر ایجاد شک می کند.
بچه ها در بانکوک منتظر نتیجه کار ما بودند. قرار بود از مادرید به آنها خبر بدهیم. از گروه ما سه نفر دیگر در بانکوک بودند. قبلن، ایرج و رضا و حسین، با خط هوائی " لهستان " به " دانمارک " رفته بودند. در" ورشو " برای روبراه کردن هواپیما، یکساعت توقف داشتند و بایستی پیاده می شدند، این را نمی دانستند و قبل از این توقف، پاسپورت هایشان را در هواپیما پاره کرده بودند، ماموری جلو درسالن ترانزیت پاس ها را کنترل می کرده است.
می گویند:
پاسپورت های ما در هواپیماست، بر میگردند که پاس های نداشته را بیاورند. در هواپیمای خلوت به خلبان پناه می برند، ماجرا رامی گویند و کمک می خواهند....و حالا در دانمارک تحصیل می کنند.
سوت زنان از دستشوئی بیرون آمدم، مهدی را روانه کردم و خودم برای تحمل بیقراری و سنگینی باری که طاقت سوز بود، شروع کردم به قدم زدن. اعصاب سوهان خورده ام تیر می کشید و درد قابل تحملی را بهمه بدنم می فرستاد. هوس یک چای داغ دم کشیده، وجودم را لبریز کرده بود. درفرودگاه دوبی، که اولین توقف بود، از هواپیما پیاده نشدیم، و در سردترین ماه سال ازگرما داشتیم کلافه می شدیم. چهل وپنج دقیقه معطلی داشتیم، و ما طولانی ترین چهل و پنج دقیقه عمرمان را گذراندیم. نشست بی تعویض بعدی، اگر از فرودگاه بخارست جان به در می بردیم " زوریخ " بود و بعد، مادرید و عبوراز پلیس به یادگار مانده از " فرانکو".
دوشب بود نخوابیده بودیم، و فشار خرد کننده همه چیز، فرسودگی را در جانمان دوانده بود. بی کمترین تمرینی، و بدون چوب موازنه، بند بازی خطرناکی را آغاز کرده بودیم. این بازی از حدود دو سال پیش آغاز شده بود، و حالا در نیمه راه، درمرتفع ترین قسمت، روی طنابی که سخت شکم داده بود، نوید تمام شدن نمایش را می داد. یا سرنگون می شدیم با بدرقه ای از آه، و یا بپایان می بردیم، هرچند

کف زدنی بگوش نرسد.
دلم می خواست، همانطور که می اندیشم حرف بزنم، به زبان خودم، و از خاطراتم برای مهدی تعریف کنم، از همه آنچه که زندگی ام را شکل می داد....از" پیچ های امین الدوله " روی پرچین باغها، و عطر نشئه آورشان، از" فال گردو" از پرواز ناگهانی هزاران سار ازشاخساردرختان... مهدی بر گشت و رو به من گفت: Are you OK و من که به هیچ وجه OK نبودم، نا چار با لبخند گفتم: Yes ، و به خودم گفتم: Yes و زهر مار...
و زمان چقدر لَنگ می زد. مثل فضای مه گرفته فرودگاه، و مثل فضای سنگین سالن ترانزیت. چمبره زده بود و حرکت نمی کرد. وقتی نمی خواهیم، مثل برق می گذرد، و حالا تمایلی به گذشتن نداشت. می ترسیدم اگر بیشتر ادامه بیابد ازتحمل سرم که احساس می کردم باد کرده است، وا بمانم. وقتی بقیه مسافرها به طرف دری هجوم بردند، فهمیدیم موقع سوارشدن است. آرامش چهره ها حسادتم را بر انگیخته بود، و بغضی گلوگیر، همچون دستی قوی، داشت خفه ام می کرد. چقدر دلم می خواست ما هم می توانستیم بی بازی شانس، و بدون دلهره سوار شویم. اما فاصله ما با خواسته های دلمان، هر روز بیشتر می شد. می رفتیم تا این فاصله را کمترکنیم، تا جائی برای بازشناسی خودمان بیابیم. و آغاز کنیم تداومی کار ساز را.
قراراین بود: هر جا یکی از ما را گرفتند، دیگری، بدون توجه وکاملن عادی به راهش ادامه بدهد، و این تصمیمی ساده نبود. پیشایش درد تحمل آن دهانم را تلخ کرده بود. و نگاه غمزده مهدی بهنگام تائید آن قساوت گریز ناپذیر این تصمیم را بروز می داد. اوایل صف بودیم، بایستی از سالن ترانزیت به اتاق کوچکی که دونفر، پشت دو میز، پاسپورت و بلیط را وارسی می کردند، و کارت سوارشدن می دادند، برویم و از در دیگر که بی فاصله به در کشوئی اتوبوسی منتظر باز می شد خارج شویم. من و مهدی به فاصله چهار پنج نفر در صف بودیم. مهدی جلوتر بود، وقتی بطرف مامور رفت، ضربان قلبم همچون صدای طبل در سرم پیچید. می ترسیدم مسافران متوجه بشوند.. ..همیشه کارش رسوا کردن است. چه جنجالی و پر سرو صداست. زبان را و حتا حالت نگاه را می توان مهارکرد، ولی قلب را هرگز. راه خودش را می رود. و با همه ادعا گاه بسیارکم جنبه است. هم

ترس را بروز می دهد، ... هم عشق را...نا محرم است. خیلی سریعتر از آنچه که فکر می کردم کارمهدی تمام شد. کارت سوار شدن را گرفت و رفت بطرف اتوبوس ..... " کاش منهم به همین مامور می خوردم "

مهدی نیمه راه را رفته بود. و می رفت تا بخارست را هم پشت سر بگذارد. و شاید من را، و برای همیشه. نمی توانستم تکان بخورم، درونم دنیائی از آشوب و فکر بود. به بهانه بستن بند کفشم نشستم. کاش می شد زمانی را در همین حال بمانم. این پا آن پا کردن صلاح نبود، فورن برخواستم ساکم را به دست گرفتم و وارد اتاق شدم. پاس و بلیطم راجلو مامور روی میز گذاشتم. بلیط را سطحی نگاه کرد و پاسپورتم را به دست گرفت. با هر برگی که می زد نگاهش را به صورتم می کوفت. با توجه به پاسی که داشتم، بیم آن می رفت که با یکی از زبانهای رایج! "کشورم " با من حرف بزند. در اینصورت با پته ای که روی آب می افتاد چه می توانستم بکنم. با آخرین نگاه، پاس را بست، ولی آن را به من نداد. روی میز جلوی خودش گذاشت. و مجددن به صورتم خیره شد. چه پیله ای کرده بود. احساس می کردم دارد درونم را می چلاند. تسلط چرخش چشمانم را از دست داده بودم، نمی دانستم چکارکنم. استحکام ایستادنم بهم خورده بود. به قلبم نهیب زدم: ساکت! تا اینجا را آمده ایم، ادامه را دریغ نکن.

می دانستم که اگر نگاههای مامور ادامه بیابد، با تغییر حالتی که نیمی از آن رو شده بود، کار دستم خواهد داد. مانده توانم را جمع و جور کردم، مهار چشمانم راکشیدم، و با همان خیرگی خودش نگاهش کردم و با صدائی که تلاش کردم لرزش نداشته باشد، قاطع پرسیدم:

" مشکلی هست؟ "

فورن کارت سوار شدن را لای پاسم گذاشت و همراه بلیط به د ستم داد. از خوشحالی، چیزی نمانده بود بند را آب بدهم. نزدیک بود بپرم و ببوسمش، ولی دلخور و ناراضی نگاهش کردم و کیف دستیم را برداشتم و راه افتادم. تا مدتی پس از سوار شدن به اتوبوس، مهدی صورتش را که به شیشه چسبانده بود و از آنجا مامورین را زیر نظر داشت، بر نگرداند، و مرا نگاه نکرد. می دانستم بر او آن گذشته است که بر من. آهسته صدا یش کردم. اشک نریخته ای چشمانش را قرمز کرده بود و " لنزها " در حال بیرون زدن بودند. بر خورد نگاه هایمان، آنچه را

که می بایست می گفتیم، بیان کرد. تمام بدنم مور مور می کرد، کرخت شده بودم، و دلم برای قلبم می سوخت. طفلک را خیلی آزرده بودم. حالا هم با آنکه آرام گرفته بود، ضربانش رونق لازم را نداشت. با ساکی که سنگین تر شده بود، از پله های هواپیما بالا رفتم، خودم را روی صندلی انداختم و چشمانم را بستم. مثل اینکه کوه کنده باشم.

# ماه های آخر

چهار ماهی می شود از خانه بیرون نرفته ام. شاید هم دیگر هیچ وقت بیرون نروم. بیرون رفتن ابزار و وسیله می خواهد، که اولینش: دل و دماغ است، دل خوش است، و خب، پای ایستادن، پای رفتن، پای گام زدن. ا لبته چهار ماه زمان زیادی نیست. ولی فکر اینکه شاید همیشگی باشد....

نمی دانم.

بیشتر توی این اتاق تنگ و ترش (البته گمان نمی کنم که اگر بزرگ و دَنگال هم بود، فرقی می کرد!) کنار پنجره ای که بر عکس اتاق، بزرگ است، می نشینم. چشم انداز وسیعی پیش رو دارم. انبوه برگهای زرد انباشته شده، " جفا دیدگان باد خزان "، پیاده روی منجر به پارک را بیشتر غمزده و دلگیر کرده است. اما این حُسن را دارد که صدای پای عابرین را، حتا اگر کفش سبک لاستیکی به پا داشته باشند، حتا وقتی چشمهایم بسته باشند و حتا اگر از پنجره فاصله داشته باشم " البته به شرط باز بودن آن "، به خوبی می شنوم.حالا پس از چهار ماه با چشمانِ بسته، و بدون نگاه به این راه باریکه، که می رود به سوی پارک، می دانم که صدای پای زن است یا مرد. و حتا می دانم که بعضی ها چند بار در هفته از این راه باریکه ای که دراز شده است به جانب پارک، رفت و آمد می کنند. خیلی تمرین کردم که با چشمان بسته هم، بدانم کیستند. تا حدودی هم موفق شده ام. اما وقتی که کفشهایشان را عوض می کنند، تشخیص برایم مشکل می شود. و نمی دانم چطور

شاعر، که تمرین! یکجا نشینی من راهم نداشته، ادعا کرده است که:
" می شناسم این صدای پای اوست ."
و احتمالن روی زمینی بدون خش خش برگ های پائیزی. به گمانم باید ا ز کرامات عشق باشد.
چیزی که من ندارم. راستش داشتم، هنوز هم دارم، ای....یکطرفه هم نیست، یعنی اینطور وانمود می شود. حتا نشانه هائی هم دارد. ولی من نمی خواهم ادامه داشته باشد. فکر می کنم بعد از بازگشتم، و آنچه ره آوردش بود، آن را تبدیل به ترحم کرده است. و چه نفرت انگیز است. " ترحم را می گویم "
البته در ادامه، شاعر خود علت " شنا خت! " را اعتراف می کند.
" طرز ره پیمودن زیبای اوست "
ره پیمودن؟!...
چه نعمتی است.چهار ماه بیشتر است. دقیقن چهار ماه و هیجده روز است که " ره نمی پیمایم " ، که این امکان را ندارم.
باید یاد بگیرم که: نشمرم. شمردن به امید پایان است. پایان یک انتظار. خط هائی که یک محکوم به حبس ابد هم به دیوار زندان می کشد، باز خالی از انتظار نیست. انتظار عفو، یا تخفیف. من با کدامین امید زندگی را به شماره بنشینم؟
روزنامه هم نمی خوانم. خواهش کرده ام برایم نیاورند.
این: " برایم نیاورند " هم، صحبت یک انسان در بند است. خواه در زندان، خواه بستری در بیمارستان، خواه کسی چون من، اسیر یک چهار دیواری. کسی که منتظر است تا به ملاقات اش بیایند و برایش " بیاورند ".
فکر نمی کنم بتوانم تاب بیاورم. دردهای جسمی ندارم، یعنی جسمی که درد می کرد، دیگر نیست. پنج ماه و دوازده روز پیش از من جدایش کردند. آن را از من گرفتند." چپم " را همان روزهای اولی که به جبهه رفتم، هنوزعرق ام خشک نشده بود، که از دست دادم ...دومی را؟ خیلی باهاش کنار آمدم، اما حالا آن را هم ندارم.
درد جسمی هم ندارم. دیگر نیستند که به مجرد کم شدن اثر مُسَکن، درد را روانه کنند. اگر هم بودند، دیگر کاری ازشان ساخته نبود. اما درد فکری چرا، خیلی هم دارم. گاه مدتها سرم را روی دست هایم می گذارم و درمانده، جان می کنم.

وقتی خوشگلی باشد، حجاب کاری از پیش نمی برد. گیریم که مانع لرزش پیچش های مو بشود، ولی اشارت های ابرو که هست. وازآن مهمتر گردش نگاهها ست که کلمه به کلمه پیغام را بی بیان حتا یک " کلمه "، با زبان ایما، می رسانند. و حالت باز و بسته شدن پلکها، و خواباندن مژه ها بر روی هم، آتش لازم را می افروزند. نه، حجاب حریف صورت زیبا نمی شود. " آنِ " نشسته در چهره کار خود را می کند، به همان گونه که " مریم " با من کرد، و همه مقاومتم را در اختیار گرفت و نرم نرم به من نزدیک شد. من دیگر حجابی بر سر او نمی دیدم.

جنگی که می توانست نباشد، حلقوم بلعنده اش را به سوی جوانها باز کرده بود.
وقتی چیزی به اعزامم نمانده بود، فهمیدم که اتفاقی افتاده است، و من دیگر آدم آزاد و بی قید قبلی نیستم. " مریم " آرام آرام درهمه درونم گام می زد، و بوی خوش زندگی را در اطرافم می پراکند.
تصمیم گرفتم رسمن به او بگویم دوستش دارم واگر موافق باشد می خواهم با او ازدواج کنم.
بی طاقت در اولین فرصت چنین کردم. وقتی، جواب نداد و ساکت نگاهم کرد پریشان شدم.
اشتباه کرده بودم؟ چرا سکوت؟ با تاخیر، جرات کردم، و کمی دستپاچه، از بیم آنچه که نمی خواستم بشنوم، هر دو دستش را گرفتم و به چشمانش نگاه کردم.
نمی دانستم چکار کنم، یا چه بگویم. در ذهنم مشغول جستجو بودم، که آرام گفت:
" رضا، منهم مثل تو "
زبانش سنگین شده بود. و من برای نجات هر دویمان گفتم:
" مریم، مثل من یعنی چی؟ "
حجاب را از سرش بر داشت، دستهایش را از دستهایم بیرون کشید، کمی فاصله گرفت و گفت:
" رضا، مطمئنی؟ واقعن می خواهی با من ازدواج کنی؟ "
" بله مریم، واقعن می خواهم، باهمه شوق و عشق می خواهم "
جلو آمد، این بار او دستهای مرا گرفت، و رسا تر از بار اول گفت:

" رضا، منهم مثل تو "

و این بار فهمیدم که چه می گوید.

خبرش را به مادرم دادم. خیلی خوشحال شد. فورن این خوشحالی را با مریم در میان گذاشتم.

قرارشد قبل از اعزام به جبهه، نامزد شویم. و در نشستی فامیلی چنین شد.

سه ماه آموزشی کافی نبود. هنوز چیزی دستگیرم نشده بود که روانه ام کردند. به جبهه ای که شعله وربود. اسمش را نشنیده بودم....." سومار"

جای کوچکی که طپش بی وقفه داشت. دریغ از حتا چند ساعت آرامش.

" سومار" جبهه خدمت من بود. در توپخانه!

جای پلکیدن نبود. نه برای آنها که با من شدند هفت نفر، ونه حتا اگر چهار نفر بودیم. سنگرکوچکی بود. ساکم را گوشه ای انداختم و گفتم:

" رضا هستم "

و دوست شدیم، یعنی دوست بودیم. نمی دانم از کی. ولی نگاه های مهربان آنها به سالهای دور بر می گشت. به موقعی که تازه خودمان را پیدا کرده بودیم. در کوچه پس کوچه ها با هم بازی کرده بودیم، کوچه های همه جا...

بیشتر صحبت ها از عاقبت جنگ بود، و حسرت آرامشی که نداشتیم. و آرزوی باز گشت. و گاه سَرَکی به خاطرا ت. ولی من بیشتر مریم را مزه مزه می کردم، و کمتر با آنها بودم. همه در تدارک حمله بودیم. در فاصله کوتاه استراحت، به ساکم تکیه داده بودم، دیدم مریم منتظرم ا یستاده، برخاستم، دستش را گرفتم و در پیچ و خم های پارکی که هر گز ندیده بودم، درسکوت راه افتادیم.

غرش انفجارهای بی وقفه، نمی گذاشت که حرف بزنم، ولی او گاه به صورتم نگاه می کرد و آرام می گفت:

" چرا ساکتی؟ "

در جبهه نبود، و سکوت من را نمی خوا ست. تصمیم گرفتیم برای اینکه بهتر با هم باشیم جائی بنشینیم. به طرف نیمکتی خالی که زیر درختان افرا، درخُنکای سایه ای قرار داشت رفتیم. ولی نتوانستیم بنشینیم، نفهمیدم چرا.....

در کرمانشاه، در بیمارستان، احمد همراهم بود.
خودم را به جا نمی آوردم. حال خوبی نداشتم. گیج بودم.حالت تهوع کلافه ام کرده بود. درست نمی دانستم چرا روی ا ین تخت هستم. احمد نگاهش را از من می دزدید. یا سقف را نگاه می کرد یا زمین را. چند بار صدایش کردم. می گفت نشنیده است. ولی شنیده بود. نمی خواست حرف بزند.

هر روز به دیدنم می آید. در همین اتاق کوچک، کنار همین پنجره بزرگ، و با همین چشم انداز.
از برگهای زردی که راه باریکه منتهی به پارک را پوشانده، خوشش نمی اید. می گوید:
" من پا ئیز را دوست ندارم "
ولی من از همین راه باریکه ی پوشیده از برگهای زرد، به اتفاق مریم به همین پارک رفته بودیم.
همین فصل بود، پائیز بود، دیروز بود.
نیمه ام را که دل خوشی ازش ندارم، مدیون احمد هستم. آغوش او مرا تا اینجا آورده است.
" ولی چرا فقط من را؟ "
هرگز به من نگفت.
بعد ها فهمیدم که بقیه بچه ها، این ور و آن ور ا فتاده بودند، و با سکوتی برای همیشه. گویا سینه من بازی کوچکی داشته است. و احمد که ثمره یک معجزه بود.
در کرمانشاه ...در بیمارستان...وقتی بالاخره نگاهش را از سقف و زمین برگرفت و با من حرف زد، گفت:
" رضا خوشحالم که زنده ای ، هرچند یکی را از دست داده ای "
او که می دانست، چرا نگفت که: دومی هم ماندنی نیست. شاید نمی دانست، شاید نمی خواست بگوید.
همانجا در همان بیمارستان بود که برا یش ا ز مریم گفتم. و آنجا بود که برای اولین بار با بوسه ای آغشته به اشک پیشانی ام را لمس کرد.

قرار بود مرا تا شهرم همراهی کند، و بقیه خدمتش را نیزدر همانجا بگذراند. ولی تا امروز رهایم نکرده است.

"... رضا تو مانده ی آنهائی هستی که بیش از یکسال، شب و روز با هم بودیم. تو که آمدی قرار

بود " مجید " مرخص شود، خدمتش تمام شده بود . چقدر از زن و بچه کوچکش برایم گفته بود.

چه شب هائی زیر آتشبار های دشمن، " بهرام " برایمان، " دشتی " خوانده بود، و به اتفاق گریسته بودیم. وقتی از " حسن " پرسیدیم: بچه کجائی؟ و گفت: " بچه لشت نشا "، همه بهم نگاه کردیم.

هیچکدام نفهمیده بودیم کجا را می گوید. و چقدر از شمال همیشه سبز، برایمان گفت. چقدر سر به سر " کاظم " می گذاشتیم، و او بی توجه، با آن لهجه شیرین قزوینی اش، دلداریمان می داد. و" کریم " با چه آب و تابی از سرشیر و عسل های تبریز می گفت، و دعوت صمیمانه از همه ما که پس از جنگ میهمان او باشیم، برای شکار در دامنه های " سهند "...لعنت بر جنگ "

" احمد، کاش بجای یکی از آن نازنین ها، من رفته بودم. اینکه من دارم زندگی نیست. اگر بگویم به آنها حسودی ام می شود، باورکن. "


باد پائیزی گاه چه صدائی دارد. و زندگی چه بازی هائی....و ذهن چه قدرت تخیلی.

چه پدر خوبی داشتم، وقتی که رفت تنها شدم. هنوز دبستان را تمام نکرده بودم. اگر بود، چه نو جوانی بهتری می داشتم. مادر برای روبراهی من، چه پر قدرت با مشکلات جنگید.

و چه شعفی صورتش را پر کرد، وقتی از مریم برایش گفتم. آن دو قطره ای که به هنگام عزیمت به جبهه، از آن چشمان نازنین و مهربان سرا زیر شد، کلافه ام کرد. کاش بود تا جدائی ا ز مریم را، مریمی که نمی تواند و نباید مال من باشد به او می سپردم. کار ساده ای نبود. برای مادر هم نمی توانست ساده باشد. نمی توانستم ادامه بدهم. نمی دانستم چگونه شروع کنم. این از همه شروع های زندگی

ام سخت تر بود.

اما، بهر جان کندنی، دیروز، در آ ن دیروز خاکستری شروع کردم.

هنوز ضربانم ناجور است. هنوز نفس تنگی دارم. هنوز لرزش شروع رهایم نکرده است.

چند روزی می شد که نیامده بود. دیروزآمد. با یک دسته گل آمد. و همین گل پریشانم کرد. در فکرم چرخید: " به ملاقاتم! آمده است. "

گل را که در گلدان جای داد، تختخواب در هم ریخته ام را مرتب کرد.

وقتی خودش را روی لبه تخت جابجا کرد، نمی دانم چرا بی مقدمه گفت:

" رضا، من تورا مثل سابق، مثل همیشه، دوست دارم. "

و ساکت خودش را با کرک های پتو مشغول کرد.

صندلی را راندم کنار پنجره، پشت به او. نگاهم را بردم بیرون. و تلاش کردم خودم را از فضای اتاق خارج کنم.

خوب می دانستم که مریم را خیلی دوست دارم. و می دانستم که اگر تمامش نکنم، و پل ارتباطی آن را از میان بر ندارم، کار دست هر دوی مان خواهد داد، . بخصوص مریم را سخت خواهد آزرد.

می دانستم با وضعی که من دارم ادامه اش، به پشیمانی و نفرت کشانده خواهد شد، واین سرنگونی را نمی خواستم. باید بتوانم خاطره اش را، نه برای خودم که برای مریم حفظ کنم. می دانستم راست می گوید، اوهم مرا دوست دارد، و بی تردید، حتا حاضر است با نیمه من زندگی کند. ولی حاصل جنگ، نقطه پایانی بوده است بر آنچه که می توانست، متعارف و عادی آغاز گردد، و بشود یک زندگی. باید از همه توان اراده ام بهره بگیرم، و تمامش کنم.

در فکر شروع بودم که دست هایش را از پشت روی شانه هایم گذاشت. بوی خوشی احساس منتظرم را بارور کرد. صندلی را چرخاند، روبرویم نشست، سرم را بین دستهایش نگه داشت، به چشمانم نگاه کرد، جلو تر آمد. هُرم نفس هایش صورتم را گرم کرد.

"... رضا،... تو هنوز همان رضای منی... با همان نگاه ها..."

چشمانش را بست، من هم. داغی لب ها یش همه نیمه ام را بر افروخت. و احساس

ناشناخته ای تنم را به مور مور انداخت. اصلن انتظارش را نداشتم. گردش اشک نریخته ای چشمانم را سوخت.

وقتی از من فاصله گرفت، چشمان او هم پر آب بود.... چه پیش آمدی!

بر خاست، انگشتا نش را شانه موهایم کرد و گفت:

" رضا، خواهش می کنم به زندگی بر گرد.... می توانی، می توانیم....من همراهت هستم..."

ساکت سرم را پائین گرفته بودم. نمی خواستم نگاهش کنم. فکر کرد تنها یم بگذارد.

خو د ش را جمع و جورکرد. باز روبرویم نشست و گفت:

" رضا، فردا هم می آیم. "

دندان روی احساس گُر گرفته ام گذاشتم، نفسم را تو دادم، آرام ولی واضح گفتم:

" نه مریم، فردا نه. چند روزدیگر....نیا، تا خبر شوی...."

دانه های عرق، همچون تاول های آبله، روی پیشانیش روئید، و از زیر مو های اصلاح نشده پشت سرم من، روی تیره کمرم راه افتاد. و این آخرین ارتباط! ما با هم بود.

آرام برخاست. کیفش را روی دوشش انداخت، و بی نگاهی پایانی، آهسته از در بیرون رفت.

....هنوز پائیز است....دیروز بود....پنجره را کیپ بستم و پرده را کشیدم.

من دیروز آخرین داشته ام را نیز از دست دادم.

# مرتضا و سرگرد ناصری

همراه با صدای موتور هواپیما که با حرکت آرامی غول آهنین را به انتهای باند می کشاند سرم را به پنجره چسباندم و نگاهم را بیرون انداختم. مثل اینکه هزاران گلوله از هر سو به قلب زمین شلیک شده باشد، شتک آن به صورت شقایق های وحشی، پهن دشت اطراف باند را پوشانده بود و من جوشش آنها را جلوی چشمانم داشتم.

دیو که غرش کنان و تنوره کشان از زمین کنده شد، شبح شهر را که زیر دود و دم خفه کننده ای دست و پا می زد، زیر نظر گرفتم....

شهر زیبای خاطراتم، کوچه پس کوچه های کودکی ام، پارک ها و کافه های جوانیم، کوچک و کوچک تر می شدند، و از من فاصله می گرفتند...

با هجوم ابرها، که لایه به لایه، همچون سالهای عمرم روی هم چیده شده بودند، و با وزش باد تصویر های نا مفهومی را شکل می دادند، لمس سر انگشتانم، با شهرم کمتر می شد و جدائیمان با همه دردش فرا می رسید.

وقتی بین ابر و خورشید تنها ماندم و چشم اندازم جز افق سر گردان چیزی نیافت، صندلی ام را خواباندم، نگاهم را از پنجره بر داشتم، و در اندوهی تلخ فرو رفتم.

....صدای رگبار مسلسل ها، یک لحظه قطع نمی شد، غرش توپ ها، تمامی منطقه را می لرزاند و ما سربازان، بچه های صیغه ای جبهه، درون چاله ای که هیچ شباهتی به سنگر نداشت، توی هم فرو رفته بودیم، و مانده بودیم چکارکنیم.

فرماندهی در کنارمان نبود. بر خورد هر گلوله ای به سنگر، چاله را با تمامی نفرات به هوا می برد.

غروب، شب را با خود حمل می کرد. سیاهی بر همه جا کشیده می شد، و برد دیدمان در بر خورد به ستبر تاریکی از توان می افتاد. دشمن بی وقفه گلوله باران می کرد. قصدش درهم کوبیدن همه میدان بود. صدای فریاد نفرات از گوشه و کنار، و از درون آتش بازی دشمن در تمامی محوطه به گوش می رسید.

برنامه ما این بود که پس از موضع گیری، حمله ای جانانه و سرتا سری را آغاز کنیم، و دشمن را از بازی بیشتر باز داریم. ولی آنها زودتر شروع کردند، و مانع شدند که ما جا بگیریم.

" شبیخون " بود و شبیخون همیشه ناجوانمردانه است. ارتباط پس و پیش جبهه نیمه کاره مانده بود، و دشمن با آگاهی از آن، با تمام نیرو می تاخت، و ما بی هیچ پوشش هوائی و زمینی، هر چند نفر در چاله ای، در مانده شده بودیم.

یکی از سربازان با بغض فریاد کشید:

"...پس کجاست جناب سر گردی که همه اش می گفت: ( بچه های من! سربازان من )، چرا نمی آید تا پرپر شدن بچه هایش را ببیند؟ "

و دیگری با قدرت گفت:

"...دهانت را ببند!...مگر نمی بینی که دشمن دستمان را خوانده؟....حتمن جناب سرگرد همین اطراف است...البته اگر زنده باشد..."

و اضافه کرد:

"...از این لحظه، من فرمانده این سنگرم....هر کس به حرفم توجه نکند مغزش را داغون می کنم....بی حرکت باقی بمانید..."

یکی با تمسخر گفت:

" بی حرکت بمانیم تا مثل بچه آدم کشته شویم، ها؟ "

وقتی با ضربه آرنج دهانش را بست.

همه فهمیدیم که قدرت فرماندهی دارد. و همین ضربه آرنج بود که همه را ساکت کرد.

دشمن، نفس جبهه را گرفته بود. ده پانزده دقیقه بود که تکان نخورده بودیم. فرمانده

جدید برای خودش حرف میزد...
"...ما، پنجاه، شصت میلیونیم، و آنها سیزده چهارده میلیون.... اگر دروازه ها را هم باز کنیم، اسلحه هایمان را زمین بگذاریم و مقدمشان را گلباران کنیم، باز نخواهند توانست عظمت ما را هضم کنند....ما، بخصوص برای این همسایه گستاخ لقمه گلوگیری هستیم.
صدائی از دور دست پاسخ داد:
"...مقدمشان را گلباران کنیم!؟...قلم پایشان را خرد می کنیم..."
همه صداها در چاله ای به این کوچکی، از دور شنیده می شد، با آنکه می دانستیم فرمانده خود خوانده، سربازی است مثل خودمان، ولی احساس دل قرصی می کردیم. دلمان می خواست بدانیم در سنگر های دیگر چه خبر است. عرض و طول جبهه را نمی دانستیم، ولی برای چنان حمله ای حتمن تعداد زیادی سرباز در چاله های مختلف، حال و روز ما را داشتند، و بی شک تلفات سنگین بود.
هق هق گریه آتشبار های دشمن، تمام شدنی نبود. تاریکی سیطره اش را گسترده بود و ما جای کافی برای تکان خوردن نداشتیم.
صدای دیگری گفت:
"...فرمانده! تا کی همینطور بمانیم؟ من آماده ام یک تنه بزنم بیرون، هر دستوری هست بگو "
فرمانده نمی توانست دستوری جز " بی حرکت " بدهد. ولی هیچ نگفت. همه در انتظار نظرش بودیم. رسمن ازش حساب می بردیم و فرماندهی اش را قبول کرده بودیم.
"....در این وضعیت، بیرون رفتن از سنگر دیوانگی است، خود کشی بی ارزشی است. می دانم که جز تفنگ اسلحه دیگری نداریم. ولی به موقع با همین تفنگ، به ازای هر کداممان، چند نفر از آن ها را نابود خواهیم کرد "
و با این حرفش، راه تسلیم، برگشت، و زنده ماندنمان را بست.
"....اول خودم می زنم بیرون " و خندبد.
در زمانی به این کوتاهی آنچنان خودش را جا انداخته بود که خنده اش فرصت داد تا کمی اعصابمان راحت شود.

سر بازی که کلاه خوودش تا روی بینی اش را پوشانده بود، با صدای خفه ای گفت:

"... نه، فرمانده، من اول می روم، چون علاوه بر تفنگ، نارنجک هم دارم..."

و فرمانده پاسخ داد:

" به موقعش می گویم که چکار بکنیم. فعلن که لعنتی ها دارند بی وقفه می کوبند، و ما فرصت هیچ کاری نداریم....من فکر می کنم، این همه رگبار می تواند از ترس باشد. بیم دارند که فقط برای چند دقیقه هم که شده دست از آتشبازی بر دارند..."

ما را دلداری می داد.

امکانات آرتش، در تمام جبهه ها بسیار محدود بود. برای هر حمله و کار برد هر سلاحی، و بهر مقدار، اجازه های اختصاصی و وقت گیر لازم بود، که اغلب حکم نوشداروی پس از مرگ را داشت. یکبار که به سرگرد گفتیم:

" چرا از فرصت ها استفاده نمی کنیم؟ "

با ناراحتی گفت:

" اینکه جنگ نیست. این یک قرار دادی است که در آن تکلیف هر طرف از پیش روشن است. بعضی از مواد این قرار داد، دست و پایمان را توی پوست گردو گذاشته است. همانطور که قبل از شروع آن، تعدادی از نخبه افرادمان را به بهانه های مختلف از رده خارج کردند و مقدار زیادی از سلاح هایمان را از کار انداختند. ولی برای من، و حتمن برای شما سربازان، کشورمان بدون توجه به هر قراردادی، ارجح و اول است..."

شعله افکن های دشمن، تمامی صحنه را روشن می کرد، و گلوله ها بی امان می بارید، و همه صدا های دنیا در آنجا جمع شده بود.

زمین در حال انفجار بود. گستاخی دشمن، بجای ترس، خون را در رگ ها یمان به جوش آورده بود.

"...جناب سر گرد گفته بود که این یک قرار داد است، قصدشان خرابی است و نه تسخیر، چون با همه شلوغی که راه انداخته اند، یک قدم جلو نمی آیند..."

این نظر فرمانده جدیدمان بود.

"....پس بگذار ما جلو برویم، به دنبال ما، بقیه هم خواهند آمد. هم دشمن را می ترسانیم هم پیشروی می کنیم..."

کماکان کلاه خوودش تمامی صورتش را پوشانده بود، و کلماتش مشکل فهمیده می شد.

التهاب، بیقرارمان کرده بود. در جائی بسیار تنگ، بیشترین حرکت را داشتیم. به یکدیگر فشار می آوردیم....و فرمانده را زیر بار نگاههایمان کلافه کرده بودیم، و اصلن توجه نداشتیم که مدتی است صدائی شنیده نمی شود.

سکوت جبهه، سکوت سنگر را به دنبال آورد. با اینکه میشد بهتر حرف زد، کسی حرف نمی زد. هیچکدام نمی دانستیم که چه خواهد شد.

"...دشمن دارد تدارک مجدد می بیند..."

تا حالا حرفی نزده بود.

و ادامه داد:

" شاید هم فکر می کند که کار ما را ساخته است. خیالش راحت شده است. "

بی هیچ حرفی یکدیگر را می پائیدیم...

فر مانده با تاخیر گفت:

" این ها هیچ وقت خیالشان راحت نخواهد شد. بهر دلیل، چه توطئه، و چه قرار داد، گناه شان بی حرمتی به همسایه است، و بی پاسخی شایسته نخواهد ماند. چه امشب و چه هر وقت دیگر..."

فوران تک تیر هائی، هم تاریکی را می شکافت و هم سکوت را می شکست.

ادامه سکوت، بیشتر عذابمان می داد. انتظار داشتیم فرمانده تکلیفمان را روشن کند. همه پناهمان را در او می جستیم. با هر حرکتش، تکان می خوردیم و گوش می شدیم...

تفنگ اش را به دست گرفت، و با دستمالی که جای انگشتان بیشماری را بر خود داشت، آن را مالش داد. سرش را پائین نگه داشته بود. به ما نگاه نمی کرد.

سکوت، سنگینی آوار را داشت.

آسمان جای خالی نداشت، ستاره ها به هم تکیه داده بودند. تَف هوا هنوز تکان نخورده بود.گُله به گُله، زمین در حال سوختن بود، و عبور تک تیر ها بر ذهنمان

خط درد می کشید.

فرمانده نگاه از تفنگ بر گرفت، تک تک ما را ور انداز کرد، و مثل اینکه ازگردان ما سان می دید، سرش را به آرامی و به احترام تکان می داد.

پشت چهره اش هزاران حرف جوش می زد. دهانش قفل شده بود. کلمات زیر فشار دندان هایش راه عبور نداشتند و پیشانی اش را شیار های متعددی پر کرده بود. هر کدام به چیزی تکیه داده بودیم و کلافگی را تحمل می کردیم.

به دنبال پرش چند تک تیر، شعله افکنی منطقه را چون روز روشن کرد و صدای مهیب انفجار های متعدد از سر گرفته شد و موج آن ها زمین زیر پایمان را می لرزاند. همه مان عصبی تکان می خوردیم و می خواستیم از بلا تکلیفی بیرون بیائیم.

ناگاه صدای فریاد فرمانده، سنگر را در خود گرفت.

"....بچه ها صدا از پشت سرماست،....به خدا این صدای خودی است..."

با خوشحالی عجیبی یقه یکی از ما را چسبید و با هیجان گفت:

"...نگاه کنید این چراغانی جناب سر گرد است..."

به واقع چنین بود، آتش خودی چترش را روی سر ما گرفته بود.

چه صدای دلنوازی،هر شهابش تیری بود که از کمان آرش رها می شد. توفنده و عظیم، خونمان از شوق به جوش آمده بود. جناب سر گرد را می دیدیم که به سوی ما می آید و فریاد می کشد:

"...بچه های من، تنها نیستید، ناصری با شماست..."

گردان توپخانه، جام زهر را به کام دشمن می ریخت و آن ها از حرکت استادانه و به موقع فرمانده ما " مات " شده بودند....خنده مسلسل های خودی، گریه آتشبار های دشمن را ساکت کرده بود.

فرمانده سنگر، روی زانو نشست، تفنگش را به دست گرفت، قنداقش را به سینه چسباند و در فرم تیر اندازی، همه ما را از ورای لوله آن وارسی کرد. در چهره هایمان، ترس را جستجو می کرد، که احتمالن نیافت. صورتش بر افروخته شده بود. صدایش با صلابت و شمرده به گوش می رسید.

"....حالا موقعش است. می رویم تا تلافی کنیم. می رویم تا دشمن بداند که هستیم

و خواهیم بود. "

ساکت شد. مجددن نگاهش را به تفنگش دوخت. ثانیه ها فشار سال را داشتند. تصمیم و اراده در تک تک چهره ها وضوح اجرا را داشت.

خودش را به در سنگر کشاند، قنداق تفنگ را روی پوتینش تکیه داد و آن را به حال عمودی نگاه داشت، و با فریاد دستور داد:

" همه گوش به فرمان!....تمام نفرات با آمادگی کامل و با تمام هوشیاری و نیرو....به پیش!..."

و به دنبالش همه با تمام نیرو، سنگر را پشت سر گذاشتیم.

شش نفر بودیم. و بی شک صد ها شش نفر دیگر...

دشمن از جسارت و یکپارچگی حمله ما خودش را باخته بود. و ما زیر حمایت آتشبار های خودی، بی محابا به پیش می رفتیم...

آسمان جنوب، ارتفاعش کم است، روز ها خورشیدش می سوزاند و شب ها ستاره هایش را می توان چید. و همین ستاره ها گواهند که آن شب، چه با شکوه و با شهامت، با نثار خون خود از حیثیت و شرف خود دفاع کردیم.

در بیمارستان فهمیدم که چهار نفر از ما، چنین سعادتی را داشته اند. و فرمانده جدیدمان، " مرتضا " یکی از آن ها بود.

یادشان گرامی و خاطره عشق پاکشان ماندگار.

به خاطر خود سری در برنامه ریزی و حمله بدون تائید، دیگر سراغی از سرگرد " ناصری " نشد.

همانقدر جدی بود که شوخ. سر داری به کمال بود.

صدایش هنوز در گوشم است:

"....فسقلی! تو هم آمده ای از میهن دفاع کنی؟ "

# اعتیاد

صندلی را جلوکشید، زانو هایش را به پاهایم چسباند، خیره شد توی صورتم:
" چرا همچی میکنی!؟ این چه کاریه؟ "
" میخواهم، مستقیم و از نزدیک توی چشمهایم نگاه کنی "
" من؟ یا تو میخوای اینکار را بکنی؟ لازم نیست توی چشمهایت زل بزنم، از تمام وجناتت، تمام شدنت پیدا است. وقتی توی چشمی خیره می شوند که بخواهند، رمز و رازی را در یابند، که بخواهند، سرچشمه عطوفتی را پیدا کنند، که بخواهند درجستجوی رفاقت وعمق زلال علاقه و دلبستگی باشند. تلخی چشمهای معتاد، بدون خیره شدن هم هوار می کشد. تو چون می دانی که دیگر، آهی هم در بساط نداریم، چشمهایت حتا از خواهش هم تهی است."
"چطور آهی هم نداریم، ما هنوز به ( گنج ) داشته هایمان حتا دست هم نزده ایم. با بکارگیری آن، همه چیزمان سامان مجدد می یابد. و من دوباره متولد خواهم شد، و اعتیاد را هم کنار خواهم گذاشت، با کار برد آن، تمام چاله چوله هایمان را پرُخواهیم کرد، و زندگی با رونقی را تدارک خواهیم دید. "
" این بقول تو گنج کجاست که من از آن خبر ندارم؟ باز چه بامبولی سوارکرده ای مسعود؟ ما گنجی داریم و تو هنوز به آن دست نزده ای؟ یا باز برنامه ای داری و می خواهی که برای یافتن آن راه بیافتم؟ توکه رمقی برایت باقی نمانده، داری شیطنتی را طرح ریزی میکنی؟ تویک غریقی. توکمترین امیدی برای رهائی نداری. مسعود سر به سرم نگذار، بی سروصدا و آرام و با احترام، جدا بشویم

بهتر است، این برای آینده هر دویمان خوب است "

" تو که گفتی من آدم بی ستاره و بی آینده ای هستم، حالا به خاطر خودت، مرا هم آینده دار کردی؟ میترا، من به کمک تو احتیاج دارم. و آن گنجی که گفتم، و ناجی ما خواهد بود، توهستی، شخص تو! تو خودت نمی دانی که چی هستی "

او برای خودش حرف می زد. من تصمیمم را گرفته بودم. و البته می دانستم او به این سادگي ها زیر بار نخواهد رفت و بهر کاری دست خواهد زد تا مانع شود. وقتی با او ازدواج کردم یکی ازصدها تصورم ازاو که عمیقا دوستش میداشتم، مقاومتش بود. گمان نمی کردم که روزی سربرشانه ام بگذارد وبرای خریدِ بقول خودش ( دارو ) بگذارد آب شدنش را شاهد باشم. ذلت قهرمان زندگیم زیر دست و پای اعتیاد، زجرم میداد. وآنگاه که ( کوهان مالی ) من از اندوخته تهی شد و درماندگی بیشتر او را به دنبال آورد، فهمیدم که تمام شده است، مثل یک مرگ. تصمیم گرفتم چالش کنم و خاطره اش را هم بتراشم و از وجودم جداکنم. با این تصورکه:

نسیمی بود، آمد، آلوده ی غبار شد، لطافت را از دست داد، و درجائی از وزش واماند.

" کجائی میترا ؟ چرا به من نگاه نمی کنی؟ "

" مسعود دست بر دار، این بازیها برای چیست؟ تمام امروز را بهم نگاه کرده ایم و هرچه خواسته ایم گفته ایم. تو می دانی که بودنمان با هم قابل دوام نیست، بچه هم که نداریم، مالی هم که برایمان نمانده. توهم که دیگردرحد ( بودن ) نیستی، خودت هم خوب می دانی، من دارم می روم، اگر بخواهی مشکل ایجاد کنی، تصمیم دیگری می گیرم، تصمیمی که برای هر دوی ما خوشایند نخواهد بود، همه چیز را رو می کنم و می دانم که قضاوت بنفع من خواهد بود ولی با انگشت نما شد نمان. از خر شیطان پیاه شو و همانطورکه گفتم بگذاربی آبرو ریزی تمام شود."

" مثل اینکه تو اصلا به حرفهایم توجه نداری؟ مثل اینکه متوجه خودت و امکانی که داری نیستی؟ مدتیه دارم از ( گَنج ) حرف می زنم، ولی تو حتا کنجکاو هم نشدی. بگذار این خِفَتِ نداری تمام شود. فقط برای مدتی کوتاه، آب ازآب هم تکان نمی خورد. تا کلاهت را بچرخانی قالِ قضیه کنده میشود. بی سر و صدا اجرایش

می کنیم."
داشت کلافه ام می کرد، نمی دانستم ازچه برنامه وفکری دارد حرف می زند. ما که نمی توانستیم (بانی و کلاید) بشویم. سرش داد کشیدم:
" این مزخرفات چیه که میگوئی؟ فکرت کجا کار میکند؟ چی تو سر هست که اینجور بلبل زبانت کرده است؟ "
واز جایم برخاستم. او هم برخاست و به همان وضع که روبرویم نشسته بود درمقابلم آینه شد.
" میترا! موافقت کن برای مدتی کوتاه، هرازگاهی تو را واگذارکنم. تو واقعا خوشگلی و می توانی خیلی کارساز باشی."
درست متوجه نشدم که چه می گوید، یعنی نمی خواستم متوجه بشوم. صلاح ندیدم با سئوالی وقاحت اورا دامن بزنم. تمام نیرویم را در دستم گذاشتم، بنحوی که با ضربه آ ن نقش زمین شد. آرزو کردم که از جا بلند نشود. چمدانم را برداشتم و ازخانه زدم بیرون. خانه ای که درحد توانم آراسته بودم، مدت ها بود که دیگر آراستگی نداشت. بی حوصلگی و کم شوقی به در و دیوارش ماسیده بود. فضا از تازگی زندگی، از گرمای محبت، ازشورعشق و از شیرینی معاشرت، خالی بود. او یا خواب بود یا درگوشه ای کزکرده بود تا دور ازچشمهای من خودش را بسازد! ساختنی که از خرابی یک بمب هم بیشتر بود. با چلاندن من برای خرید نشئه! با فروش متعلقاتم - نشئه ای که موریانه زندگی مشترکمان بود.
ازدواج که کردیم رفت جنگ و من در انتظاری سوزنده تاب آوردم. هر روز به امید آمدن او بر آراستگی خانه افزودم. برگ های سبز گیاهان خانگی را درگوشه وکناراتاقها نشاندم، خانه را رنگی تازه زدم، عکسهائی چشم نواز به دیوارها آویختم، و پرده ها را سر و صورتی دوباره دادم. بار اولی که به مرخصی آمد ( خواستن! ) را با خود نداشت، گمان کردم زهرجنگ رمقش را چلانده است. تا آنجا که توانستم تمشیت اش کردم. و از آینده ئی که پس از آمدنش به اتفاق برنامه ریزی خواهیم کرد، حرف زدم. و ترتیب دادم که چند روزمرخصی را با آنهائي که دوست دارد باشد، ولی او کمرنگ بود. حضوری بی تحرک داشت، و محو بود در گمشده ای. که فکر کردم، بازگشت به جائی که باردرختان اش میوه های

مرگ است، مرگ دوستان و همراهان، چنین محوش کرده است. همان موقع هم به دفعات غیبش می زد. بیشتر به بهانه قدم زدن، و تنها قدم زدن، می زد بیرون، که برایم سئوالی برنیانگیخت. اگر متوجه شده بودم، شاید تا زود بود می شد فکری کرد. شاید می توانستم کاری بکنم که راه تازه رفته را ادامه ندهد. شاید می توانستم زندگی مشترکمان را نجات بدهم. باید چنین می شد، چون من اصلن بو نبردم. بعد ها برایم تعریف کرد که: در سنگر، زیر آتشبارهای دشمن، و هر لحظه منتظر دود شدن، زندگی راحتی نبود. بچه ها زمینه ساز شدند منهم همراهشان شدم. وجنگ ادامه یافت وماندن ما درجبهه و شبهای فراوان در سنگر... با ناراحتی به او گفتم: " پس زمانی که فکرمي کردم همسرم همچون یک قهرمان دارد تاج بر احساسم می نشاند، داشته بجای دشمن، خودش را ومن را ، کاشانه و بنیان زندگی نوپایمان را ویران مي کرده است "

مردی که غرورش را می بازد، بودن را هم می بازد. مسعود یک بازنده بود، فرو رفته درباتلاقی که رهائی نداشت. رهائی از چنین گردابی دوصد من استخوان مي خواهد و همتی جانانه، که دارندگان آن انگشت شمارند، مسعود ازآنها نبود. او یک بی فردای معلق در بی اختیاری بود. تنها انگیزه اش کشاندن من در برهوت بی سایبان خودش بود، و فشار برای تهیه آنچه که آنرا احمقانه ( اکسیر ) می نامید. گفتن از پاشیدگی، از تمام شدن، از توسری بی رحمانه روزگار آسان نیست، حالت بازگشت از به خاکسپاری عشق را دارد. صحبت از ندامتی بی بازگشت است، بیان افسردگی خاصی است و راه به روزنی ندارد . انتظار داشتم از جا برخیزد، به تلافی آنچه که انجام داده بودم همه چیز را به شیواند ولی نگاه بی رمقش را به من که چمدان به دست داشتم خارج می شدم دوخت و در نهایت درمانگی، گفت:

" توهم بزن، من که زمین خورده هستم تو هم پای کوبم کن ...."

و قطره ای اشک که جانم را سوزاند.

" من می دانم که تمام شده ام، می دانم که داری تنهایم می گذاری، می دانم که خرابی ترمیم نا پذیری احاطه ام کرده است. ولی بدان که بی تلاش نبوده ام، نشد، نتوانستم، موجی که آمد خانمان بر انداز بود، و ما موج بازان ناشی، متاسفانه با اولین فرازآن به قعر رفتیم." و خود را پا کشان به اتاق خواب رساند، و در را از

پشت قفل کرد. و شنیدم که میگفت:

" میترا برایت زندگی خوبی آرزو دارم. دلم می خواهد اگر این در باز شد، که در تلاشم بسته بماند، تو نباشی. رفته باشی، با هرآنچه که از بودن ما با هم، حکایت دارد "

# همه داریم دیوانه می شویم

با راننده شش نفر بودیم، زن و مردی در جلو، من و دو آقای دیگر در عقب نشسته بودیم. زمین یخ زده ی پوشیده از برف، سرعت را از اتومبیل ها گرفته بود. صدای " ووهه " باد از درز شیشه های کیپ نشده تاکسی در فضای کوچک اتاقک می پیچید. به من احساس نشستن زیر کرسی دست داده بود. شاید چون عجله ای نداشتم. ازجلو شهرک اکباتان می آمدم و دومین مسافر بودم. می رفتم تا جائی قبل از نارمک، پشت سر راننده، گوشه دست چپ، تکیه داده بودم، و به حرف های دیگران گوش می دادم. به میهمانی کوچکی آمده بودم. از خانه که می زنم بیرون، دلم باز می شود. هیجان و تحرک جوانی را که نداشته باشی، ته خانه حبس می شوی، بخصوص صبح ها. همه می روند کار و تو می مانی با چهار دیواری و رادیو و تلویزیونی که حالت را بهم می زند. با روشن کردن آنها، می خواهی سکوت خانه ی خالی از سکنه را بشکنی، تا وَهمش گلویت را نگیرد، ولی دقیقن از چاله به چاه می شوی.

"....کم کم، همه مان داریم دیوونه می شویم "

راننده شروع کرد.

" قول می دم، در آینده نزدیکی، همه یه جورائی یه تخته مون کم بشه. با این وضع، اعصاب ها کارشون تمومه..."

تاثیری نکرد، مسافر ها یا توی لاک خودشون بودند، یا اینطور وانمود می کردند.

همه نگاهی را از روی صورت هم گذراندند، و سریع برگشتند.

سرما و لیزی خیابان ها هم اجازه نمی داد که راننده زود ترازخیرمسافرانی چنین ترسیده و رَم کرده، راحت شود. سرش را به طرف دو مسافر جلو چرخاند و با نگاهش آنها را چلاند. و خطاب به آنها گفت:

" خلاف که عرض نمی کنم؟ "

سئوال کرد، تا آنها را به حرف بیاورد، چون می توانست مثلن بگوید:

" می دانم شما هم همین عقیده را دارین "

خانمی که جلو نشسته بود، لبخند زد. منهم سر جایم تکانی خوردم، از توی آینه نگاهم کرد، و بی توجه به همه، ادامه داد:

" در آینده نزدیکی، تیمارستان کم میاریم. "

و این بار نگاهش را فقط به آقائی که بغل دستش نشسته بود انداخت. آقا که گویا اصلن حضور نداشت، بسیار بی تفاوت بیرون را نگاه کرد. راننده نگاهش را از او گرفت و با نا راحتی خیابان را بر انداز کرد:

" با این وضع، گمان نمی کنم تا شب هم به ته خط برسیم! "

باز به مسافری که کنارش بود، نگاهی چرخاند. مسافر توی باغ بیا نبود، مثل همه ی ما، و راننده با کمی دلخوری، همانطور که به بیرون زل زده بود به صحبت ادامه داد:

" اینکه میگم، همه داریم دیوونه میشیم، منظورم این نیست که یه روز صبح که ازخواب بیدار شدیم، همه با هم یه جورای دیگه میشیم ....یواش یواش، همه از مخ آزاد می شیم، تا حالا هم کلی از راهو رفته ایم "

یا سرما و یخبندان، حال و حوصله ای باقی نگذاشته بود، یا راننده مایه را بد گرفته بود. نفس کسی در نمی آمد و پیدا بود که توی ذوقش خورده است. کمی عصبی شده بود. تصمیم داشت هر جور شده، یکی را به حرف بیاورد و قُرُق را بشکند.

" خانم فرمودین کجا تشریف می برین؟ "

بجای او مرد به صدا در آمد:

" میدان فوزیه "

شیطنت خاصی را در تکان های سر ر اننده مشاهده کردم.

" آقا کجای کاری؟ تو اون رژیم هم، مدتها بود که دیگه فوزیه نبود. حالا امام حسینه. "

که یعنی حواست را جمع کن. آقا، کمی جا خورد.

"چه فرق می کنه، میدون میدون ِ .....اما راست میگی، امام حسین شده....ما اونجا می ریم."

راننده موفق شده بود بالاخره لبهای یک نفر را باز کند.

" تقصیری ندارین آقا، اسمای همه جا را عوض کردن، آدم یادش نمی مونه، مشکلات زندگی یم حواسی برای کسی باقی نگذاشته. حالا ببین ما راننده های تاکسی با این اسمای رنگارنگ چه می کشیم...یکی میره میدون فوزیه، یکی میره میدون شهناز، یکی هم میره میدون امام حسین. "

و آقا، راه افتاد.

" همون که گفتین، واقعن، همه داریم یه جورائی حواس پرتی می گیریم. "

داشت خودش را از ترس اشتباهی که کرده بود، بیرون می کشید. آنکه کنار من نشسته بود، برای پایان دادن به سخنرانی راننده و رهاندن مسافران از تیررس کنایاتی که می توانست مشکل ساز باشد، آن طرف صفحه را گذاشت:

"واقعن چه کار مشکلی دارید شما آقای راننده، علاوه بر هدایت اتومبیل، دائم باید از هر دری حرف بزنید. "

و راننده، هم گرفت و هم تلخش شد:

" میفرمائید، زیاد حرف می زنم؟ مگه میشه از صب تو این قفس نشست و دم نزد؟، اون وقت زودتر از همه کار خودم ساخته است، خودم میشم دیونه ی اولی!..."

داشت می زد صحرای کربلا و نظریه دیوانگی تدریجی همه مردم را دنبال می کرد. تنها مسافر خانمی که درتاکسی بود، بی توجه به شوهرش که پس ازاشتباه در مورد " میدان امام حسین! " سرش را پائین گرفته بود، ضمن بیشتر پائین کشیدن روسری خود گفت:

" نمی دونم چرا بعضی ازتاکسی ها، عین کلاس مدرسه است، و راننده ها می خوان معلم مسافرا باشن و اصلن توجه ندارن که هرکسی هزار بد بختی داره و دلش می خواد که تو لاک خودش باشه و این همه مورد سین جیم قرارنگیره. لطفن

همین بغل نگهدارید، ما از خدمت مرخص می شیم "

" خانم، هنوز به میدان فوزیه! نرسیدیم....هرچن چیزی ام نمونده "

و زد کنار. خانم و آقای جلوئی، پیاده شدند.

"آخه اسم میدونم میشه امام حسین... میدون مگه مسجده "

آب را گذاشت کرت آخر، و پیاده به سوی میدان راه افتادند تا راننده آمد جواب
مناسبی پیدا کند، مرغ از قفس پریده بود.

" کاش می شد، آهنگی پخش کرد، هم مسافرا حال می کردند، هم راننده خسته
نمی شد "

بالاخره منهم چیزی گفتم.

" حالا که نیست چی؟ باورکنید، در بیشتر مواقع مسافرا خودشون  توک می
اندازن، ودر چنین مواقعی، من ترس برم می داره که نکنه طرف می خواد، مزه
دهن ام رو بفهمه."

"عجب وضعی شده، همه مون از هم می ترسیم، بدون اینکه گناهی داشته باشیم. "
نظر پیر ترین مسافری بود که به در سمت راست عقب تکیه داده بود و چانه اش
را به زور جمع و جورمی کرد و چقدر بی خودی تکانش می داد. البته بی شک
این شتر در خانه ی همه ی کهنسالان خواهد خوابید.

خانم جوانی که قبول کرد کرایه دو نفر را بدهد، نبش میدان "سه اسمه " به جای
زن و شوهری که پیاده شده بودند سوار شد. سوار شده نشده، راننده امان نداد.

" خانم اینجائی که سوار شدین اسمش چیه؟ "

خانم که هنوز از سرما و انتظار، رها نشده بود، با حالتی عصبی و نا مهربان
نگاهی به راننده انداخت و کمی زبر گفت:

"چی؟ با من بودید؟ "

راننده که کمی جا خورده بود، آرام گفت:

" آخه مسافرای قبلی اسم دیگه ای واسی این میدون به کار می بردن "

" مث اینکه کار و کاسبی بد نبوده، واسه همین سرحال بنظر میرسی. حالا دیگه
همه چیزمون درسته، فقط مونده اسم میدون " و به دنبال آن، همه ساکت شدند. چه
سکوتی! مثل اینکه چاه فکر، دهان باز کرد و همه را فرو برد. باد هم از صدا

افتاده بود. راننده داشت توی داشبورد دنبال چیزی می گشت. هجوم دیگری از ترافیک، سرعت را به نزدیکی صفر رسانده بود. راننده شیشه طرف خودش را پائین کشید و اتاقک اتومبیل را با موجی از سرما، به صورت زمهریر در آورد. این حرف زدن های طول راه است که به تاکسی سواری هیجان می دهد. جاهای دیگر دنیا که هرتاکسی فقط یک مسافردارد، چاره ای جز سکوت نیست، اما دراینجا، سکوت فضا را سنگین و نفس ها را نفیر می کند و برای ما نیز سکوت داشت طولانی وکلافه کننده می شد. راننده هم دیگر آن سرحالی را نداشت. وقتی مکالمه دو طرفه نباشد، نتیجه اش همین می شود. طفلک چون هم صدائی پیدا نکرده بود، از شوق اولیه افتاده بود. کمی که راه باز شد، باز این راننده بود که سکوت را شکست، و دنباله " مانیفست " اش را گرفت.

" مِث اینکه زودتر از هر کس دیگه ای خودم دارم از ردیف خارج میشم...اما غصه ای ندارم، چون می دانم که این مسافر ناخوانده در همه ی خونه ها را خواهد کوبید "

خانمی که از میدان سوار شده بود، مانع شد که آوار دیگری از سکوت، فرو ریزد.

" تو این خراب شده آدم هیچ کاریش راه نمی افته، دیگه از رشوه هم کاری ساخته نیست."

داشتیم باز راه می افتادیم.

" خانم نرخش تغییر کرده. پول همیشه ازش کار ساخته س، مبلغ مهمه. " و سرفه اش گرفت.

" بر پدر پیری لعنت."

راننده پاسخ هر دو را یکجا داد.

" تو را به خدا شروع نکنین . راه کمی باز شده، داریم به مقصد همتون می رسیم " " میگی خفه شیم؟ هنوز سوار نشده بودم که خودت سئوال پیچم کردی، حالا میگی شروع نکنین. اگه حرف نزنیم، با اینهمه مشکل و مسئله می ترکیم " سرفه اش کمی آرام گرفته بود.

" آقای راننده اگه ممکنه منو پیاده کنید."

و نالید:

" کاش آدم پیر نمی شد و همه سال های زندگیشو تو جوونی می گذروند. پیری بد کوفتیه."

و پیاده که می شد، با خودش زمزمه کرد:

" حرف که فایده ای نداره، باد هواست. یه جورائی باید گام برداشت ..."

و راننده جواب خانم جوان را با تاخیر داد.

" چرا خانم، دشمنت خفه شه، می تونین هرچه که دل تون می خواد حرف بزنید. اما تو را به خدا کمی نرم تر...."

" توی تاکسی وقتی حرفی زده می شود، نمی تواند نرم و ملایم باشد. چون اصولن بیان زبری ها و ناملایمات است که مسافرها را به حرف می آورد. به کار نبردن اسامی جدید خیابانها و میدان ها نیز یک نوع مقاومت و ابراز مخالفت است "

منهم کلام آخر را گفتم:

" این حرف زدن در تاکسی هم همیشه به خیر نمی گذرد. "

راننده جواب داد:

" بستگی دارد....البته همه مون همه چیز رو می دونیم. واسه همینم هست که می گویم: یه جورائی همه مون داریم دیوونه می شویم. "

# پیوک *

آن سال ها چنین بود که می توانستی پس از اتمام سال چهارم پزشکی، دانشگاه را رها کنی و برای سه سال خدمت با عنوان پزشکیار بروی به دهات دور افتاده و اغلب بد آب و هوا و پس از آن مجددن برگردی دانشگاه و تحصیل را از سال پنجم ادامه بدهی. اگر تعهد چنین خدمتی را می دادی در عوض با گذراندن امتحانی خاص " و نه کنکور " به دانشگاه می رفتی و پس از بازگشت و اتمام بقیه دوره و گذراندن " تِز " و دریافت پایان نامه دکترا، دیگر نیازی به گذراندن چند سال خارج از مرکز نداشتی.

" اصلان " با سپردن چنین تعهدی سه سال خدمت بهیاریش را در ده دور افتاده و سرا پا محروم از همه چیز و در حقیقت فراموش شده " دارَک " از دهات بندر عباس گذراند. از بچگی رفیق بودیم .من و او و " کاظم "، در حقیقت سه تفنگ داری بودیم که حتا یک فشنگ هم نداشتیم. بهیار شدن اصلان و مرخصی های کوتاه مدتی که می آمد" پُز" گروهمان بود. بیشتر شب ها دور هم می نشستیم و او برایمان حرف می زد.

حالا پس از سالها می خواهم پاره ای از خاطرات او را از زبان خودش تعریف کنم. حالا ئی که بدون شک دِه " دارک " وضعی بد تر دارد. آنجا ها قرار نیست هرگز بهتر بشود. اصلن بهتر شدن برای دهات مفلوکی چون دارَک، که تعداشان از حساب بیرون است، معنی ندارد!

---

* یک نوع بیماری پوستی است. کرمی بصورت رشته باریکی در زیرپوست پیدا می شود و وول می خورد.

بهتر است قبلن اشاره ای داشته باشم به قسمتی از یک سفر نامه، از گردش گری به نام " محسن " تا بهتر بتوان متوجه شد محل خدمت " پزشکیار اصلان " کجا بوده ومن دارم از چه نوع خاطراتی صحبت می کنم.

این ، ده که نه، محلی است بنام " دارَک " . بی ستاره ایست پرت افتاده.

"... کمی که به حاشیه بندر می روی " بندر عباس را می گویم "، من نمی دانم می شود آنچه را که هست و به وضوح می بینی و لمس می کنی، اسمش را زندگی بگذاری؟ ولی به طاقت انسان باید ایول گفت.

برهوتی است عاری از سبزه، جز تک و توک نخل های قناسِ کم شاخ و برگ و بیغوله های مفلوک و توسری خورده ای که یعنی سر پناه. . روزهای آفتابی در حد یک آتش سوزی هُرم و تَف دارد و شب ها فضائی ساکن و بی نسیم، با پشه هائی که نیش توام با زهرشان، زجر دنیا را در جانت می ریزند. بدون آب آشامیدنی، آنچه بجایش هست، همطراز آب سماورِ روشن است، گرم و غیر قابل دست و رو شستن، تا چه رسد به خوردن.

بچه هائی با پا هائی به نازکی " نی قلیان " و شکم هائی چون طبل.....و بگذار دیگرننویسم.

با آنچه که من در این سفر به آن خطه دیدم گمان نمی کنم هرگز " مالا ریا " در جهان ریشه کن شود.

باور نمی کنید، در کپری دو پسربچه دراز کشیده بودند و در واقع از بی رمقی نا نداشتند. رویشان را صدها هزار مگس همچون رو اندازی سیاه پوشانده بود.....

خدایا چه منظره ای!!.

سوار جیپ که شدیم بر گردیم، از داغی نمی دانستیم چکار کنیم. از تشنگی داشتم هلاک می شدم ولی دستم نمی رفت آب خنک " کلمن " را سر بکشم...."

اولین نشست با " اصلان"، دوست دوران کودکیم، شش ماه پس از آغاز ماموریت او، در اولین مرخصی اش بود:

" ...وقتی خودم را به بهداری بندرعباس معرفی کردم، دکتر نادری چنان سرتا پایم را برانداز کرد که بی اختیار و با ناراحتی گفتم:

- دکتر دنبال جذام می گردی؟

جا خورد. و با مهربانی خاصی گفت:

" داشتم مجسمه گذشت و شهامت را نگاه می کردم."

کمی آرام شدم. به شوخی پرسیدم:

- دکتر! حالا گذشت را یک جورانی می شود به ماموریت من چسباند ولی شهامت برای چی؟

" دکتر اصلان می دانی محل خدمتت کجاست؟ "

این اولین باری بود که یک رئیس بهداری دکتر خطابم می کرد.

- بله دکتر، قبلن برو بچه ها در تهران به من گفته اند که ماموریتم دهِ " دارَک " است.

" دکتر کارِتو از یک هفته دیگر شروع می شود. در این فاصله می توانی در خود بندر گشتی بزنی ولی فردا ساعت هشت صبح اینجا باش تا بگویم با جیپ اداره تو را ببرند به دارک، سرو گوشی آب بدهی تا بهتر متوجه بشوی محل خدمتت کجاست. دکتر! با آن مردم بودن، بی تردید نه تنها یک خدمت که یک ادای دین هم هست. وقتی برگشتی کمی با هم حرف می زنیم. "

- بچه ها آنقدر دلم می خواست آن روز صبح شما هم بودید تا با هم می رفتیم دارک. جیپ خالی بود. من بودم وراننده.

" اصلان! چقدر از بند عباس دور بود؟ "

- آنجا، توی استانهای کناره خلیج فارس فاصله ها مثل شمال کشورمان نیست که شهرها سر سبز و چسبیده بهم باشند. البته دارک تا بندر بیشتر از سه ساعت نبود، ولی در مورد شهرها صحبت سیصد، چهار صد کیلو متر است و جاده های غیر اسفالت، جاده های " شوسه "

" سیصد، چهارصد کیلومتر؟ چرا این همه از هم دورند؟ "

- همه اش هم برهوت است.

- راه که افتادیم، در این فکر بودم، چگونه بهداری را رونق و سرو صورتی بدهم، تا بتوانم بهتر به بیماران برسم و خانه ام را بیاورم نزدیک محل بهداری تا راحت تر دسترسی داشته باشم. گمانم بر این بود که فعلن آپارتمانی یک خوابه برایم کافی است. وقتی جیپ ایستاد، فکر کردم برای استراحت موقت و آشامیدن

آب و چای است تا راحت تر ادامه بدهیم. هنوز پیاده نشده بودیم که دور جیپ را ده – پانزده بچه پا برهنه، نیمه لخت و لاغر، با چشمانی بی فروغ احاطه کردند. با لهجه ای صحبت می کردند که متوجه نمی شدم، حتا یک کلمه اش را. راننده به آن ها تشر زد:

" بروید کنار بگذارید آقا دکتر پیاده شود. او برای کمک به شما آمده است."

با تعجب به راننده گفتم:

- من فقط می توانم به مردم دارَک سرویس بدهم، به این ها قول ندهید.

راننده، نخندید، لبخند هم نزد، حالت تمسخر هم به خودش نگرفت، آمد جلو دستش را گذاشت روی شانه ام و آهسته وبا لحنی حزن انگیز گفت:

" آقای دکتر اینجا دارَک است. و کل جمعیت آن هشتاد و سه نفر است. همان ردیف کپر** های موازی نخل ها و این ده دوازده تا خیمه و آن کاه گلی ها، کل خانه های اینجاست. سمت راست، آن چادر بزرگتر از همه ، مقر بهداری و خانه مسکونی شماست. "

- برای همین هشتاد نفر آمده ام اینجا؟ از کی تا حالا برای دهی با این تعداد جمعیت، یک طبیب اختصاص می دهند.؟

" نه آقای دکتر همین هشتاد نفر نیستند. در حقیقت دارک مرکز بیش از صد محل کوچکتر از خودش است.

و این بار با لبخندی تلخ ادامه داد:

" آقای دکتر!" دارَک " پایتخت! این "نقطه " هاست. و روزانه شما چیزی بیش از دویست نفر مریض خواهید داشت و همراه هر مریض یکی دونفرنیز راه می افتند، بیایند گردشی کرده باشند و دارک را ببینند. دارک نهایت دید آنهاست. سرش را بر گرداند و من دیدم که چشمانش مالامال است. "

بهتم زده بود، حرفم نمی آمد. نمی دانستم خوابم یا بیدار و یا وزارت بهداری قصد دست انداختنم را داشته است.

از راننده که بهش می گفتیم " مرادی " پرسیدم:

- دارو و سایر نیازمندی ها را از کجا باید تهیه کرد؟ کسی هست که دستی به من بدهد؟ برق و آب چه می شود؟ مریض های نیازمند جراحی فوری چه می

---

** خانه های ساخته شده از بوریا

شوند...؟؟؟

" آقای دکتر ماشالله هرچه سؤال دارید با هم مطرح می کنید. فردا این ها را از آقای دکتر نادری بپرسید. من نمی دانم چه بگویم. فقط می دانم زهرا خانمی هست که می تواند بعنوان پرستار دم دست شما باشد. کارمند وزارت بهداری است. همین حالا می فرستم سراغش تا با او آشنا بشوید. برای برق هم باید از چراغ زنبوری که در چادرتان هست استفاده کنید. یک منبع بزرگ آب هم در چادرتان هست. آبش را زهرا خانم ترتیب می دهد. "

داشتم سرسام می گرفتم. انزجار عذاب دهنده ای روانم را می جوید. آنچه می دیدم و می شنیدم، باور کردنی نبود. مرا به برهوت پرتاب کرده بودند.

ـ آقای مرادی، مگر آن چادری که به من نشان دادید از داخل چقدر بزرگ است که بتواند هم درمانگاه باشد هم محل سکونت من و هم منبع بزرگ آبی را در خود داشته باشد. و کلیه وسائل مورد نیاز درمانگاه را. می توانم خواهش کنم آن را از نزدیک نشانم بدهی؟

زن جا افتاده ای با پوستی تیره و قدی کوتاه و لاغر اندام، خودش را " زهرا خانم " معرفی کرد تا به اتفاق آقای مرادی، خیمه و خرگاه را بازدید کنیم.

پشیمانی از قبول این ماموریت عین موریانه بجانم افتاد. در خودم نمی دیدم که حتا یک هفته هم دوام بیاورم. امکان خدمت وجود نداشت و من هرز می رفتم.

ـ زهراخانم! چند سال است در اینجا خدمت می کنید؟

" حدود ده سال است."

ـ ده سال است که در دارک زندگی می کنید؟

" زندگی نه، کار می کنم "

عجب جوابی!

در تونلی از یاس گیر کرده بودم. فردا حتمن به دکتر نادری خواهم گفت که نمی توانم.

دیدم در مراسم معرفی و دراولین بر خورد با او، از " شهامت " حرف زد. خوب می دانست که یا باید دیوانه باشی و یا شهامت داشته باشی. من در اسکلت خودم

آنرا نمی دیدم.

" زهرا خانم دستم به دامنت بچه ام دارد می میرد..."

بچه ای در حال اغما روی دستهای مادری که بنظر می رسید یارای نگهداری اونیست، به دستهای باز شده زهرا خانم منتقل شد. با عجله او را روی تخت چوبی که باتشک و ملافه ا ی مندرس در گوشه چادر درمانگاه! قرار داشت خواباند و در حالیکه رو به من می گفت:

" دکتر گمان می کنم مسموم شده "

به گوشه دیگر چادر دوید و سطلی کوچک پر از مایع بنفش رنگ را با خود آورد.

- زهرا خانم این چی یه؟ "

" محلول پرمنگنات ِ دکتر. "

- پودرش را داریم؟ "

" بله دکتر! "

- زهرا خانم برو کمی پودر پرمنگنات بیاور...عجله کن...سطل را کجا خالی کنم؟ "

" چی گفتی دکتر!...چرا خالی کنی؟ "

- می خواهم محلول تازه درست کنم. "

- مادرش را از چادر بیرون کن و دهان بچه را به کمک آقای مرادی باز نگهدارید...مرادی جان قربانت بجنب.."

هنوز بچه را به استفراغ نکشانده بودیم که خانم جوانی را با درد شدید پائین شکم و استفراغ آوردند. اصلن آمادگی نداشتم. داشتم کلافه می شدم. جائی برای خواباندن او نداشیتم، تا معاینه اش کنم.

- مرادی جان بچه را پشت به خودت در آغوش بگیر و آرام تکان بده، تا برای چند دقیقه خانم را معاینه کنیم...

-زهرا خانم طاقباز بخوابانش، ملافه را رویش بکش و سمت راست شکمش را بین ناف و کشاله ران کمی به آرامی فشار بده...."

فریاد خانم که بلند شد و بچه هم چندین بار استفراغ کرده بود، رو به مرادی گفتم:

- خانم آپاندیس حاد دارند، باید فورن به بیمارستان برسد، این نزدیکی ها بیمارستانی

نیست؟ "

" نه آقای دکتر، فقط در بندر داریم. "

- لطفن بدون معطلی او را به بندربرسان "

"پس شما چی می شوید ؟ "

- من فعلن هستم، رسیدی و جور شد بیا سراغم، نیامدی امشب را هر طور هست اینجا می گذرانم، ولی فرداصبح زود بیا. "

" اصلان ، کاظم راست می گوید، مثل قصه می ماند. آنشب کجا خوابیدی؟ چطور خوابیدی؟ "

- "همانطور که باید سه سال بخوابم "

"چند روز می مانی اصلان خان؟ تنها بر می گردی؟ یا سوسن خانم را هم می بری؟"

" من کجا بروم؟ بندرش را هم من نمی روم چه برسد به آنجا که خودش هم جا ندارد. "

- راستش خانم، خودم هم گیر کرده ام. نمی دانم چکار کنم. هم اول زندگی ام نمی خواهم از همسرم جدا باشم، هم " دارَک " برای سوسن نه مناسب است و نه در واقع می شود زندگی کرد. "

"شری، بنظر تو چکار کنند؟ میدانی که من و اصلان و کاظم عین سه تا برادریم... اگر من و تو در چنین وضعی بودیم، پیشنهادت چی بود؟ "

" اکبر تو؛ تو بانک کار می کنی، اگر برای ما پیش می آمد، دارک که بانک ندارد، منتقل می شدیم بندر. هرچه باشه آنجا شهراست. "

" اصلان، آن روز راننده برگشت سراغت ؟ "

" می دالی به سر خانمی که می گوئی " آپاندیس " حاد داشت چه آمد؟ "

" اصلان خان، همان روز اول باز هم مریض آمد؟ "

- بقیه ماجرای آن روز را بعد از شام برایتان می گویم. شری خانم اصلن شامی در کار هست؟ "

" اصلان! "

" سوسن خانم، خانه خودتان است. اصلان خان هم مثل برادر من است... بله یه

چیزائی پیدا میشه "

***

- من چند مشکل اساسی دارم، یکی دوری از سوسن است، " دارَک " نه تنها جای زندگی نیست، که جای درمان هم نیست. من نمی دانم مردم آنجا هم جزو آمار سرشماری منظور می شوند؟

بیماری های گرمسیری در آنجا بیداد می کند.... از بیماری های عجیب و غریب پوستی گرفته تا " سالک " و" تراخم " و تب هائی که من نمی توانم علتش را تشخیص بدهم. به من می گویند دکتر ولی حقیقت این است که من فقط چهار سال پزشکی خوانده ام. قبول کردم برای اینکه تنها راه ورود به دانشکده پزشکی بود و دلم می خواست به دهات بروم تا هم خدمت کرده باشم هم تجربه کسب کنم. اما نهایت تصورمن از دهات دوری از شهر با یک زندگی متعارف دهاتی بود." دارَک " را در خواب های کابوسی ام هم تصور نمی کردم.

خدای من! آن ها که با " پیوک " مراجعه می کنند چه زجر و دردی می کشند و من نمی توانم کاری برایشان بکنم... پیوک در آنجا بیداد می کند و چه بیماری پلیدی است...همه چیز همراهش است، از ترس و دلهره گرفته تا ورم و درد و خارش. بیماری نا هنجاری است که درمان مستقیم هم ندارد.

عزیزم اصلان! چرا گریه می کنی؟

سکوت سنگینی خودش را روی جمع پنج نفری ما انداخته بود.

" اصلان می دانم این سؤال ناراحتت می کند، ولی من نمی دانم " پیوک " چیست؟ چیست که هم درد دارد هم زجر؟ فقط مال آنجاست یا این جا هم پیدا می شود؟

اصلان داشت با دستمالی که سوسن به او داده بود بیشتر چشمانش را می مالید تا اشکهایش را پاک کند.

نگاه قرمزش را به " کاظم " دوخت:

" ...کاظم! کِرم است. کِرمی که زیر پوست وول می خورد. " خارش هم دارد. خارش بیشتر از درد امانشان را می بُرَد."

تقریبن همه با هم و با تعجب پرسیدیم:

"... کرم!؟ کرم زیرپوست؟ مگه میشه؟... "

" اگر نمی شد، باید اصلن " دارَک " ی وجود نمی داشت.

\*\*\*

بیرون از چادر قدم می زدم ، زهرا خانم صدایم کرد. ساعت ده صبح بود. شب اش را خوب نخوابیده بودم. در دارَک هیچ شبی را راحت نمی شود خوابید. گاه، دو یا سه بعد از نیمه شب هم مریض می آید، جای دیگری نداشتند. همه امیدشان به این امامزاده بود که هیچ معجزه ای هم نداشت

" دکتر! این پیر مرد " پیوک " ساق پا دارد، ببینید چکار می توانیم برایش بکنیم. " داشتم می رفتم پیر مرد را ببینم که جیپ بهداری جلوی پایم ایستاد و رئیس بهداری، دکتر نادری با یک نفر دیگر، که قبل از دکتر نادری، مرادی معرفی اش کرد، از آن پیاده شدند.

" کجا داشتی می رفتی دکتر؟ "

ـ کجا دارم بروم؟ زهرا خانم صدایم کرده بود که بروم پیرمردی را که می گوید درساق پا " پیوک " دارد ببینم.

" دکتر صابری، قبل از شما در اینجا کار می کرده است. ازش خواهش کردم امروز با من بیاید تا    با هم آشنا شوید و اگر سؤالی هم در مورد اینجا داری به پرسی..."

و من بی اراده پرسیدم:

ـ دکتر چند سال در این جا بودی؟ "

" سه سال، گمان می کنم شما هم سه سال ماموریت دارید؟ "

ـ فکر می کنم برای جائی مثل دارَک سه سال زیاد است...چطور گذشت دکتر ؟ "

" عین سیخی که از کباب! "

" دکتر صابری آمده ای به قول معروف یار شاطر باشی، نه بار خاطر...چرا توی دلش را خالی می کنی؟ "

و خندید.

ـ "دکتر نادری من قبلن توی دلم خالی شده است...لطفن به اتفاق برویم پیر مرد را ببینم. بهتر است بگویم من جز آنچه که در کتاب در مورد این بیماری خوانده ام، چیز بیشتری نمی دانم. حتا موردی از آن را هم قبلن ندیده ام..."

" دکتر اصلان نگران نباش! آنقدر می بینی که می توانی در موردش کتاب بنویسی. من هم که آمدم این جا " پیوک " ندیده بودم. خدا کند خود درمانی نکرده باشد و سرش را نکنده باشد. "

نفهمیدم چه می گوید.

" اِ ، اینکه " مش رمضون " خودمان است. "

و آهسته به من گفت حد اکثر تا بندر رفته است، اصلن نمی داند مشهد کجاست، ولی چون یه جورائی حالت کدخدائی دارد خوشش می آید " مش " جلوی اسمش بگداریم.

" سلام آقا دکترصابر. قربونت برم به دادم برس، کلافه ام کرده است. "

دکتر صابری نزدیکتر شد، نگاه خیره اش را به پای " مش! رمضان " دوخت. واضح برافروخته شد.

" چی به روز این پا آورده ای؟ چرا سر جونور را کنده ای؟ تو که این بیماری را خوب می شناسی. حالا می گی چکار کنیم؟ "

" دکتر، دردش را تحمل می کردم ولی دیشب خارشش داشت دیوانه ام می کرد. خودم قبلن به آرامی یک دور، دور چوب کبریت پیچونده بودمش، اما خارش، هم توانم را برید هم حواسم را پرت کرد. وقتی متوجه شدم دیدم چوب کبریت و سر جونور را با هم کنده ام...تو را بخدا دکتر کاری برایم بکن...هم درد و هم خارش دارد پدرم را در می آورد..."

هر دو، هم دکتر نادری و هم دکتر صابری به من نگاه کردند. کمی دستپاچه شدم. داشتم توی فکرم دنبال جائی که در مورد " پیوک " خوانده بودم می گشتم که زهرا خانم به دادم رسید.

با مقداری خرت و پرت داروئی آمد و رو به من گفت:

" دکتر! اجازه بدهی با این پماد " که چیزی هم تویش نمانده ودکتر نادری باید هرچه زود تر برایمان بفرستد " محل را بی حس کنیم ..."

دکتر نادری، به زهرا خانم نگاه کرد:

" چاره ای اساسی نیست، ولی از هیچ بهتره ، اگر تیغه را ضد عفونی کرده ای بده به دکتر صابری، و خودت هم درست و حسابی محل را پماد به مال..."

دیدم نمی شود ساکت بمانم، و همه سر نخ ها دست آنها باشد.

"...زهرا خانم پماد آنتی بیوتیک هم آورده ای؟ "

" بله دکتر "

دکتر صابری رو به من:

" زهرا خانم خودش یکپا دکتره. اگر دست من بود به او دکترای افتخاری بیماری های گرمسیری اهدا می کردم. "

"مرسی آقای دکتر من اگر هم چیزی می دانم از کار کردن دم دست شما هاست .

** خانه های ساخته شده از بوریا

" چایتان سرد شد دکتر اصلان!.... ما را بگو که نشستیم و قصه گوش می دهیم. "

" قصه نیست شری خانم، ذکر مصیبت است. "

سوسن به شوخی گفت:

" اصلان جان! مرا می خوای ببری آنجا که نان زهرا خانم را آجر کنی!؟ "

- کاش بلد بودی. زهرا خانم واقعن کار عملی اش بهتر از ماست. این را بگم که بدون او چرخاندن آنجا عملی نبود.

دیر وقت شب بود که خانه اکبر و شراره خانم را ترک کردیم.

به همه شان قول دادم از دارک برایشان نامه بفرستم، هرچند دیر برسد و خواهش کردم که آن ها را نگه دارند تا سر فرصت ترتیبی برایشان بدهیم.

اجازه گرفته ام که تکه ای از نامه آخرش را که پریشانم کرده است باز گو کنم. نامه ای که چشمان همه ما را گریاند و بغضی سیاه در گلّویمان ریخت.

***

نیمه های شب بود. تازه تخت ام را کشانده بودم بیرون و پشه بند را چفت و سفت کرده بودم و طاقباز، داشتم آسمان را نگاه می کردم. آسمانی که ستاره هایش از کمی جا به هم تکیه داده بودند.

آسمان " دارَک " روز هائی که بادِ " سام " گردو خاک را در هوا نپاشیده باشد، شب هایش زیبائی خیره کننده ای دارد. می شود به راحتی ستاره ها را شمرد." راه شیری " را بی نیاز به مسلح کردن چشم به وضوح می توان دید. شب هائی که نسیمی هم بوزد " که کمتر اتفاق می افتد " جان می دهد برای فکر کردن، به

ذهن بال و پر می دهد.
یکی از همین شب ها، هنوز پر نگشوده بودم که دختر خانم۱۲-۱۰ ساله ای را آوردند. دو خانم همراهش بودند.
"...دکترا ببخشید، چاره ای نداشتیم که این وقت شب مزاحم شدیم. خاک به سر و بی آبرو شدیم. از خونریزی دارد می میرد. تنها فرزندم است."
و با گریه ای بی امان ادامه داد:
"... دکتر به دادمان برس، برای مردن خیلی جوان است..."
بجای سؤال های تک تک، نمی دانم چرا آنها را به رگبار بستم:
اسمش چیست؟ شما چه نسبتی با او دارید؟ چرا به خون ریزی افتاده؟ از کی شروع شده؟
خون ریزی که بی آبروئی ندارد.
" اسمش " هاجر" است دکتر. من مادرش هستم این هم خواهرم است خاله هاجر..."
به سئوال های دیگرم پاسخ نداد.
به او گفتم:
- ببریدش توی درمانگاه، روی تخت بخوابانش، ملافه را بکش رویش تا من بیایم.
واز خاله خواستم که برود سراغ زهرا خانم و هرچه زودتر بیاوردش. هم دست تنها برایم سخت بود، هم مریض دختر خانمی بود که خون ریزی داشت.
رفتم توی چادر:
- خانم من که خونی نمی بینم، از جائی افتاده؟
سرش را پائین گرفت، صورت پوشید اش را بیشتر توی روبنده و چادر فشرد، و بسیار آهسته گفت:
" نه آقای دکتر، از جائی نیفتاده...خون ریزی زنانه است..."
مشکل داشتم، نمی توانستم با چنین مادری وارد گفتگو های زنانه بشوم. ناچار با احتیاط بسیار، آرام و آهسته گفتم:
- عادت شده؟...بعضی ها در این مواقع خون بیشتری دارند...
جوابم را نداد، ولی برای خودش زمزمه کرد:

" ...زهرا خانم که آمد، به او می گویم..."
نخواستم تا آمدن زهرا خانم صبر کنم، ناچار ادامه دادم:
- خانم اگر درد دارد، قرصی می دهم، بدهید بخورد.
" بله دکتر خیلی درد دارد، بدهید، ممنون..."
طفلک زهرا خانم، خواب آلود و آشفته خودش را رساند. آمده نیامده با مادر وخاله دختر پچ پچ را شروع کرد. احتمالن ادامه صحبت های بین راه با خاله دختر بود. صلاح دیدم از درمانگاه بروم بیرون و بگذارم راحت با زهرا خانم حرف بزنند.
" ...شما هم مثل برادرم هستید، خب دکتر محرم هم هست..."
- چه شده زهرا خانم چرا این همه مقدمه چینی می کنی ؟
" آقا دکتر به دختر تجاوز شده..."
پریشان شدم:
- تجاوز! خودش گفته؟ کی، کجا، چرا؟...
" دکتر بهتره اول کاری برایش بکنیم، بعد ماجرا را برایتان تعریف می کنم..."

به اتفاق رفتیم توی چادر، رفتم بالای سر دختر، به او که نزدیک شدم چشمانش را که پر از اشک بود و داشت یک نقطه را نگاه می کرد، بست. نمی خواست چشمش به من بیفتد. زیبائیش برای " دارَک " زیاد بود. ترس صورتش را مهتابی کرده بود. موهای مشکی شانه نشده اش روی ملافه ریخته بود.
- زهرا خانم! مگر همه دختران باکره ای که ازدواج می کنند، آن ها را می آورند درمانگاه؟ خونریزی بکارت، مسئله ای نیست که کار را به اینجا بکشاند. این یک خونریزی معمولی و شناخته شده است. اگر به عنف بوده باید مراتب به ژاندارمری گزارش شود...
" ...نه دکتر! متاسفانه پارگی شدید داده است..."
کاش می توانستم سرم را بجائی بکوبم. مستاصل شده بودم. نیمه های شب با دختری که به او تجاوز شده بود، و این تجاوز وحشیانه همراه با پارگی هم بوده، روبرو بودم، ولی به عنوان یک دکتر هم، حق نداشتم او را معاینه کنم. حجم ومقدار خون ریزی را ببینم و از نوع پارگی آگاه شوم.

" دکتر اجازه بدهی اول با محلول ضد عفونی پاکش کنم..."
حرفش را قطع کردم:
- زهرا خانم، گمان می کنم پاره گی حد فاصل " پرینه " است؟ ...می توانی بخیه بزنی؟...اصلن بهتره مادر و خاله اش را از اینجا بیرون کنی تا خودم به کمک تو این کار را بکنم.

" دکتر، مادرش نگران بکارت او است. و از بارداری ناخوسته ای که ممکن است پیش بیاید می ترسد. می گوید نمی توانم تحمل کنم. حتا اشاره کرد که برای رهائی از زیر بار این رسوائی و ننگ، همین امشب اول او را و بعد خودم را خلاص می کنم..."
حال روحی ام داشت بهم می خورد. اعصاب ام بهم ریخته بود...
محل پارگی را که خوب تمیز شده بود بررسی کردم. زهرا خانم با مانده پماد بی حسی دست به کار شد. دستورات نحوه ادامه کار را دادم و به قصد آرام کردن آن ها رفتم سراغ مادر و خاله هاجر که با حالی پریشان ایستاده بودند.
- خانم تا نیمساعت دیگر می توانید ببریدش، ولی تا یک هفته نمی تواند کار کند. شما هم لازم نیست خود کشی کنید. همه چیز را روبراه می کنیم. از بابت بکارت و بارداری هم نگران نباشید، تا دو هفته دیکر، اگر خبری از بار داری نبود، خطر گذشته، اگر هم بارداری نشان داد بی سرو صدا کاری برایش می کنیم. البته ما بر اساس وظیفه مان باید مراتب را به ژاندارمری اطلاع بدهیم، چون تجاوز به عنف بوده است. و متجاوز بایستی ...
مهلت نداد حرفم را تمام کنم...آنچنان گریه تلخی را شروع کرد که دلم ریش شد. آمد بطرف دست هایم که آن ها را ببوسد و هق هق کنان گفت:
" دکتر ترا به خدا ژاندارم نه، ژاندار مری پایش بیاید وسط مرگ هم درستش نمی کند. به زهرا خانم بگوئید خودش کاری بکند..."
و ادامه اداد:
" دکتر بکارتش چه می شود؟ چه خاکی به سرکنم ...؟ "
- آرام باشید برای آن هم کاری می کنیم.

" چکار می شود کرد...خدایا! "
زهرا خانم با تبسمی نا محسوس، بطرف ما آمد.
" حالش بهتر است...."
وبسته کوچکی را داد دست مادر هاجر:
" روزی دو دفعه کمی از این پودر را در ظرف بزرگی با آب نیم گرم حل کن و بنشانش توی آن.."
تنها گذاشتمشان و رفتم توی درمانگاه...هاجر مرا که دید ملافه را تا روی صورتش کشید.
- هاجر حالت بهتره ؟
جوابی نداد، ولی صدای گریه اش را از زیر رو انداز شنیدم. مانند جوجه ای داشت می لرزید.
بر گشتم بیرون و لبه تختم نشستم.
زهرا خانم ترتیب بردنش را داد و شنیدم که داشت سفارش هائی به آن ها می کرد.
آن ها که رفتند سپیده دمیده بود. ستاره ها از من قهر کرده بودند. مردی که آن همه چشمک را نگیرد، و حتا یکبار هم سرش را بالا نکند جرمش این است که بدون استراحت روز دیگری را آغاز کند.
آن روز را به زهرا خانم مرخصی دادم
- نگران نباش، امروز را خودم کاریش می کنم. تو فقط بعد از استراحت اگر توانستی سری به هاجر بزن...
نزدیکی های غروب بود که زهرا خانم خودش را انداخت توی درمانگاهی که اتفاقن مریضی نداشت. گریه زهرا را آن هم چنین، ندیده بودم.
" ...دکتر! هاجر خودش را کشت..."
و گریه امانش نداد،...مثل اینکه دستم را به سیم لخت برق گرفته باشم، تکان شدیدی خوردم و افتادم روی صندلی و سرم را میان دست هایم تا آنجا که می توانستم فشار دادم...
به شخص سومی نیاز بود، زهرا داشت از حال می رفت و من رمق با خته، او را نگاه می کردم.

- بیچاره هاجر!

" دکتر، هاجر رفت، می دانم که مادرش هم خودش را خواهد کشت. از هم پاشیدند.... هاجر پدر نداشت، مردشان دائی او بود. همان کسی که این بلا را به سرشان آورد."

- دائی هاجر؟

" بله دکتر، دائی ی هاجر!..در این ده نفرین شده، تجاوزات فامیلی فراوان است. " پیوک " که با دیدن هر مورد آن، می بینم که شما دگر گون می شوید، واضح است، آن را می بینیم و کاری هم برایش می کنیم. پیوک در نهایت یک بیماری است، که سرافکندگی و شرمساری هم ندارد. "تجاوز" که من هم یکی از قربانیان آن هستم از ترس بی آبرویی نا گفته می ماند و مثل خوره درون خیلی ها را دارد می تراشد، همانطور که درون مرا..."

نمی دانستم درست شنیده ام. زهرا داشت از خودش می گفت؟ مثل کسی که مار گزیدگی داشته باشد

دور خودم پیچیدم، قلبم تیر کشید. رفتم لیوان آبی برداشتم، شاید بر آتش درونم ریخته شود. گر گرفته بودم. دارک با همه آفتاب دائمی و تُندش،همیشه برایم مه گرفته و غباری بود، حالا داشت از خاکستری به تاریکی کشانده می شد. تنگی نفس، تنفس راحت را ازم گرفته بود.

"...دکتر اصلان، من دیگر طاقت ندارم. تحمل این زندگی برایم مشکل است. از کار با همه شما که هر یک سه سال از بهترین سالهای عمرتان را به پای مردم دارک ریختید ممنونم. ولی دیگر قادر به ادامه نیستم. فکرجانشینی برای من باشید. می دانم که نمی شود یا نباید اینطور رفتار کرد ولی دکتر اصلان من از همین فردا نمی آیم."

- از فردا؟ بنشین کمی با تو حرف دارم...

" خواهش می کنم ناراحت نشوید، اجازه بدهید بروم. دیشب هم نخوابیده ام. صحبت هایتان را کم و بیش می دانم در چه موردی است ، باشد برای زمانی دیگر...می دانم ادامه کاربه تنهائی برایتان مشکل است. بهتر است چند روزی درمانگاه را تعطیل کنید، مثل همان موقع که دکتر صابری رفت. برای مردم دارک

بودن و نبودن درمانگاه تفاوت چندانی ندارد. بروید بندر و موضوع را با دکتر نادری در میان بگذارید...."

به طرف در خروجی درمانگاه راه افتاد، و مرا بهت زده تنها گذاشت. پشت سرش راه افتادم و بیرون از درمانگاه او را که دور می شد بی نگاهی به پشت سر، با نگاهی نومید بدرقه کردم، تا آنجا که در خم کوچه ای پیچید.

هیچ نمی دانستم این آخرین دیدار من از زنی است که ده سال برای مردم دارک زحمت کشید و شب و روزش را به پای آن ها ریخت و عصاره وجود درد کشیده اش را مرهم زخم های آن ها کرد. زنی که بهره ای از زندگی نداشت. از دارک برخاست و در دارک به خواب رفت.

وقتی در راه بندر بودم برای دیدار دکتر نادری، سه روز بود که زهرا دیگر وجود نداشت.

همان غروب که مرا ترک کرد و در خم کوچه ای از نطر افتاد، داشت آخرین خم کوچه زندگی را می پیمود.

# غنچه

وقتی برادربزرگم ازدواج کرد، شانزده هفده سالش بود. این را از بزرگ تر ها که با هم حرف می زدند متوجه شدم. اما بزرگتراز سنش، نشان می داد.

"...عباس، این پسر شانزده هفده سالش بیشتر نیست، چطورداری زیر بارزن گرفتنش می روی؟ "

وعباس که پدر من هم بود، بیشتر مواقع جوابی نمی داد. ولی یکی دو بار شنیدم که گفت:

" ...چکار کنم، شاشش کف کرده...اگر برایش زن نگیرم می ترسم مریض بشود..."

تا مدت ها نمی دانستم که چرا اگر زن نگیرد مریض میشود. یک بار دیگر که باز دراین مورد صحبت می کردند، حاج آقا صابونچی، گفت:

" اوس عباس، مریض میشه چیه؟ مگه همه جوون هائی که زن ندارن مریض میشن ؟ "

و پدرم گفت تو شهر ما " دوب " اش پر از خانم هائی است که یک از یک خوشکل ترند و خیلیا شون هم مریضند...حاجی می ترسم سوزاک بگیرد "

با اینکه شنیدم بیماری که پدر ازش می ترسد " سوزاک " است. ولی نه می دانستم سوزاک چیست و نه می دانستم " دوب " که زنانش این بیماری را دارند کجاست. و چرا برادرم باید برود آنجا که سوزاک بگیرد.

از شهر خودمان، به این شهر آمده بودیم . جائی که بیشتر فامیل زندگی می کردند. هر سال می آمدیم. تابستان ها هوایش خَنک بود. سر سبز هم بود. حالا هم تابستان بود.

بیشتر حرف هایشان را نمی فهمیدم. بالا تر از سن ام بود. ولی نمی دانم چرا از گوش خواباندن
خوشم می اِمد.
کنجکاوی با آدم متولد می شود و از حس هانی است که از شیرخوارگی یقه را می چسبد.

می دانستم اگرزن بگیری هر وقت بخواهی می توانی همه جایش را ببینی و کیف کنی. تو شهر خودمان با دختر یکی از همسایه هایمان که هم سن بودیم دوست صمیمی بودم.
دختری ارمنی بود. آنقدر خوشگل بود که من با همه ی کم سالی از دیدنش خوشم می آمد. خیلی دلم می خواست به همه جایش دست بکشم. مثل حریر بود. انصافن اکثر مواقع هم نا امیدم نمی کرد.
آدامس، خیلی دوست داشت. یک روز که یک بسته اش را روی یکی از میز های خانه دیدم به عشق خوشحال کردن " هاسمیک " برش داشتم. اسمش " هاسمیک " بود.
آدامس با طعم دارچین بود. آن روز هر چه این ور آن ور نگاه کردم، و همه جا را گشتم، ندیدمش.
دلم می خواست یکی از آن ها را بجوم، ولی هم می خواستم دست نزده اش را به او بدهم، تا فکر کند که توی خانه خیلی دوستم دارند که یک بسته آدامس دست نزده به من می دهند، هم ترسیدم به خانه که بروم بوی دهانم کار دستم بدهد.

حالا فکر می کردم برادرم دارد با هاسمیک، یا دختری شبیه او عروسی می کند. دلم گرفته بود.

دلم می خواست، وقتی در مورد انتخاب زن برای برادرم حرف می زنند، من هم باشم تا بدانم اسمش چیست. با آنکه می دانستم حتمن " هاسمیک " نیست. فردا که دیدمش، صدایش کردم. در خانه شان ایستاده بود.

وقتی آمد بی مقدمه گفت:

" ابی! می دانی که ما به شما می گوئیم " بارسیک ؟ "

نفهمیدم چه می گوید. گفتم:

" بارسیک! بارسیک یعنی چه؟ "

" یعنی که تو مسلمونی و من ارمنی، و ما باید از " بارسیک ها " خوشمان نیاید. با همه کم سن و سالی، کمی ترسیدم. مثل اینکه کمی هم سردم شد. ولی در جوابش گفتم:

" هاسمیک برایت آدامس آورده ام "

بال گرفت، چند بار بالا و پائین پرید و بی اختیار بغلم کرد و بوسیدم. هاج و واج شده بودم. بسته آدامس را از جیبم در آوردم و جلوی چشمش گرفتم. مات نگاهم می کرد.

" ابی! یک بسته؟ چند تایش را به من می دهی ؟ "

" یک بسته کامل است. به یک شرط همه اش را به تو می دهم."

" به چه شرطی؟ "

" اگر شورتت را پائین بکشی و " اونجا یت "  را  نشانم بدهی. بخدا فقط نگاه می کنم..."

وقتی گفت:

" تو اول بده. "

چه حال خوشی پیدا کردم. با عجله همه اش را گذاشتم کف دستش.

به این ور و آن ور نگاه کرد. ترس ریخت توی صورتش، ولی خوشگل تر شد. آهسته گفت:

" ابی! اینجا نمیشه. بریم زیر سایه بون توی باغچه جلوی خانه تان..."

قبل از او دویدم به آنجا. وقتی رسید، نفس نفس می زد.

" ابی! به من دست نزنی آ، فقط نگاه کن...کمی نگاه کن باید زود بروم..."

و شورتش را پائین کشید و بدون اینکه من بگویم دامنش را بالا گرفت. خدایا چقدر زیبا بود. مثل گندمی بود که کمی بزرگش کرده باشند، با موهای تنک و تک تک کمی زرد رنگ... دلم می خواست ببوسمش...کاش حالا بود، کاش حالا چنین گل یاسی را می دیدم...هرچند این شانس را یافتم که بالاخره به موقع با نفسی عمیق مشامم را پر کنم.

نشئه دیدار بودم که دیدم به خانه شان رسیده است. مدتی بود که بی او تنها ایستاده بودم.

به برادرم داشت حسودیم می شد. داشت هاسمیک را برای خودش می آورد خانه، خوش بحالش.


یک روز تصمیم گرفتم بروم یک گوشه ای دور و شاشم را امتحان کنم. ولی لامصب کف نکرد. معلوم شد حالا حالا باید صبر کنم، و با خاطره هاسمیک بسازم.

بعد از آن روز خیلی کوشش کردم بهر شکل شده، یکبار دیگر آن پسته ی تازه دهان باز کرده را ببینم و هرجور شده دستی به رویش بکشم، ولی نشد، راه نداد. گویا این " بارسیک " بودن من، فاصله اش را روز به روز زیاد تر می کرد.


مدتی بعد ما نه از آن کوچه، که از آن محله رفتیم. اما فکر او، به من فرصت نمی داد در محله جدید جایگزینی برای اوپیدا کنم. آن پا های کشیده، آن ران های تراشیده با آن غنچه ای که در خود جا داده بودند، یک آن از ذهنم دور نمی شد. فکر می کردم هیچکس نمی تواند به آن زیبائی باشد. دلم می خواست همه این ها را مو به مو برای برادرم " و در حقیقت برای خودم " تعریف کنم، و بگویم خوش به حالت که داری زن می گیری، اگر مثل هاسمیک باشد هر وقت که پیش بیاید چه می بینی! ولی در این حد نبودم.

آن قدر دلم می خواست شاشش را ببینم. نوع و مقدار کف آن برایم خیلی مهم بود. می خواستم ببینم کی نوبت من می شود.

ولی من هیچکس را جز هاسمیک و آن زیبا ترین چاک را نمی خواستم.

همه ی آن هائی که به شکلی درد من را داشتند، بعد از مدتی کاملن فراموش می کردند.  ولی برای من چنین نشد. هاسمیک عین یک عکس به  دیواره ذهنم چسبیده بود.

مدارس که شروع شد، روز اولی که سوار اتوبوس شدم، تا بروم مدرسه، با کمال تعجب و نا باورانه هاسمیک را دیدم، چون اوایل خط بود، وسط های اتوبوس روی یک صندلی دونفره، تنهائی نشسته بود. داشتم با تردید نگاهش می کردم که خندید.  صدایم کرد تا کنارش بنشینم. نفهمیدم چرا قلبم شروع کرد به تند زدن. سابقه نداشت. اما فهمیدم که دارم از احساس غرور پر می شوم.

" هاسمیک عطر زده ای یا خودت اینطور خوش بوئی؟ "
خندید.
" یواش تر حرف بزن. کمی از مال خواهرم زده ام..."
" هاسمیک آن قدر ناراحتم که چرا بارسیک هستم. می دانم که از من، چون بارسیک هستم خوشت نمی آید. ولی من گناهی ندارم، بارسیک متولد شده ام. "
" نه ابی، بخاطر بارسیک بودن نیست. ما دیگه داریم بزرگ می شویم، نمی توانیم مثل زمان بچگی با هم باشیم. ولی من دلم می خواهد تو را بیشتر ببینم. "
" راستی هاسمیک  آدامس ها خوش مزه بودند؟ "
خندید و سرش را پائین گرفت.
" چرا این همه سرخ شدی، منکه حرفی نزدم. "
نه سرش را بالا آورد و نه جوابی داد.
وقتی داشت پیاده می شد، نگاهم کرد و گفت:
" ابی، ناراحت نباش تو اتوبوس بیشتر می بینمت..."
" تو اتوبوس! "
داشت تنها بودن با او، برایم رویا می شد. توی اتوبوسی که در باره عطر هم باید آهسته حرف زد، خیلی با خواست من فاصله داشت. باید کاری می کردم. دلم می خواستم هر روز ببینمش، حواسم را از درس و مشق دور کرده بود. تو مدرسه

هم دلم نمی خواست زیاد ورجه وورجه داشته باشم. تنها دلخوشی ام " هم اتوبوس بودن " با او بود. و اگر یک روز بهر دلیل نمی دیدمش تا فردا       گم شده ای داشتم. نمی دانم چرا رشدش بیشتر از من بود. دفعه آخری، که پس از دو هفته دیدمش    داشت خانمی به قاعده می شد و هر روز خوشگل و خوشگل تر، و من حسود و حسود تر. می ترسیدم از دست بدهمش،  داشت میوه رسیده ای می شد و می دانستم نصیب من نخواهد شد.

کنارش که نشستم، بدنش " هُرم " داشت. گرمایش را خوب احساس می کردم.

" هاسمیک، می توانم کمی خودم را به تو بچسبانم، کسی متوجه نمی شود. "

" اینقدر اسمم را تکرار نکن. یعنی از این نزدیکتر؟ من دارم گرمی بدنت را حس می کنم. "


کم کم داشتم متوجه می شدم برادرم دارد چکار می کند. می خواهد هر وقت خواست، گرمی هاسمیکی را که درکنارش بود، برای ساعت ها داشته باشد.

از ذهنم آهسته گذشت:

" حرامش باشد "

آخر دوستش داشتم، برادرم را می گویم،

" طفلک چند سال پیش عمرش را بشما داد و مرا از پا درآورد "

آن روز نمی خواستم، یک جورائی نفرینش کنم. اما داشت مرا خیلی جا می گذاشت، کورس برداشته بود.


وقتی آن روز گفت:

" ابی! چرا این همه لاغر شده ای؟ "

با ژست مخصوصی گفتم:

" این قدر اسمم را به زبان نیار "

خندید، انگار که دنیا را به من دادند. بی اختیار گفتم:

" جون! "

برافروخته نگاهم کرد و دوبار کمی هم بلند تر گفت:

" ابی! ...این "جون " را از کجا یاد گرفته ای؟ تا راستش را نگی، دیگه با تو حرف نمی زنم. "
و با اخم ساکت شد. داشت یک چیزائی حالیم می شد. گفتم:
" این ایستگاهت است باید پیاده شوی، فردا حتمن می گویم از کجا یاد گرفته ام. " قند تو دلم آب شد، فکر کردم، شاید دوستم داشته باشد که حسودیش شده، و بهمین خاطر حتمن فردا می بینمش، می آید تا بداند از کجا یاد گرفته ام. کنجکاو شده بود.

" ابی! خوشحال نیستی دارم زن می گیرم؟ چرا این همه تو همی؟ "
" نه، چرا نا راحت باشم؟....راستی داود، اسم زنت چیه؟ "
" من هنوز ندیدمش. میگن سیمینه "
" چند سالشه داود؟ "
" نمی دونم، گفتم که هنوز ندیدمش، اما حتمن از خودم کوچکترِه "

حتمن هم سن " هاسمیک " است، پس هاسمیک هم می تواند ازدواج کند...سرم تیر کشید.
یعنی " هاسمیک " شاشش کف کرده ؟ شاید مال زن ها زود تر از مردا کف کند... شایدم آن ها احتیاج به کف، نداشته باشند. ولی هرچه باشد مال من نمی شود...من باید بزرگتر بشوم، باید شاشم کف بکند،
باید بابام بترسد که ممکن است سوزاک بگیرم...
خدایا! تا آن وقت هاسمیک بچه دار هم شده.

چطوری " دوب " را پیدا کلم؟ بابام از کجا می فهمد که من هم " دوب " را بلد هستم؟ تا فکر کند ممکن است " سوزاک " بگیرم...اگر واقعن سوزاک گرفتم چی؟ اگر هاسمیک بفهمد، ازمن فرار خواهد کرد. بارسیک باشی، سوزاک هم بگیری!

" یک روز پشت در اتاق بابا مامانم بودم شنیدم بابام به مامانم گفت " جون " مامانم خوشش آمد.

صدای خنده اش از درز در زد بیرون. بلند خندید، بابام بهش گفت: " زری یواش ... "

اما هاسمیک تو اخم کردی...ولی من..."

" ولی تو چی؟ "

" نمی دونم، تو چرا اینقدر سؤال پیچم می کنی؟ "

می ترسیدم بفهمد دروغ گفته ام.  بابام با آن اخم  همیشگی ، نمی دانست "جون " چیه. اگر می دانست " بجای دست بزنی که داشت، زندگیمون از این بهتر می شد. " خدا بیامرزدش، روی هم رفته بابای بدی نبود، اگر بد بود داود به آن زودی زن نمی گرفت. کسی به جوانی به آن سن وسال زن نمی دهد. آن هم زنی مثل " سیمین "، زن خوبی بود.


خیلی از آن سال ها گذشته، خیلی هاشون رفته اند. منهم دارم حسابی پیر می شوم. هاسمیک هم.


" هاسمیک " از گاه گاهی تو اتوبوس دیدنت خسته شده ام.  اگر کاری نکنی یک جای خلوتی نیم ساعتی با تو حرف بزنم..."

" چه می کنی، اگر کاری نکنم؟ "

" نپرس بغض دارم، تو اتوبوس خوب نیست بازش کنم. "

" چی را باز کنی، چرا سخت حرف می زنی "

" بغضم را هاسمیک! بغضم را. دارم می ترکم. "

" اگر نتوانم چی؟ چکار می کنی؟ "

" اول بغضم را توی اتوبوس باز می کنم تا آبروی هر دوی مان برود، بعدش هم..."

" بعدش چی؟ "

" بعدش هم دلت را می سوزانم. پشیمونت می کنم. "

" ابی! چه میکنی؟ چی داری می گوئی. چطوری دلم را می سوزانی، چکار می کنی که پشیمون بشم؟ "

" هاسمیک! خودم را می کشم، فهمیدی؟ "


" گریه نکن، هاسمیک، خوب نیست همه دارند نگاهمان می کنند. "
و با گریه پیاده شد. با این اشک ها چه جور می رود سر کلاس؟
اگر نخواست یا نتوانست، چه جوری خودم را بکشم؟ کار بسیار سختی است.


روز عروسی داود، زنش را دیدم. چه خوشگل بود، اما نه به خوشگلی هاسمیک.
خدائیش جمع و جور و زیبا بود. همانطور که هردویشان روی صندلی کنار هم
نشسته بودن، از ذهنم گذشت:
" خوش به حال هردوی شما. "


سیمین " این " ابی " برادر کوچکمه. پسرِ خوبیه، خیلی دوستش دارم "
سیمین سرتا پایم را نگاه کرد، و لبخند زد.
نمی خواستم ساکت باشم، ولی نمی دانستم چه بگویم. خجالت هم می کشیدم.
" سیمین خانم، این داود، خیلی مَرده....تو هم خیلی خوشگلی..."
و از دید رسشان دور شدم.


" ابی! یک خبر خوب دارم یک خبر بد "
ساکت ولی با دلهره نگاهش کردم.
" ابی! روز جمعه همراه پدر و مادر وخواهرم، قرار است همه برویم خانه
عمویم. می خواهم سر درد و درس را بهانه کنم، و با آن ها نروم. اگر بتوانم، تو
خونه تنها می شوم. "
نگذاشتم حرفش را ادامه بدهد. داشتم ذوق زده می شدم.
" هاسمیک من از کجا بفهمم، که موفق می شوی، تا بیایم."
" ابی دیگه از آن حرف ها نزنی. قول بده "
" کدوم حرف ها؟ "
" خودت می دونی، دیگه تکرارش نکن. "

ساکت نگاهم کرد. منتظر بودم تکلیفم را روشن کند.

" خب، از کجا بفهمم؟ "

" منتظر قولت هستم. قسم بخور و قول بده "

" مردن من برایت این همه مهم است هاسمیک؟ "

" دوباره این کلمه را گفتی؟ مگر نگفتم تکرارش نکن؟ ...آخه ابی..."

" ابی چی؟ "

هر وقت شرم در رگ هایش راه می افتاد، قبل از اینکه صورتش گلگون شود سرش را پائین می گرفت.

" آخه ابی! من خیلی دوستت دارم..."

بی اختیار دوقطره اشک روی گونه هایم دوید. دستپاچه شد.

" چه شد ابی! چرا گریه می کنی؟ پاکشان کن بَدِه، ...حرف بدی زدم؟ "

" این اشک خوشحالیه. تو واقعن من را دوست داری؟...هاسمیک من هم تو را خیلی دوست دارم...خیلی،... پس خبر بدت کدومه؟ "

" جمعه که آمدی بهت میگم...جمعه باید از ساعت ده صبح اطراف خانه مان باشی، جائی که کسی تو را نبیند ولی تو درِ خانه ما را ببینی. وقتی آمدند بیرون اگر من همراهشان نبودم، در خانه ای خالی منتظرت هستم. خوب فهمیدی؟ "

" و اگر تو هم آمدی بیرون، چکار کنم؟ دیوانه می شوم. "

" از حالا اینطور فکر نکن...من رفتم. به ایستگاه رسیدم "

وقتی داشتم از سیمین و داود، دور می شدم فهمیدم که داود پرسید: سیمین دوستم داری؟

من دیگر دور شده بودم. ولی حالا، ابی، فهمیدی هاسمیک چه گفت:

" ابی دوستت دارم. نه، گفت ابی " خیلی " دوستت دارم "

خدایا! امروز چهارشنبه است، تا جمعه چکار کنم ؟ خیلیه! اگر به زور راهش انداختن چی؟

می دانم که کار دیگری خواهد کرد. گفت که خیلی دوستم دارد.

اما کی؟ چطور تحمل کنم؟ ....کاش دعا راست بود.

" ابی! نمی بینم خیلی به درس هات برسی. اشباه نکنی مثل من زود درس را رها کنی یا جدی نگیریش...منم درفکرم اگر بشه ادامه بدهم..."
" داود، پس زنت را چکار می کنی؟ پول از کجا در میاری؟..."
" می خواهیم اگر بابا قبول کند با هم درس را ادامه بدیم. "
" یعنی هم زن و شوهر باشین هم درس بخونید؟ میشه؟...اگه بابا قبول نکرد چی؟ داود بابا این همه پول داره؟ "
" سیمین با مامانش در این باره صحبت کرده، قول داده اگه بابا قبول کنه و کمک هم بکنه، مامان سیمین هم همراهی کنه."
" داود! ماما یا بابای سیمین؟ چرا ماماش؟ "
" ابی، مامای سیمین وضع مالیش توپِ توپ "

مامای هاسمیک چی؟ اگر کار ما به آنجا بکشه، می تونه کمک کنه؟ ولی من که " بارسیک " ام،
فکر نکنم بگذارند ما با هم ازدواج کنیم.

خوب نیست دوباره برایش آدامس ببرم، تازه آدامس یادش می آورد که دفعه قبل بخاطرش چه کار کرده، نه آدامس نه...
امروز پنجشنبه است. حوصله به مدرسه رفتن را ندارم. دلم می خواهد خانه باشم، تا ببینم فردا چه می شود. ولی به چه بهانه ای؟ بهتره بروم شاید هاسمیک را دیدم و توانستم در مورد فردا بیشتر بپرسم. چی بپرسم؟ همه را گفته، میماند خودم و شانسم.

رفتم ولی ندیدمش. شاید از حالا خودش را به مریضی زده.
چرا این همه دلهره دارم؟ من که هر روز او را می بینم حتا گرمی مطبوع بدنش را حس می کنم، مگر جمعه قرار است چی بشود که این همه " یک جوری " شده ام.

وقتی در را باز کرد، نتوانستم خودم را بگیرم، بغلش کردم، از زمین کندمش و با فشار بوسیدمش، و فریاد زدم:

" موفق شدیم."

دست پاچه شد:

" چه کار می کنی ابی؟ آرام باش. بگذار خودمون را پیدا کنیم. بگذارم زمین خسته می شوی.

سرو صدا هم نکن، آخه یعنی من تنها هستم..."

" ببوسم تا بگذارمت زمین."

" امروز خیلی می بوسمت، نگران نباش...بوسه عاشقانه و بوسه خدا حافظی..."

آرام گذاشتمش زمین.

" چی گفتی؟ بوسه خدا حافظی دیگه برای چیست؟ خدا حافظی! درست شنیدم؟... هاسمیک چرا زجرم می دهی؟ بگو که داری ناز می کنی."

" ابی! آروم بگیر بنشین تا برایت نوشابه بیاورم، باید مواظب باشم زیاد ظرف کثیف نکنیم، اگر پدر مادرم بو ببرند، واویلا می شود."

" نوشابه نمی خواهم، تو هم بگیر بنشن، مگه نمی گوئی وقت زیادی نداریم؟ "

" بگذار در را از تو قفل کنم. الآن میام کنارت می نشینم. "

" آنجا نه، بیا درست کنارم، می خواهم گرمی تنت را بهتر احساس کنم. "

" ابی! شیطونی بی شیطونی..."

" هاسمیک! چشم هات چه رنگیه؟ وقتی می چرخونیشون، تسلیم ات می شم. خودت می دونی که خیلی خوشگلی؟"

" ابی، این همه لوسم نکن، بارسیکی! که من خیلی دوستت دارم. اما اگر پدر مادرم بفهمند که من یک بارسیک را آورده ام خانه، نمی دونی چه به روزگارم می آورند..."

" هاسمیک آنقدر دلم می خواد لب هایت را ببوسم، همانطور که تو فیلم ها دیده ام. ... اگر از بارسیکی دربیام، می توانم با تو ازدواج کنم؟ نه حالا، موقعش که شد. "

" چطور می خواهی از بارسیکی درآی ؟ "

" پشت خانه مان یک کلیسا هست، کشیش خوش قیافه ای که فکر می کنم خیلی هم

مهربون باشه آنجا میره و میاد. ازش خواهش می کنم یک کاری بکنه..."

" نه ابی، ما نمی توانیم با هم ازدواج کنیم. باید زن و مرد چندین سال تفاوت سنی با هم داشته باشند. آخه زن ها زود تر شکسته می شوند. "

" این حرف ها چیه؟ وقتی زن ومرد موافق باشند این حرف بی معنیه. من موافقم، توچی موافقی؟"

" ابی حالا موقع این حرف ها نیست...خبر بد، اینه که بعد از تعطیل مدارس، ما برای همیشه از این شهر می رویم. "

" کجا؟ "

" تهران! "

" چرا؟ "

" بابام میگه، بقیه دبیرستانت را باید تهران تمام کنی و همانجا هم بروی دانشگاه. ما تا پایان سال تحصیلی می توانیم با هم باشیم "

" هاسمیک من دیگه برم...حالم خوب نیست. بابا مامانت هم نزدیکه بیان، نمی خوام ناراحتت بکنند..."

" ابی صبرکن. کجا؟ راستی راستی داری می روی؟ کمی صبر کن، توضیح بدهم...پس راست نمی گوئی که دوستم داری..."

" اتفاقن چون خیلی دوستت دارم، دارم می روم...خدا حافظ..."

" از صب منتظر بودم تا بیائی، ماما خیلی از دستت عصبانیه. میگه، صبح زود کجا رفت، چرا به من نگفت. من به ماما گفتم: وقتی داشت می رفت به من گفت که به شما بگم داره میره پیش چند تا از همکلاسی هاش. مواظب باش دروغگو در نیام..."

" ممنون سیمین خانم. چشم مواظبم..."

" ابی توئی؟ بیا ببینم کدام گوری بودی؟ ....این چه وضعیه؟ چرا این همه در همی؟ چی شده؟ "

" هیچی، چیزی نشده. "

" با این همه برافروختگی و در همی، میگی چیزی نشده، می خوای باورکنم؟ اول بگو ببینم کجا بودی؟ چرا صبح زود و بدون اینکه به من بگی رفتی؟ "

" ماما! می خواستم دیروز بگم یادم رفت. امروز صبح هم نبودی، تو اتاقت بودی. ولی به سیمین خانم گفتم می روم پیش دوستام ، بعد هم با یکی از آن ها بگو مگوم شد. کافیه، محاکمه تموم شد. می توانم بروم دست و رویم را بشورم؟ "

" با کدام دوستت بگو مگو داشتی؟ "

" ماما تو را بخدا گیر نده. حال ندارم..."

" برو از جلوی چشمم دور شو. "

" ماما، می خوام بعد از این با دوچرخه برم مدرسه. برام می خری؟ "

" اتوبوس چشه؟ چی شده می خوای با دوچرخه بری مدرسه؟ "

" می خری ماما؟ "

" جواب منو بده، هی حرف خودت را تکرار نکن. با کدام دوستت حرفت شده که دیگه نمی خوای با او تو یک اتوبوس بری مدرسه؟ "

" راستش همین جوریه که می گی. "

" چاره اش دوچرخه نیست که فعلن نداری. از فردا صبح کمی زود تر تکان بخور با اتوبوس دیگری برو. اما آدم با دوستش اینجوری قهر نمی کنه. دوست زیاد پیدا نمیشه برو باهاش آشتی کن. "

بیش از یک هفته صبح ها زود تر پاشدم و با اتوبوسی که می دانستم هاسمیک سوارش نیست رفتم مدرسه. و زجر کشیدم.

خواب هایم شده بود کابوس. بدترینش هم خوابی بود که هاسمیک با پسره لندهور بد قیافه ای، عروسی می کرد. حتمن پسره بارسیک نبود چون با هم برای عقد به همان کلیسای پشت خانه ما می رفتند. جگرم کباب می شد وقتی آن پسره نکبت می بوسیدش. چند بار هجوم بردم که بزنمش، ولی قلدر به نظر می آمد. دو شب پیش که دیگر تصمیمم را گرفتم و رفتم جلو، یقه اش را بچسبم، دیدم دختر همراه او، هاسمیک نیست. خیس عرق از خواب پریدم. آنقدر خوشحال شدم که دیگر خوابم نمی برد.

نمی دانستم چکار باید بکنم؟ عقلم به کاری که موثر باشد قد نمی داد. داشتم کلاس نهم دبیرستان را تمام می کردم و کم کم پشت لب هایم داشت پُر می شد، ولی مثل اینکه عقلم قد لازم را نکشیده بود. داغِ دیدن هاسمیک بودم اما نمی دانستم چکار کنم. در حقیقت نمی دانستم اگر دیدمش چه بگویم. او داشت می رفت، داشت مرا ترک می کرد. از لحاظ قد و هیکل و قیافه هم کاملن مناسب ازدواج شده بود. درسته که می گوید تا درسم تمام نشود ازدواج نمی کنم، ولی اگر یک حرامزاده توانست مخ اش را بزند چی؟ من هم دمِ دستش نیستم که حرف های دیگران را باطل کنم. وقتی من باشم هوائی نمی شود. فرصت نمی کند. ارمنی ها هم مثل ما پدر مادرشان زورشان نمی کنند که حتمن باید ازدواج کنی. کاش می شد ما هم می رفتیم تهران. می رفتم تا مثل شاهین هوایش را داشته باشم. ولی واقعیت با " کاش " خیلی فاصله داشت. اگر امکان داشتم، مثل دزدهای دریائی می دزدیمش، می بردمش توی " خَن " یک کشتی پنهانش می کردم، همانجا هم باهاش ازدواج می کردم. و با کشتی همه جای دنیا می بردمش و از سهم دزدی ها یمان هرچه دلش می خواست برایش می خریدم....خدایا! دارم دیوانه می شوم.

" ابی چرا این روز ها پریشانی؟ سیمین از من خواسته با تو صحبت کنم و اگر بخواهی کمکت کنم. من برادر بزرگت هستم، میدانی که خیلی هم دوستت دارم، سیمین هم واقعن دوستت دارد، با من حرف بزن، اگر مشکلی داری تنهائی به کول نکش. برو لباس هایت را بپوش با هم برویم بیرون. می خواهم تنهائی با تو صحبت کنیم..."

تصمیم گرفتم با " داود " حرف بزنم. کس دیگری را ندارم. من هاسمیک را دوست دارم، یک فکر کمکی می خواهم تا راهنمائیم کند. با داود صحبت کردن حتمن در بدترین شکلش کار را از اینی که هست ناجورتر نمی کند. حالا همه چیز راکد مانده، حتا فکر من.

" داود، اگر به من بخندی، یا عصبانی بشوی، دیگه برادر من نیستی. باید قول بدهی که نصیحتم نکنی، باید از بن بست بیرونم بکشی..."

" حرف بزن ابی، من فقط می خواهم اگر بتوانم کمکت کنم. خنده و عصبانیت یعنی چه؟ "

" داود، عاشق شده ام، عاشق یک دختر ارمنی، داود خیلی دوستش دارم. ولی حالا بیشتر از یک هفته است که ندیدمش. "
" چرا؟ "

آفرین بر این برادر، چقدر خوب توجه می کند، و چه خونسرد و بدون عصبانیت سؤال کرد.

" جریانش مفصل است. برای چند دقیقه خانه شان بودم، تنها بودیم. وقتی گفت تصمیم دارد با خانواده اش از این شهر برود، می روند تهران. من هم بغضم گرفت برای اینکه نفهمد، ولش کردم و تقریبن به حالت نیمه قهر آمدم بیرون. خیلی گفت: نرو، با مکافات خانه را خلوت کرده ام.
ولی من آمدم. و پشیمان شدم. دارم دیوانه می شوم. در محله قبلی همسایه بودیم، از آن پس در اتوبوسی که می رفتم مدرسه می دیدمش که آن را هم با زود تر رفتن، از خودم گرفته ام. "
" دختر آقای " میناسیان " را که همسایه بودیم می گوئی؟ "
" بله، هاسمیک را می گویم. "
" می دانی ارمنی ها کمتر با مسلمان ها ازدواج می کنند ؟ "
" بله می دانم خودش به من گفته "
" پس می خواهی فعلن معشوقه ات باشد تا ببینی چه می شود ؟ "
" داود بگذار ببوسمت، تو چقدر خوب می فهمی، کاش نصف تو حالیم بود... "
" ابی بگذار فکر کنم، چند روز دیگر دوباره با تو صحبت می کنم. ولی تو هر طور شده بدون اینکه خودت را بشکنی ترتیبی بده که حتمن ببینیش، و حتا بابت آن روز از دلش در آوری. خوب گرفتی که چه می گویم؟ "
" بله داود. "

پکر از مدرسه آمدم بیرون، دلم نمی خواست سوار اتوبوش بشوم، ولی برای پیاده روی تا خانه خیلی راه بود. هاسمیک این همه بی معرفت نبود که سراغی از من نگیرد، یعنی چه شده؟

آهسته آهسته رفتم بطرف ایستگاه اتوبوس.

داود هم گفت یک جوری حتمن دوباره ببینش، و گفت بابت آن روز از دلش دربیارم. چه جوری؟ از کجا پیدایش کنم؟ بهتره فردا با همان اتوبوسی که می دانم سوار می شود، بیایم مدرسه. همین کار را می کنم.

کمی خیالم راحت شد. شب فکر می کنم اگر دیدمش چکار کنم و چه بگویم.


" آقا ابی بی معرفت! "

سر برگرداندم، هاسمیک بود. از خوشحالی داشتم پس می افتادم. بی اختیار رفتم به طرفش، بازو هایش را گرفتم، تکانش دادم و کمی بلند گفتم:

" فدات شم، هاسمیک توئی؟ "

با خنده گفت:

" فکر می کنی می توانی از دستم در بروی؟ "

" اینجا چکار می کنی، اینجا ایستگاه مدرسه ما است "

" ولی ارث بابات که نیست، من هم می توانم اینجا منتظر عشقم باشم، نمی توانم؟ "

" چرا عزیزم، می توانی. "

" ابی چه رمانتیک حرف می زنی، مثل اینکه بد نیست هراز گاهی قهر کنی. امروز تصمیم گرفته بودم هر طور شده تو را ببینم. دلم برای دیدنت یک ذره شده بود....می دانی حالا خانواده ام کلی نگرانم هستند. بجای رفتن به خانه، از این وری آمده ام، ساعت آخر را هم برای اینکه از دست ندهمت به کلاس نرفتم. و خب، موفق هم شدم. دیدن تو برایم یک دنیا می ارزد.  هم غیبت امروز و هم برخورد تلخ خانواده ام را، یک کاریش می کنم."

"هاسمیک، اگر نگاهمان نمی کردند، می بوسیدمت و روی سرم حلوا حلوات می کردم ...اتوبوس آمد زود تر برویم تا بیشتر دیرت نشده، فکر می کنی کاری از دست من برای دیر رفتنت ساخته است...ببینم کتک متک که در کار نخواهد بود؟"

" نه ابی جان ناراحت نباش خودم کاریش می کنم، نه اصلن و ابدن کتک تو برنامه خانواده ما نیست."

" هاسمیک! مدتی است گوش هام سنگین شده و بعضی از حرف ها را نمی شنوم. چی گفتی؟ "

" گفتم نگران نباش. راست میگی که گوش ها ت سنگین شده اند؟ "

" نه گوشهام سنگین نشده ولی بعضی حرف ها را دلم می خواهد چند باره بشنوم "

" گرفتم!...ابی جون، ابی جون، ابی جون، من هم فدات شم. گوشت وضعش روبراه شد؟

من دیگه رفتم. "

" هاسمیک فردا توی اتوبوس می بینمت. برات حرف های خوب دارم. "

" ای کلک! "


چه شب خوبی خواهد بود. هم داود قرار است راه چاره ای بیابد، هم هاسمیک را دیدم، آن هم خوشحال و سرحال، و قرارشده فردا هم ببینمش.

پس از مدت ها لای کتاب هایم را باز کردم. احساس سبکی خاصی داشتم. و در این فکر که چکار کنم که هاسمیک برای همیشه مال من بشود. مگر نمی گویند: کار نشد ندارد. پس حتمن راهی دارد.


" ابی باید ترتیبی بدهی یکبار دیگر در خانه با او تنها باشی، واز قبل خودت را آماده کنی به او چهار کلمه حرف درست وحسابی بگوئی و مثلن دربیاوری که اگر بقول او" بارسیک " نبودی حاضر بود با تو ازدواج کند، یا حتا در اینصورت هم باز با تو ازدواج نمی کرد. "

" داود! من که آمادگی ازدواج را ندارم "

" نمی گویم همین فردا ازدواج کن، ولی اول معلوم شود اهل ازدواج هست یا نه "

" راستش آن دفعه هم تهدیدش کردم اگر کاری نکنی که نیم ساعتی با تو تنها باشم خودم را می کشم، او هم ترتیبش را داد..."

" چه گفتی ابی؟...به او گفتی خودت را برایش می کشی؟ "

" خب معلوم شد دوستم دارد، چون نخواست خودم را بکشم. داود من هم او را همین اندازه دوست دارم. "

" پسر این حرف ها و این کار ها چیه؟ مثل اینکه واقعن وضعت روبراه نیست. بهر حال تو اول برادریت را ثابت کن بعد برو دنبال ارث...."

" بعنی چه داود؟ نمی فهمم. "

" شاید برای او دیگر جور نشود تا بتواند خانه را خالی کند، شاید هم بخاطر کار آن روزت نخواهد. من می توانم ترتیب خالی بودن خانه خودمان را برایتان بدهم. تو اول ببین او آمادگیش را دارد؟ به من اطلاع بده تا اقدام کنم."

" مرسی داود، بگذار ببوسمت، چه برادر خوبی هستی. "

" خوبه، بغض نکن. منتظر خبرت هستم."


چقدر خوب است که آدم یک دلسوز، یک مشاور آگاه و یک برادر مثل داود داشته باشد. خوب متوجه است که تا چه حد گرفتارم. داود همیشه مرا خوشحال کرده است. "


ندیده بودم هاسمیک این همه شیک بپوشد، و دستی هم به سر و صورتش بکشد. شده بود یک تیکه ماه. ترسیدم. برای چنین دخترهائی شکارچی زیاد است. خوش برو رو، خوش لباس وبا جیب های پُر و تا بخواهی زبان ریز که می توانند هر مُخی را بزنند.


" هاسمیک چه لعبتی شده ای، اینجوری می خواهی بروی مدرسه؟ عین هلوی پوست کنده ای، دلم می خواهد یک گاز کوچوبو از لُپات بگیرم. سن بابد با یک اتومبیل آخرین مدل بسیار سطح بالا جلوی پایت بایستم در را برایت باز کنم و بغلت کنم تا سوار بشوی."

" ابی! اینکه آدم را یاد شب عروسی می اندازد. "

" هاسمیک میشه؟ فکر می کنی یک روزی جور بشه؟ "

" تو، اتو مبیلش را پیدا کن تا در باره اش حرف بزنیم "

" هاسمیک قبول دارم اما باید در باره اش تنهائی و نه در اتوبوس با تو صحبت کنم. "

" ابی داریم می رسیم، من باید بروم، ولی فکر نکن که من می توانم دوباره ترتیب خانه خالی را بدهم...من رفتم تا فردا..."

" ترتیب خانه خالی را من می دهم، نوبتی هم باشه نوبت منه "

" ابی می توانی؟...خدا حافظ. "


همه ی ملاقات را بی کم وکاست به داود گفتم.


" می دانم فرصت نکردی به او بگوئی:" بله می توانم."

در ملاقات بعدی به او بگو که می توانی، و به پرس چه روزی برای او مناسب است. فکر می کنم جمعه بسیار روز خوبی است، چون من هم می توانم، بابا و ماما را به اتفاق سیمین به دیدار عمو ببرم برای ناهار. خبرش را به من بده. "


خوشحالی ام وصف نداشت. کار به همان مسیری می رفت که می خواستم. چون حتمن فرصت کافی نخواهد بود، لُب حرف هایم را باید تمریم می کردم. چند جمله حسابی ی کار ساز، نیاز داشتم.

" هاسمیک، خودت می دانی چقدر خوشگلی؟ و روز به روز هم تو دل برو تر می شوی..."

" تو این جور فکر می کنی، خوشحالم. ولی حتمن واقعیت اینطور نیست، چون چند روز پیش مادرم به من گفت:

" خوبه که خوشگل هم نیستی. وخواهرم هم زد زیرخنده، درتائید حرف مادرم."

" خواسته اند اذیتت کنند. هاسمیک تو می دانی که پر از " آنی ". و همین " آن " توست که مرا بیچاره کرده است."

" ابی! پر از چی هستم؟ "

" جمعه برایت توضیح می دهم "

" جمعه! جمعه چه خبره؟ من کجا هستم که تو برایم توضیح بدهی؟ "

" خانه ما. "

" من سر در نمی آورم که تو چی داری ردیف می کنی. داریم به ایستگاه من نزدیک می شویم.

بگو راحتم کن. چی تو آن کله ات است؟ "

" یا من ایستگاه تو، پیاده می شوم، یا تو یک ایستگاه اضافه تر بیا. مگر دیروز نگفتم این دفعه نوبت من است ترتیب خانه خالی را بدهم ، و توهم گفتی: " ابی، می توانی؟ ... " و تیز پیاده شدی؟"

" ابی! من ایستگاه بعدی پیاده می شوم. تونباید در ایستگاه مدرسه ما، با من پیاده شی. بچه ها هم حسودند و هم هوچی."

" بگو ببینم چه خوابی دیده ای؟ "

" امروز دوشنبه است "

" خب فردا هم سه شنبه است "

" بی مزگی نکن هاسمیک، فقط یک ایستگاه وقت داریم. تا جمعه فرصت داری برنامه ات را جوری ترتیب بدهی، تا بتوانی جمعه صبح بیائی خانه ما. برادرم و زنش همراه پدرو مادرم، اتفاقن آن ها هم می خواهند بروند به دیدار عمویم، ناهار هم آنجا خواهند بود. "

" همین جمعه؟ "

" بله همین جمعه! "

" ابی معلومه منو خیلی دوست داری، خیلی خوشحالم. همه تلاشم را می کنم. نمی دانم می شود یا نه. سخته، جمعه روز تعطیله، به چه بهانه ای بیایم بیرون...من دیگه رفتم. "

" هاسمیک سینما را بهانه کن، شاید قبول کنند..."

تو این مدت چقدر بالا و پائین و سرد و گرم شده ام؟ اگر تا این عمق عاشق نبودم، به قول معروف صد کفن پوسانده بودم.

معلم ادبیاتمان عاشق شعر و شاعری است. هر کلاسی که با او داریم، شعری برایمان می خواند و چه با احساس و گرم می خواند. شاید من از همه ی همکلاس

هایم بیشتر لذت می برم. هفته پیش شعر قشنکی از" مولانا " برایمان خواند. چیزی نمانده بود سر کلاس بزنم زیر گریه.

بروید ای حریفان، بکشید  یار ما را // به من آورید  یکدم صنم گریز  پا را
اگراوبه وعده گوید که دم دگر بیایم   //  همه وعده مکر باشد بفریبد او شما را

همه را به داود توضیح دادم:

" داود اگر جور کرد و توانست جمعه بیاید، تو در این فاصله می توانی خانه را روبراه  کنی؟ اگر نشه چکار کنم؟ "

" خیالت راحت باشد ابی، من پیشا پیش به عمو گفته ام شاید جمعه بیائیم خدمتتان. اتفاقن اصرار داشت که برای شام بیائید، من موافقت نکردم و بهانه آوردم شنبه اول وقت کار مهمی دارم باید شب زود تر بخوابم. "

" داود خدا عمرت را زیاد تر کند تو چقدر خوبی. کاش می توانستم برایت کاری بکنم ."

" ابی! یادت نره زودتر خبرش را به من بده "

" ابی دیروز چی داشتی می گفتی؟ تمام دیشب آنها را در مغزم مزمزه می کردم. جمعه بیایم خانه شما برای چی؟ چه می خواهی بگوئی که نگفته ای؟ چقدر طول می کشد؟ از چه ساعتی خانه تان کسی نیست؟...

" هاسمیک حالت خوبه؟ ما یک مثال داریم که بابام همیشه به کار می برد:

" تازه بعد از این مدت وبه قول تو این همه حرف و با هم بودن، "می پرسی لیلی زن بود یا مرد"

باور نمی کردم که به پرسی:

" بیایم خانه شما برای چی؟ "

" چه می خواهی بگوئی که نگفته ای؟ "

" پس برای چی با آن آرتیست بازی من آمدم خانه شما؟ "

" ابی ناراحت نشو، من تصورات دیشبم را داشتم برایت می گفتم. تازه خیلی هاش

را روم نشد که بگویم..."
" لامصب! اول آن هائی را که رویت نمی شود می گفتی، که من اینطور شوکه نشوم..."
" حالا بگو، چه ساعتی؟ "
" مگر ترتیب آمدنت را داده ای؟ بگو ببینم چکار کردی. "
" ابی، یک ایستگاه بعد از مدرسه ام هر دویمان پیاده می شویم ، تو خود ایستگاه حرف هایمان را
می گوئیم، عین دفعه پیش، بعد می رویم مدرسه "

" ابی اگر بدونی چه اشتباهی کردم. دیشب رفتم اتاق خواهرم، روی تختش دراز کشیده بود داشت استراحت می کرد. لبه تخت کنارش نشستم. و نمی دانم چرا بی مقدمه پرسیدم: " ژنیک " می توانی، بگوئی که " آن " یعنی چی؟ وقتی به یک دختر یا زنی می گویند تو پُر از " آنی " یعنی
پُر از چی هستی؟ مثل اینکه یک لیوان آب یخ رویش ریخته باشم، پرید و روی تختش نشست و با حالت ناجوری پرسید:
کی به تو گفته که " پُر از آنی ".
دستپاچه شدم و کمی هم ترسیدم. ولی توانستم به خودم مسلط شوم و گفتم:
ژنیک مگر چی گفتم چرا اینجور شدی؟
خیلی جدی پرسید:
گفتم چه کسی به تو گفته که پُر از " آنی " ؟
واصرار که راستش را بگو.
و قبل از اینکه من چیزی بگویم، ادامه داد:
هاسمیک عاشق کسی شده ای یا کسی عاشقت شده؟
...وقت نیست همه جزئیات را برایت تعریف کنم. ولی وقتی بالاخره پس از جر وبحث زیاد برایم توضیخ داد، اشتباه دیگری کردم، چون پرسیدم: پس چرا آن روز ماما گفت که خوشگل نیستم و تو هم خندیدی.
ما هنوز هم می گوئیم، معمولی هستی، که عیب هم ندارد. و من گفتم:

پس چرا پُر از " آن " هستم،
که دوباره، طوفان شد در حدی که برای آرام کردنش به التماس افتادم. "

" هاسمیک برای جمعه چه کردی؟ بقیه حرف ها باشد برای موقعی که با هم تنها هستیم "
" همه این ها را گفتم، تا اضافه کنم که " ژنیک " قول داد برای روز جمعه کمکم کند که
بروم سینما!! یا در حقیقت بیایم ببینم در سینمای تو چگونه فیلی هوا می کنند..."
و خندید، از همان خنده هائی که من بی تابشان هستم.
" جمعه چه ساعتی؟ "
" از ده ونیم ببعد، خوبه؟... پاشو اتوبوس آمد...بی صبرانه منتظرت هستم "
" داوود جان، همین جمعه از ساعت ده و نیم ببعد. خوبه؟ "
" عالیه! ابی خودت را آماده کن این آخرین شانس است. گمان نمی کنم بشود تکرارش کرد.
اگر در این حدی که می گوئی دوستش داری، و ادعا می کنی که او هم در همین حد دوستت دارد، همه سنگ هایت را با او وابکن. متوجه هستی چه می گویم. باید متوجه بشوی که واقعن تو را با تمام وجود دوست دارد. می دانم او هرچه بگوید بی کم و کاست انجام می دهی، اما او چی؟ همین را باید مشخص کنی.
ابی می دانی اگر بابا و ماما و حتا سیمین بفهمند که من یک جورائی فریبشان داده ام چقدر برایم سنگین است.
وقتی آمد او را می بری به اتاق خودت تا هرچه ریخت و پاش است در همان اتاق باشد و باید سخت مواظب باشی که هیچ برگه و علامت و نشانی در جای دیگر خانه پراکنده نشود.
ابی! سیمین خیلی با هوش است، شش دانگ باید حواست جمع باشد.
همه آنچه را که گفتم بی کم وکاست گرفتی؟ روز جمعه وقتی ما در تدارک رفتن می شویم تو هم لباس بپوش و وانمود کن می خواهی با ما بیائی. من به تو نهیب می زنم:

لازم نکرده، بنشین کمی لای کتابهای صاحاب مرده ات را باز کن.
ابی! دیگر حرفی ندارم و برایت آرزوی موفقیت می کنم.
اما چرا یک شرط مهم دیگر دارم:
اگر بهر دلیل نتوانستی کاری از پیش ببری ، باید قول بدهی کا ر را تمام شده بدانی. من خودم اقدام میکنم تا مدرسه ات را تغییربدهم، ببرم جائی دیگر، جائی که چشمت توی چشم او نیفتد. فهمیدی ابی!؟... با توام، فهمیدی؟ ...چرا ساکتی؟ اگر به من قول مردانه ندهی، وهمین حالا، من گام بر نمی دارم و خودم را کنار می کشم "
" داود! قول و تصمیم خیلی سختی است. کمی به من فرصت بده. "
" زمان بسیار کم است ابی...تا کی وقت می خواهی؟ "
" تا فردا که از مدرسه بر گردم. داود، می دانی که من اگر سرم هم برود زیر قولم نمی زنم. و این تصمیمی بسیار سنگین است وعملی کردن آن خارج از تحمل من است. اما داود تو راست می گوئی، اگر نتوانم در این فرصت، یا در حقیقت اگر هاسمیک جواب صریح در روز جمعه به من ندهد، باید راه دیگری برگزینم. "
" نه ابی، راه دیگری برگزینم نه، همان که گفتم ... باشد تا فردا که از مدرسه برگشتی "

همه ی آنچه را که داود گفته بود، مو به مو و جز به جز به هاسمیک گفتم.

" ابی مگر قرار است که من چه کار کنم و چه بگویم؟ من حرف نگفته ندارم، خودت همه چیز را خوب می دانی..."
" هاسمیک، می خواهم تکلیفم را در رابطه با تو روشن کلم. می دانمی که عاشقانه دوستت دارم..."
" خب من هم دارم "
" ولی هاسمیک می خواهم آینده ام با تو روشن باشد، من نمی خواهم هاسمیک فقط دوست اتوبوسی من باشد، و دل خوش کنم به اینکه روزی حد اکثر نیم ساعت او را می بینم. و روز شماری کنم تا سال تمام شود و او برود تهران، و من عین

یک ابله تماشاگر باشم..."
" ابی من به خدا فقط تو را و به اندازه چشم هام دوست دارم، چرا این همه نگرانی؟..."
" ثابت کن "
" من دارم پیاده می شوم،...باشه تا جمعه..."

خدای من! در را که باز کردم چه دیدم. یک شاخه ی باز نشده ی " رُز "، یک غنچه زیبا در آستانه درایستاده بود. بهت زده بی هیچ کلامی نگاهش می کردم. پیراهنی سبز یشمی، با صورتی براق و درخشان و لب هائی با لایه ای بسیارملایم از " رُوژِ " گل بهی، غنچه را یک غنچه زیبای رُز را برایم مجسم کرد. با وقار خاصی گام به درون گذاشت و قبل از هر گونه عکس العمل من، دست هایش را به گردنم حلقه کرد آرام به خودش چسباند و لب هایم را به بوسه گرفت. غنچه رُزی که بوی بسیار ملام " یاس " می داد. گیسوان افشانش را روی صورتم ریخت تا بوسه هایمان را از دید نامحرم نور پنهان کند. اگر هر بوسه عاشقانه ای چنین می تواند شیرین، گرم، جذاب و هوس انگیز باشد، باید گفت که هیچ عشق واقعی بدون آن آغاز نمی شود...و عشق واقعی ما با همین بوسه طولانی و لذت بخش آغازی دوباره یافت.

او را به اتاق خوابم راهنمائی کردم و رفتم برایش قهوه ای روبراه کنم، مانع شد.
" ابی! من چیزی نمی خورم. در را ببند... "
و آرام شروع کرد:
" ابی! من با تو عشق را شناخته ام، و با تو و حرف هایت و حرکاتت، که گاه بوی دیوانگی می دهد شکل گرفته ام، بزرگ شده ام و جزتو کسی در زندگی من نیست و نخواهد بود. بارسیک و دین و مذهب را بیانداز دور... تهران هم که بروم فقط وفقط در انتظار تو خواهم بود، تا بیائی و با هم به دانشگاه برویم. و آنگاه که مستقل شدیم و توانستیم روی پای خودمان باستیم با هم ازدواج کنیم....ابی! نمی خواهم بعد از حرف های من تو حتا یک کلمه حرف بزنی. من همه نظر وحرف هایم را

دارم می گویم و همین امروز هم عملن به تو نشان خواهم داد. بعد از امروز ما همین طور که تا حالا بوده ایم خواهیم بود با این تفاوت که آینده مان هم روشن و مشخص است و به آن سو خواهیم رفت. اگر همه حرف هایم را خوب متوجه شده ای و صد در صد با آن موافقی، حرف نزن، فقط با اشاره سر جوابم را بده."

از لبه تخت برخواست و جلوی دیدگان ناباور من، به آرامی و تانی تکه تکه لباسهایش را درآورد،
لحاف روی تختم را کنار زد، و دست مرا گرفت و در کنار خودش زیر لحاف خواباند...

و من برای اولین بار، عشق، زندگی، رفاقت، و پایمردی بر سر قول را تجربه کردم. یاد گرفتم و مرد دیگری شدم.

# آخر خط

وقتی آمدم خانه، پیغام گیر تلفنم چشمک می زد. دگمه را فشار دادم و رفتم سراغ یخچال. نمی دانم چرا آن همه تشنه بودم .
"سلام آقای صفائی ، مرتضوی هستم . فرصت کردید لطفن تماسی با من بگیرید."

خانم مرتضوی همیشه عروسی " باران " را به یادم می آورد. مراسمی که من میهمان داماد بودم. دامادی که او را نمی شناختم. در حقیقت میهمان خانم مرتضوی خاله داماد از دوستان همسرم بودم.
من می بایستی مهمان عروس خانم می بودم" یعنی انتظارم این بود " چون او را که نویسنده ای سر شناس است خوب می شناختم و زمانی یک جورائی همکار بودیم.
یادم می آید به همین خاطر علاقه ای به رفتن نداشتم، دلخور بودم. ولی رفتم، چون دلم می خواست " باران " را در لباس عروسی ببینم.
و از همان شب با خانم مرتضوی بیشتر آشنا شدم. در فرصتی کوتاه دریافتم که مسئول یکی از معروفترین خانه های سالمندان است، و در آنجا کلی ازش حساب می برند. و البته این را هم متوجه شدم که نباید مدیر خوش اخلاقی باشد، حق هم داشت. مدیریت خانه سالمندان در حقیقت مدیریت گورستانی با مردگانی زنده و سر گردان است. مدیر چنین جائی نمی تواند خوش مشرب باشد. حرفه او برایم

وهم انگیز بود.
آن شب وقتی از روی بی قراری برای دومین بار کنجکاوانه پرسیدم :
" پس عروس خانم کجاست؟ "
همین آدم جدی که کمتر خون گرمی نشان می داد، با طنزی نیش دار به همسرم گفت :
" مثل اینکه آقای شما بدش نمی آمد بجای داماد باشد "
و من هم که معمولن در چنین تنگنا ها ، خود دار نیستم و جا نمی زنم، گفتم :
" بدش نمی آمد چیه خانم ؟ آرزو داشتم "
و همین شب مان را از رونق انداخت :
" مگر عروس را می شناسی، رضا ؟ "
که آغاز سین جیمهای بیشتری شد.
ولی من راه ندادم .
در این فکربودم:
" چرا باران که زمانی نه چندان دور آن همه با هم مراوده داشتیم کاملن بی خبر از من راه دیگری رفت ؟ "
البته می دانستم فکرش جای دیگری هم کار می کند و به همین خاطر کم اتفاق نمی افتاد که در پاسخهایش به من حواس پرتی نشان می داد و بند می برید.
با شناخت کاملی که از من داشت و به دفعات تجربه کرده بود، در یکی از بر افروختگی هایش، بسیار نا روا گفته بود، نا روا ها ئی پر از توهین و تحقیر، و همین بانی جدائی همیشگی ما شده بود.
نمی دانم چرا آن شب مهمانها بیشتر سر پا بودند، مثل اینکه به " کوکتل " پارتی آمده باشند.
از مشروب هم خبری نبود ولی لیوانهائی که بخصوص خانمها با ژست مخصوصی در دست داشتند و با آن لباسهای " سواره "، محتوی " جینجر ایل " بود که شامپاین را تداعی می کرد.
موزیک ملایمی ترنم داشت، موزیکی که بیشتر به درد گوش دادن می خورد تا رقصِ مرسوم جشنهای عروسی .

البته برای من فرقی نمی کرد، برای رقص و شادی نیامده بودم. دیدن باران در لباس عروسی و احترام به دعوت خانم مرتضوی مرا کشانده بود.
برای اینکه راحت باشم، جائی نشستم. درهمین نشست بود که توانستم با خانم مرتضوی گفتگو داشته باشم .
ویرم گرفته بود به عنوان داوطلب یک هفته ای را در یکی از خانه های سالمندان بگذرانم ، تا بتوانم از نزدیک با فضای آنجا و آدمهائی که محکوم به زندگی در آن چار دیواری بودند، آشنا شوم. این تصورکه عده ای بدون داشتن جرمی در جائی محبوس باشند، و کاری به کار دنیا و آنچه در آن می گذرد نداشته باشند، برایم سؤالی بزرگ بود.... اینها بی هیچ گناهی گویا نمی بایستی مثل دیگر مردم روابط متعارف با جهان داشته باشند ؟ یا رانده شدگان از آغوش خانواده هائی بودند که دیگر نمی خواستند تحملشان کنند.
مگر می شود، سالیان سال با همسر و فرزندانی، در خانه ای گذرانده باشی و در غمها و شادی هایشان شریک بوده باشی، با هم خندیده باشید، غذاخورده باشید ، بگو مگو کرده باشید، پای تلویزیون نشسته باشید و گاه به اتفاق به پارکی، سینمائی، کنسرتی و یا مسافرتی رفته باشید، ولی حالا در حالیکه هنوز زنده اید و به چنین گذرانی نه تنها نیاز که عادت کرده اید جدایت کنند و بیاورندت به خانه سالمندان، " جائی که همه هم سالمند نیستند ".
مکانی که با داشتن شوق به زندگی، باید خاموش باشی. می خواستم چنین آدمها و چنین جائی را از نزدیک ببینم و برای مدتی کوتاه با آنها باش .
از خانم مرتضوی خواهش کردم در صورت امکان ترتیبش را بدهد . اوقبول کرد و گفت :
" در اولین فرصت خبرت می کنم. ولی بگویم که گذران تلخی خواهی داشت. "
گذرانی تلخ!
برای مدتی کوتاه آنجا بودن ، آنهم به اختیار و رغبت خودم، ممکن است چنان تلخ باشد که باز گو شود، آنهم از زبان سرپرست آن محل؟ پس آنهائی که بایستی تا آخر عمر آنجا باشند چه حال و روزی دارند ؟ آدمهائی که رمق اعتراض هم ندارند ؟ همین بیشتر مشتاقم کرد تا بروم و با آنها باشم و از نزدیک ببینمشان.

" چرا این همه در فکر رفتی ؟ "

باز از جدی بودن فاصله گرفت :

" ... از اینکه هنوز عروس را ندیده ای ؟ یا چون گفتم گذران تلخی پیش رو داری ؟ "

من هم برای اینکه حالش را همراهی کنم گفتم :

" از هر سه ! "

نگرفت .

" نه خانم مرتضوی، این موزیک ملایم فقط به درد گوش دادن می خورد. عروسی آهنگهای ترقصی می خواهد ....گمان می کردم اگر موسیقی زنده نیست حتمن دی جی سر حالی کارش را می کند."

" مگر نمی دانید ؟ باران خانم مسلمان معتقدی است و داماد هم از جنس خودش است. "

" چرا می دانم، ولی نمی دانم چرا، در آن دنیای رویائی که برایشان ساخته اند همه اینها نه تنها آزاد که گسترده تر و فراوان تر وجود دارد، ولی در دنیای حاضر گناه است و جرم ؟ یعنی مثلن من از غِلمانهای نکره بهشتی، ناجور ترم که دست زدن به من گناه است ولی در آغوش غِلمان فرو رفتن و هزار پیچ و تاب خوردن عین ثواب ؟ "

دنباله اش را نه من گرفتم ونه خانم مرتضوی علاقه ای نشان داد .

****

" خانم مرتضوی، صفائی هستم. پیغام گذاشته بودید. چند دقیقه ای ست آمده ام خانه . در خدمتم . خیر باشد . "

" سلام آقای صفائی، لطف کردید. از اینکه مزاحمتان شده ام پوزش می خواهم . دوست هم اتاقتان زمانی که اینجا بودید، آقای علیمحمدی را می گویم، یادتان هست ؟ پاشنه تلفن ما را برای یافتن تو از جا در آورده است. از ما می خواهد که شماره تلفنت را به او بدهیم ولی ما این کار را نکرده ایم ...می دانید، ایشان بعد از شما، یک روز به دفتر من آمد وگفت می خواهم از اینجا بروم. پرونده اش نشان می داد کسی او را نیاورده، به میل خودش آمده و همه پرداختها نیز از حساب شخصی

خودش است. نمی دانم چرا آمد و چه شد که رفت. گمان می کنم هزینه اش برایش سنگین بود."

" بله خانم ایشان را خیلی هم خوب یادم هست. واگر آن زمان را توانستم دوام بیاورم به خاطر دوست شدن با ایشان بود.اما با این همه، خانم مرتضوی ، آنجا دنیای دیگری است. دنیائی حصار شده و عاری از هر گونه هیجانی، و البته با دریائی از نا گفته ها که سینه اهالی آن ولایت! را مالامال کرده اس.... گمان می کنم تنهائی را نتوانسته دوام بیاورد.... اشکالی ندارد، شماره من را به ایشان بدهید ، بخصوص حالا که محصور نیست. شاید حرفهای تازه ای داشته باشد. "

با او هم اتاق بودم. در آن محل غمزده ی دلگیر، من عضو محاسبه شده ای نبودم . نه جای مخصوصی داشتم و نه جیره غذائی. و این خانم مرتضوی بود که مرا با او هم اتاق کرد تا جائی داشته باشم و یک جورائی هم، برایم سهمیه غذائی تعیین کرد. این شد که با آقای علیمحمدی، هم اتاق، هم جیره و هم صحبت شدم. کم حرف ، خیلی هم، کم حرف بود ومن بیانگر دیدگاه، وکسی که برایم درد دل کند می خواستم تا ببینم این زنده بگوران متروک چه می کنند، چه می گویند، احساسشان چیست و بخصوص دریابم که چرا به اینجا کشانده شده اند.

هر چند، یکی از آنها به من گفته بود:

" ما آنی که تو می خواهی نیستیم. ما پول داریم، و می توانیم هزینه سنگین اینجا بودن را بپردازیم. به آنجائی بروید که دولتی است. آنجائی که بجای کاغذ توالت، با دست خودشان را پاک ! می کنند "

ولی من دنبال شرایط زندگیشان نبودم. من با فضای چنین جائی، و با احساس ساکنانش کار داشتم. مصیبت و بیچارگی انسان، به انحاء و اشکال مختلف و دلخراش فراوان است، و با دیدن آنها می توان دریافت این دنیا چه جای خاکستری ِ سرد ِ کم نوری است، و از چون منی هم، ذره ای کاری ساخته نیست. من به دنبال احساس انسانهائی بودم که از چاله به چاه افتاده بودند، به آنهائی که هر کدام زندگی قابل ملاحظه ای داشته اند و از شادی و شعف با هم بودن لذت می برده اند ، آنهائی که با تند بادی به اینجا پرتاب شده بودند و اکثرن نمی دانند چرا. و اینکه حالا چه گذرانی دارند.

در خانه سالمندان شب و سکوتش از غروب شروع می شود. در این گورستان زندگا ، از شب زنده داری و بگو و بخند های دسته جمعی شبانه کمترین خبری نیست، کسی هم در حال و هوایش نیست. چه بگویند ، که شادی کنند و بخندند ؟ من شهادت می دهم که در این دیار، جوک و لطیفه جائی ندارد. من در تمام مدتی که آنجا بودم صدای قهقهه نشنیدم. بهت، حیرانی، مدتها به گوشه ای خیره شدن، و چشمان نمور، زیاد دیدم ولی شعف، جائی نداشت. به تعبیری وضعی بدتر از تیمارستان حاکم است .

من درتیمارستان هم، مدتی سر کرده ام و حدود ده روز را با آنها گذرانده ام؛ با آنها می شد خندید و حتا رقصید. می شد بحثهای مختلف راه انداخت .... و در کل می توان گفت محیط بالنده ایست. در تیمارستان بسیاری در انتظار آزادی و آغازی دوباره اند ، و به نحوی تحت درمانند ، اما اینجا آخر خط است. خطی در سکوت کامل. گذرانی عاری از هیجان. بیمارهم نیستند که تحت درمان باشند. در خانه سالمندان زمان ایستاده است. در این محل امید مرده است.

یک شب دل به دریا زدم و به یکی از اتاقها وارد شدم .

" کاری که بخصوص شبها نبایستی انجام شود. اگرنگهبان قلچماق و بد هیبت شب می دیدم، شاید لقمه چپش می شدم. موجودات تعلیم دیده ی عجیبی هستند، یک بعدی و غیر قابل کنترل و سخت گیر، بی رحم و بی اغماض.... که البته بخیر گذشت. در تیمارستان صابون یکی از آنها به تنم خورده بود و ترسش هنوز چهار ستون بدنم را می لرزاند....اگر اینطور نباشند حریف نمی شوند بخصوص در تیمارستان که اگر دیر بجنبند جنبانده می شوند. "

خیره نگاهم کرد و آرام گفت :

" سلام "

ترسیده بود. زیر لبی و نا مفهوم گفت :

" گمان می کنم اشتباه آمده ای...اتاقت را گم کرده ای ؟....تازه واردی ؟ ...."

سلام کردم و گفتم :

" نه ، دنبال یک تکه کاغذ و خود کار می گردم ...."

" در اتاق من ؟ برای چی می خواهی ؟ می خواهی برای کسی نامه بنویسی ؟ "

و قبل از اینکه حرفی بگویم ادامه داد :

" خودت را خسته نکن "

هر کار کردم دنباله اش را نگرفت ، ودر مورد خستگی چیزی نگفت .

" ببخشید چیزی گفتید ؟ "

جواب دیگری داد :

" چند وقت است اینجائی ؟ "

منهم جواب دیگری دادم :

" می خواهم خاطرات بنویسم ."

" برای کی ؟ "

و ادامه داد :

" کی تو را اینجا انداخته و رفته ؟ ...تو هم در خانه زیادی شده بودی ؟ "

" مگر تو را اینجا انداخته اند ؟ ....چرا مانده ای ؟ چرا ، حالا که این همه ناراحتی

نمی روی؟ ...چند وقته اینجائی ؟ "

نگاهش ، تحقیرم کرد.

" یکسال است اینجام ....جان سگ دارم ...جز یکی دونفر دیگر من باسابقه ترینم

...کاغذ و قلم هم ندارم...احتیاج هم ندارم ..."

داشت بیرونم می کرد .

" فکر کردم تعارفم می کنی بنشینم ، اما داری بیرونم می کنی "

" پرسیدم کی آمده ای ....چند وقت است اینجائی ، جوابم را ندادی "

" من سر پائی نمی توانم راحت صحبت کنم . "

" دلت می خواهد بنشینی ، بنشین. من که حرفی ندارم "

" راستش من اینجائی نیستم، برای یکهفته آمده ام ببینم چه جور جائی است، می

خواهم مادرم را بیاورم اینجا . "

" دوستش داری ؟ "

" خیلی "

" گمان نمی کنم . داری می آوریش اینجا تا از شرش راحت شوی "

" مگر هر کس را می آورند اینجا می خواهند از شرش خلاص شوند ؟ اینها که

همه آدمهای آرام و ساکتی هستند. بنظر نمی رسد حتا زیاد حرف بزنند "

" آخر مرد حسابی تو می خواهی مادرت را زنده به گورکنی، آن وقت می گوئی خیلی هم دوستش داری....خب درست نمی گوئی. می دانی خرج نگهداری از او در این خراب شده چقدر است ؟

چرا با کمتر از این پول کسی را نمی گیری تا درخانه مواظب او باشد؟...برای اینکه از سنگینی وجودش خسته شده ای، می خواهی " ردش " کنی.... "

در نا امیدی کامل سرگردان بود .

با حالت خاصی گفت :

" بنشین!...نگفتی چرا آمده ای ؟ ...دوست من ، وقتی می گویم، از شرش خلاص شوند منظورم شر بودن آنها نیست...در خانه یا هر جائی که هستند برای بقیه غیر قابل تحمل می شون. اغلب سنی ازشان گذشت، کم و بیش بیماری هم دارند سرفه و سرو صدا هم می کنند، و شبها هم راحت نمی خوابند. و در مجموع نبودشان برای آنهائی که با هم زندگی می کنند آرامش بهتری دارد . آن هم پس از سالها که جوردیگری زندگی کرده اند، و زمانی که بیشتر به گرمای اطرافیان و صمیمیت محیط خانه نیاز دارند دکشان می کنند....دورشان می اندازند....تا از " شرشان!! " خلاص شوند. در حالیکه زنده اند و احساس دارند. دیدار روزانه عزیزان، بازی با نوه ها، وچرخیدن در محیط خانه برایشان زندگی است، و در آنها امید را سر پا نگه می دارد. اما اینجا که می آیند همه اینها پایان می گیرد و در حقیقت به یک نوع مرگ مبتلا می شوند."

سکوت کرد، سکوتی طولانی...نگاهش خیره شده بود، و می شد فکر کرد که دیگر در آن اتاق نیست.

نمی دانستم چکار کنم، یا چه بگویم...کاش می توانستم وارد افکارش بشوم. هر کاری کردم سکوتش را نشکست و حضور مرا نشان نمی داد. دراز کشید دستهایش را زیر سرش گذاشت و به سقف خیره شد. چشمانش خیس بود.

به دیدار علیمحمدی دوست هم اتاق زمان زندگی موقتم در خانه سالمندان رفتم . تعجب کردم وقتی او را تکیده تر دیدم...با ریش نتراشیده و چهره ای که نمی شد شادابی در آن جستجو کرد.

او هرچند کم حرف، ولی خوش صحبت بود.

برای شروع آنچه را که از قبل در ذهنم می چرخید و به پاسخش برای بررسی که آغاز کرده ام نیاز داشتم مطرح کردم .

" همیشه این سؤال را داشته ام که چگونه بوده است حکایت افتادن گذر تو به جائی که من آن را گورستان زنده ها نام داده ام . "

" و حالا داری مطرحش می کنی ؟ "

" درست می گوئی "

" و فقط برای دانستن جواب این سؤال نیست که به دیدارم آمده ای ؟ "

" نه ، ابدن . احضار کرده بودی ، خودم هم مشتاق دیدارت بود، آمدم. اصراری هم ندارم که به سؤالم جواب بدهی."

" این خانه شش دانگش بنام من است. با دخترم و دوتا از نوه هام و شوهرش زندگی می کردم. از همسرم سالهاست که جدا شده ام . همه ی خانه در اختیار آنها بود الا همین اتاق که باهم نشسته ایم. برای اینکه راحت باشند کمتر خودم را به جمعشان می کشاندم. در یکی از این دفعات ، همسر دخترم با ظاهری شوخ گفت :

"بابا ! این شبها صدای خرناست نمی گذارد بخوابیم."

با تعجب گفتم:

" از کی ؟ چون یادم نمی آید که قبلن در این مورد صحبتی کرده باشی...."

دخترم دنبال کرد :

"چرا بابا ، اکبر راست می گوید."

احساس تبانی کردم. ولی خونسرد گفتم :

" می دانید که من شبها در ِ اتاقم را می بندم، از قرار باید صدای خرناسم خیلی بلند باشد که چنین آزرده تان کرده است ."

وقتی واکنشی نشان ندادند، و کلامی از احترام و یا حتا تعارف خشک و خالی نگفتند، بیشتر متوجه و معتقد شدم که داستانی دارد آغاز می شود. من پس از جدائی از همسرم تصمیم گرفتم تا حد امکان مراقب دخترم باشم و نگذارم دلتنگ و ناراحت شود. آن موقع فقط پنج سال داشت...

" می بخشی یادم رفت چای بیاورم . "

و برخاست .

داشت داستانی تعریف می شد، که جذبم کرده بود. داشتم با یکی از موارد گذار به خانه سالمندان آشنا می شدم و علیمحمدی استاد باز نشسته ادبیات تطبیقی کم حرف ، پرحرفی می کرد

آنهم با ته لهجه ی شیرازی. و گویا من با طرح سؤالم، سر نخ را داده بودم دستش. احساس کردم دلش می خواسته جائی خالی شود. و من گویا انتخاب خوبی بوده ام ، چون هفته ای را که با او بودم مرا بهتر شناخته بود.

در آنجا متوجه شده بودم یکی از شاگردان دخترش به او ابراز عشق کرده است.

یادم می آید، پرسیدم :

" ابراز علاقه یا ابراز عشق "

و او با حالت خاصی گفت :

"... ناسلامتی من استاد دانشکده ادبیات بوده ام و تفاوت علاقه و عشق را خوب می شناسم. "

و خندیده بود .

" چه چای دم کشیده خوش طعمی ! "

" از وقتی باز گشته ام، خودم همه کارهایم را انجام می دهم، منظورم آشپزی است. قبلن آنچه همه می خوردند همراهشان بودم. "

" پس کلی برایشان خرج داشته ای"

" نه، در عوض آنها اجاره نمی دادند ، آب و برق را هم من پرداخت می کردم. "

" و حالا ؟ "

" حالا نیستند. من تنهایم، نخواستند با من باشند. یعنی خواستند ولی شرطشان سنگین بود، نمی توانستم قبول کنم. "

داشت علت بودن او در خانه سالمندان حالی ام می شد.

" اما با همه اینها چطور شد که سر و کارت به آنجا افتاد ؟ البته برای من سعادتی بود که توانستم با تو آشنا شوم."

" خودمانیم چه جای حزن انگیز دلگیری است. در آنجا زندگیت قبل از مرگ تمام می شود. چه تنهائی هولناکی دارد. همه در لاک خودشان هستند، اطرافشان را

نمی بینن . هم صحبت نمی شوند. دوست و رفیق انتخاب نمی کنند. زندگی ( البته اگر بشود اسمش را زندگی گذاشت ) یک خط بی فراز و نشیب است. فکر می کنی عین آنچه در فیلم ها ، دستگاه به هنگام از کار افتادن قلب نشان می دهد دیگر ضربانی نداری همه چیز برایت یک خط مستقیم می شود بی هیچ بالا و پائینی. فردا برایت مثل دیروز است...."

" تو که، تقریبن مثل همه آنهائی که آنجا هستند، کسی زورت نکرده بود، با پا ومیل و خواست خودت رفته بودی. نمی دانستی چنین جائی است ؟ "

"نه ، فکر می کردم به کمپ می روم تا با سایرین به گردش برویم و گل بگوئیم . خواستم از محیط خانه دور شوم . تحمل گوشه و کنایه را نداشتم. وقتی تو آمدی داشتم می ترکیدم. اعتراف می کنم وقتی که با تو هم اتاق شدم و شبهای زیادی برایم از همه جا صحبت کردی احساس کردم هنوز زنده ام. و می توانم زندگی بهتری داشته باشم. اصلن باورم نمی شد که به قول تو به قبرستان زنده ها آمده باشم . دیدم دارم می باز. دارم هم چوب را می خورم هم پیاز را ، هم پول می دهم هم از دنیا بریده ام. مدتها منتظر بودم روابطـــی دیگر، فضائی دیگر و آدمهائی دیگر را شاهد باشم. یادم می آید درفیلم زندان ( آلکاتراز )، دیده بودم، یکی از فشار های روحی این بوده است که زندانی ها بخصوص بهنگام خوردن غذا نبایستی با هم حرف می زدند و یا سرشان را برمی گردانند و هم زندانی خود را نگاه می کردند. من پس از مدتی متوجه شدم که اهالی آنجا بدون اینکه زندانی زندان الکاتراز باشند نه با هم حرف می زنند و نه باهم معاشرت می کنند.

دو روز بود هم اتاق شده بودیم که خنده های تو زندگی را در من که دیگر داشت از رونق می افتاد به جوش آورد...فردایش برای اولین بار دوسه نفری به من گفتند :

( دیشب در اتاقت چه خبر بود ؟....چه خنده های زنگ داری )

و همانموقع تصمیم گرفتم وقتی تو رفتی من هم نمانم و فسخ قرار داد کنم. "

" ولی من برعکس تو، می دانستم چه جور جائی است. یعنی راستش دوستی برایم تعریف کرده بود. می دانستم که در آنجا زندگی جریان ندارد، اما وسعتش را تا حدی که دیدم نمی دانستم.

من نمی دانم چرا اهالی آنجا با هم قهرند. با هم نیستند، و رفتارشان مثل اشباح است

، ضمن اینکه تعریف خاطرات هر یک از آنها می تواند بسیار شیرین تر از هزار و یک شب باشد و محفلهای شبانه بارور و گرمی را تدارک ببیند "

" اما کم نیستند آنهائی که فکر می کنند خانه سالمندان جائی برای با هم بودن است و از معاشرت با هم لذت بردن...و من دارم می نویسم تا آنها را از اشتباه در آورم. حتا عده ای فکر می کنند خانه سالمندان جائی است که هر وقت بخواهی می توانی بروی آنجا، می خواهم بگویم که خیال باطل نکنند.....وقتی مردن هم مجانی نیست... "

" برای من تجربه بسیار خوبی بود. روز اول از سکوت آنجا و اینکه می توانستم زمانی را برای خود م باشم خوشم آمد، و فرصت شد نگاهی درونی به داشته ها و خاطراتم داشته باشم ..."

شیطانی کردم :

" به آن دختر شاگردت که گفتی شیفته تو شده بود هم، فکرکردی؟ "

" زیادا "

" به جائی هم رسید ؟ "

" وارد این بحث نشویم ... رهایش کن دوست خوبم..."

"می خواستم از فضای تاریک خانه ای که سالمندان در آن به آخرین راه مانده، کشانده می شوند، بزنم بیرون و با هم گام در گذرگاه عشق بگذاریم، که نشد.... راه ندادی..."

" ...بگذار کلام آخر را بگویم، و اینکه اهالی این خانه ها به نسبت آنهائی که آنجا را هم ندارند و بی پناه و سرد، در گوشه و کنار جان می دهند، مردمانی خوش شانس هستند..."

# شاخه تُرد اطلسی

تازه بیدار شده بودم که او رفت.
در را به آرامی باز کرد و داشت خارج می شد:
" بیدارم حامد راحت باش. "
- دیشب تا دیر وقت چراغ اتاقت روشن بود، خواستم بیدارت نکنم. "
" چرا صبح به این زودی؟ "
- با نعمت می روم، با اتومبیل او. محلِ کارش از اینجا دور است برای همین صبحها زودتر از من راه می افتد.
و رفت....
این آخرین باری نبود دیدمش، اما آخرین باری بود که صدایش را شنیدم.

سال آخر دانشکده فنی بود، ماشین آلات می خواند.
هیج وقت کامل متوجه نشدم که ماشین آلات چگونه تحصیلی است. پرس و جو هم نکردم، خودش هم توضیح درستی نداد، یا داد ولی من متوجه نشدم. فقط می دانستم دارد مهندس می شود.

پنج سال بیشتر نداشت که مادرش را در تصادفی دردناک از دست داد. مادری که عشق من بود و برای همیشه هم خواهد ماند. حامد تنها فرزندمان بود، و چقدر هم

شبیه مادرش بود. و همین مایه دلنشینی که در چهره اش جا گرفته بود، علاقه مرا به او دو چندان کرده بود. و من بخاطر او و بخاطر مالامالی عشق سیمین در سینه ام ، هرگزدیگر ازدواج نکردم.

از همان موقع با اینکه کمر خودم زیر بار این واقعه شکسته بود، او را مثل بچه گربه به دندان گرفتم. برایش هم پدر بودم و هم مادر. البته شاید نه پدر کاملی بودم و نه مادری که او نیاز داشت.

هر روز بیشتر بهم وابسته می شدیم و در شبهای تنهائی مونس های خوبی برای هم بودیم.

هیچگاه مستقیم از مادرش نپرسید، ولی هرگز نشد از کنار عکسش عبور کند و توقف کوتاهی نداشته باشد و به چهره خندان او خیره نشود...تا روزی که از مدرسه درهم و گرفته به خانه آمد. این حال او که تا آن روز ندیده بودم پریشانم کرد. خودم را دستپاچه و ناراحت نشان ندادم. گذاشتم تا مثل هر روز بیاید مرا ببوسد و شیرین و خواستنی بپرسد:

- بابا خسته نیستی؟

وقتی نیامد، و حتا در اتاقش را بست، طاقت نیاوردم. با لیوانی شیر رفتم سراغش، در زدم.

- "بابا جان حالا می آیم "

که یعنی وارد نشو.

بر خلاف میل و عادتم در را باز کردم ...روی تختش دراز کشیده بود و من توانستم برق مسیر عبور اشک را بر روی گونه هایش ببینم. بی سابقه بود.

گذاشتم راحت باشد. فورن آمدم بیرون.

ندیده بودم اینگونه در هم بریزد. او همیشه خوشحال و سر حال از مدرسه می آمد. درسش عالی بود. دوستان خوبی هم داشت. من هم کوتاهی نمی کردم. برایم، هم عجیب بود و هم می خواستم زود تر متوجه بشوم . طاقت آشفتگی او را نداشتم.

خوشبختانه زود از اتاقش بیرون آمد و با علاقه مرا بوسید و سراغ شیری را که در یخچال گذاشته بودم گرفت.

" حامد جان! اگر دلت می خواهد به من بگو که چرا چنین در هم شده ای؟ چه

اتفاقی افتاده؟ البته مجبور نیستی، اگرهم نمی خواهی می توانی چیزی نگوئی. ولی می دانی که من شدیدن ناراحتم...."

- بابا ناراحت نشو، مهم نیست ..."

" چرا عزیزم فکر می کنم مهم بوده که توانسته تو را چنین آشفته کند. طبیعی است که من هم ناراحت بشوم چون ندیده بودم تو چنین درهم بشوی "

- بابا اگر بگویم، فکر می کنم ناراحت تر بشوی. ولی من قبولش کرده ام..."

" تو که داری بیشتر نگرانم می کنی. بگو ببینم چه شده؟ "

- قرار است بخاطر نمرات خوبی که گرفته ام تشویقم کنند. از من خواسته اند به مادرم بگویم بیاید مدرسه....و من هر چه گفتم که پدرم را می آورم قبول نکردند، و گفتند چون مادران دیگری هم می آیند، بهتر است مادرت را بگوئی بیاید...و من...."

" حامدم گریه نکن. تو دیگر داری مردی می شوی. خواهش می کنم، بخاطر بابا گریه نکن. نمی خواهم بقیه اش را بگوئی. خودم می روم مدرسه و ترتیب همه کار ها را می دهم "

- نه بابا، دیگر ترتیبی ندارد. چون وقتی معلمم زیاد اصرار کرد، و بچه ها هم دم گرفتند که :

" کسی نمی خواهد مادرت را بخورد "

با فریاد گفتم:

" من مادر ندارم...مادر ندارم...و گریه ام گرفت ...بابا خواهش می کنم ناراحت نشو. نتوانستم جلوی خودم را بگیرم. گفته بودی که کوشش کنم در برابر مسائل مقاوم باشم، و بخصوص گریه نکنم ، ولی بابا من گریه کردم، خیلی هم گریه کردم، و کلاس هم ساکت شد. عکسش، همین عکسی که آنجاست و دارد به من می خندد جلوی چشمانم ظاهر شد و دیدم دیگر نمی خندد و دارد به گریه من نگاه می کند ....و من ازش خجالت کشیدم.... از مادرم خجالت کشیدم "

سال سوم دانشکده بودم که برای تعطیلات عید به شهرمان رفتم... و در همین سفر بود که اتفاق افتاد.

شبی در خانه برادرم، در میهمانی دوره ای که داشتند با دختری آشنا شدم. با جوانی کمی بزرگتر از خودش آمده بود . دائم با هم صحبت می کردند و می خندیدند. وقتی همه آمدند و میهمانی گرم شد، برادرم مرا به آنها معرفی کرد، و از او که فهمیدم اسمش سیمین است در خواست کرد که بخواند....ولی نخواند. اما پس از اصرار جوان همراهش، ترانه زیبائی از مرضیه را " که آن روز ها در اوج بود و پر طرفدار " خواند. و با چه شور و حالی. در صدایش " چیزی " بود که به دل می نشست. و من داشتم در رویای خاصی سیر می کردم و احساس کردم به شوهر جوانش حسودی ام می شود.
تمام شب فقط چند کلمه با من حرف زد:
" در چه رشته ای تحصیل می کنید؟....سال چندم هستید؟..."

منتظربودم میهمانی تمام شود تا بتوانم از برادرم بیشتر در موردش بدانم.
من در خانمها رنگ سیاه را برای پاره ای از داشته هایشان دوست دارم، و آن شب موهای مشکی او که بر شانه هایش شلال بود و چون ریزش آبشاری در زیر نور، برق خاصی داشت
آرامشم را سلب کرده بود.

موقع خدا حافطی وقتی دستش را در دستم گذاشت، دستی محکم بود و نه چون پاره ای از خانمها که وقتی دست می دهند چیزی شبیه دنبه ی وارفته را حواله ات می کنند " که یعنی تشخص! "
به چشمانم نگاه کرد و از روی ادب لبخند زد. لبخندی که تاثیر تیر خلاص را داشت. و دریافتم عشق در یک نگاه می تواند راست باشد....اما داشتن شوهر، بخوبی سرکشی احساسم را مهار کرد.
آن شب را بد خوابیدم.
شب بعد به هنگام شام خانوادگی، برادر بزرگم که گویا بوئی برده بود پرسید:
"میهمانی دیشب چطور بود؟ "
جوابش را ندادم ولی پرسیدم:

" آن دختر خانم و شوهرش چقدر بهم می آمدند. چند وقت است ازدواج کرده اند؟ "
خنده او و خانمش می نمایاند مرا زیر نظر داشته اند، وبا هم صحبت کرده اند
چون خانمش به او گفت:

" نگفتم؟ کور شود کاسبی که مشتری اش را نشناسد...."

و رو به من:

" نه عزیزم، آن جوان برادرش بود. او هنوز ازدواج نکرده است، فقط بیست سال
دارد. سال آخر دبیرستان است. ما از طریق یکی از دبیرانش که رفت و آمد داریم
با آنها آشنا شده ایم "

محسوس گل خُلق و روحیه ام شکفت. سر خوشانه پرسیدم:

" گویا زیر نظرتان بوده ام؟ زیاده روی که نکرده ام؟ خودم گمان نمی کنم لغزشی
داشته ام که اگر می دانستم شوهر ندارد، می داشتم. "

و خانم برادرم با حالت خاصی گفت:

" ...نه، بظاهر کاری نکردی. خیلی هم سنگین و رنگین بودی، ولی می توان
فهمید که درون آرامی نداشته ای...."

و همه با هم خندیدیم.

خوشحال بودم و احساس خوبی داشتم، و در تصورم این آرزو داشت رنگ می
گرفت که کاش می توانستم او را چون شاخه ای زنبق در گلدان درونم قرار بدهم.
از بیم ازخودم زرنگترها، زود جنبیدم.

چند شب بعد با لحنی شوخی و جدی از برادرم و خانمش پرسیدم :

" موافق هستید برای سیمین پا جلو بگذاریم. احساس می کنم خیلی از او خوشم
آمده است. "

" چه خودمانی می گوئی سیمین؟ مثل برادرت قاطع و بی رودرواسی هستی. از
بدون مقدمه چینی صحبت کردنت خوشم می آید. "

برادرم ادامه داد:

" من حرفی ندارم پا جلو بگذارم، البته اگر تو همه فکر هایت را کرده باشی،
ضمن اینکه گمان نمی کنم راحت قبول کنند، و حتمن پایان درس تو و گرفتن دیپلم
او را بهانه خواهند کرد. اگر موافق باشید نامزدی را عنوان کنیم تا فعلن مُهری

به مسجد گذاشته باشیم و بیاوریمش زیر اسم تو و بهانه ادامه تحصیل هم نداشته باشند...."

" بنظر من اگر می توانید اول نظر خودش را بپرسید. موافق باشد گام مهم اول را برداشته ایم و حتا می توان گفت نیمه راه را رفته ایم "

" و اگر موافق نباشد؟ "

خانم برادرم بود که با شیطنت عنوان کرد

" نمی خواهم در موردش فکرکنم. "

برادرم قبول کرد تلفنی با او صحبت کند و می گفت رو در رو نباشد بهتر است تا راحت تر بتواند حرف دلش را بگوید.

وقتی با او ازدواج کردم یک شاخه ی ترد اطلسی بود، با پوستی گل بهی، و چشمانی عسلی که در جامی از مهر نشسته بود. اندام موزون او بافته ای از اثیر بود. خوئی ملایم و دوست داشتنی داشت...شش سالی را که با هم بودیم فصل زمینی زندگی من نبود. بندرت آزرده می شد، ولی قهر نمی کرد. همیشه توجه داشت زندگی را آلوده بی مهری نکند و می گفت زندگی کوتاه است، قدرش را باید دانست " هر چند برای او بسی کوتاه تر بود " و حامد بسیاری از او را در خود داشت.

مرا دوست داشت و برایم رفیقی قابل اعتماد بود. زبانم را خوب می فهمید. هیچگاه تنها به قاضی نمی رفت....و به من بسیاری از درسهای زندگی را آموخت و من که نمی دانم تا کی زنده هستم وامدار او خواهم بود ......

حسن سلوکش مرا مطیع خودش کرده بود. هیچگاه از برگ گل نازکتر به من نگفت. او ابدن پر خاش جو نبود. گلی بود که قبل ازاینکه دل در گرو باغبانی دیگر گذاشته باشد و بخواهد خاطره او را همیشه با خودش حمل کند، با من همراه شد. من او را در باغچه قلبم کاشته بودم، و او هر روز تازه تر و خوشبوتر می شد....و خوشرنگ تر.

وقتی بار دار شد، گفت:

دلم می خواهد فرزندمان پسر باشد، نه بخاطر اینکه برایم فرق می کند، برای

این که می خواهم چون توئی را دوتا داشته باشم. و این بهترین تعریفی بود که در عمرم کسی از من کرده بود. در حالیکه من دلم می خواست فرزندی چون او داشته باشم.
افسوس از این رخداد های ناگهانی که بیشتر می دِرود تا برویاند....

- بابا خوبی؟ می دانی خیلی دوستت دارم؟ "
" حامد، حرفت را بگو، مقدمه چینی و تعریف را کنار بگذار "
- تعریف نیست پدر. می دانم تو شادابی ات را به پای من ریخته ای. من می دانم که تا مرا از آب وگل بیرون بکشی سیاهی موهایت را با روزگار معامله کرده ای. دلم می خواهد جوری که خورند دریای مهر تو باشد سپاسگزاری کنم. پدر من می دانم برای اینکه بیشتر با من باشی زود تر از موعد خودت را باز نشسته کردی، و همه داشته های حتا کوهانت را نیز به پای من ریخته ای.
قول می دهم دانشکده ام که پایان گرفت با همه توان جبران کنم...."
"...عزیزم این حرفها برای چیست؟ من فقط وظیفه ام را انجام داده ام و نه بیشتر... و حالا حرف اصلی ات را بگو. من فکر می کنم که این مقدمه برای بیان مطلب اصلی است و می بینم که سؤالی بزرگ پشت دیواره ی ذهن ات منتظر بیرون ریختن است....بگو عزیزم حرف دلت را بگو، گمان می کنم صحبت از عشق باشد...."
- پدر کاش من هم می توانستم در حد شما نا گفته ها را از چهره ها بخوانم....بله صحبت از عشق است که بی شعله و دود آتش می زند و می سوزاند...."
" در این مورد سروده زیبائی " کلیم کاشی " دارد که گویا وصف حال توست. با این بیت شروع می شود:

**زآتش سوزان عشق هر که شد افروخته**
**دود نخیزد از او چون نفس سوخته**

کیست و از کی شروع شده که به سوختن رسیده است؟ ....به کجا رسیده؟....من نا دیده انتخاب تو را قبول دارم....اسمش چیست؟ چه کاره است؟...."

- اسمش شبنم است...سه سال از من کوچکتر است....در دانشگاه ما، ادبیات می خواند. پارسال یک روز که روی پله های دانشکده نشسته بودم، آمد و به شوخی گفت:

بنظر نمی رسد خسته باشی، منظره جالبی هم پیش رو نداری، می ماند که منتظر کسی باشی. نگاهش کردم دیدم خوش برو بالاست، خوشگل است، خوب حرف می زند و در صحبتهایش طنز هست. در جوابش گفتم

درست می گوئی، منتظر هستم. کمی هم دیر کرده است. داشتم می رفتم، که آمد.

" آمد؟ من که کسی را نمی بینم..."

دستم را دراز کردم و گفتم:

" دستم را بگیر تا بلند شوم، نمی خواهم منتظرش بگذارم. "

گیج و ویج شده بود. دستم را گرفت و من بلند شدم و گفتم:

" برویم، چرا دیر کردی، داشتم نگران می شدم. "

با تعجب نگاهم کرد و به انگلیسی گفت:

" Are you OK?"

- گفتم:

" بله من OK هستم. منتظرت بودم ....چرا بهتت زده بزن برویم. "

پدر چنین آغاز شد...


-" آفرین! چه استادانه و ظریف و زیبا و به قول خودت با طنز عمل کرده ای، می دانم که خانمها کلافه چنین بر خورد هائی هستند بخصوص که خودشان راه داده باشند....حالا چه؟ همدیگر را دوست دارید؟ ...حالا پس از یکسال فکر می کنید به درد هم بخورید؟ با هم جور هستید؟ "

- پدر! می خواهم بیاورمش تا با شما آشنا شود.  وقتی به او گفتم محسوس خودش را باخت، کلی دلداریش دادم..."

" حتمن از من برایش هیولا ساخته ای..."

- این حرفها چیه پدر از بس از خوبیتو گفته ام می ترسد کم بیاورد. "

سیمین! کاش بودی....قرار است تا چند روز دیگر عروست را ببینم....تو چرا این همه زود رفتی؟....چرا مرا تنها گذاشتی؟ ...باور کن دیگر نمی کشم...شبنم که می آمد تو بودی خیلی بهتر بود. هم برای من که نمی دانم چگونه برخوردی داشته باشم، همه برای شبنم، تا کمتر این ملاقت برایش سنگین باشد.
سیمین باور می کنی؟ این همان حامد کوچولوست که می گفتی: تا مرد شود دم شتر به زمین می رسد....حالا، هم دارد مهندس می شود، همین امسال، هم همسر آینده اش را انتخاب کرده است.....من در دیدار با شبنم چه دارم بگویم؟

" شبنم! به دیدار پدر که می رویم، درمورد فعالیتهای دانشجوئی من حتا اشاره غیر مستقیمی هم نداشته باش. باید مواظب باشی، پدر خیلی زرنگ است، خوب می گیرد. من نمی خواهم آزرده شود....کوشش کن نرم و ملایم و خودمانی رفتار کنی. عین عروس انگور ننشینی گوشه ای و من را بدهی پرچک پذیرائی، منکه نمی گذارم پدر بلند و کوتاه شود. ماهرانه قاطی شو. آدمی نیست که زیاد بپرسد، ولی گاه تکه هائی می پراند، در پاسخگوئی باید صبور باشی. ففط برای یکبار است چون خیلی زود خودمانی می شود و در دفعات بعد تو احساس می کنی که در خانه خودت هستی. وقتی از فکر مادرم فاصله می گیرد بذله گو است....من خیلی دوستش دارم پدر نمونه ای است.... موافق باشی پنجشنبه عصر به دیدارش می رویم، به او گفته ام منتظر ماست. هر چند پیش نخواهد آمد اما بهر دلیل اگر صحبتی از مادرم پیش آمد با دقت تمام جوری که او احساس کند علاقمند ی بشنوی توجه کن....من کمتر عشقی به این عمق و با این همه صداقت دیده یا شنیده ام."
" هم موافق و مشتاقم و هم می خواهم هرچه زود تر پدرِ شوهر آینده ام را ببینم، واز نظرش بی واسطه آگاه شوم...حامد هیچوقت در مورد مادرت یا درحقیقت عشق او با هم صحبت کرده اید؟ "
" فراوان! "

" پدر اگر برایت مناسب است، پنجشنبه شام شبنم را می آورم خانه؟ "

" پسرم خانه ی خودت است هر وقت که دلت می خواهد می توانید بیائید. کاش جوری با او حرف نزده باشی که فکرکند قرار است اتفاقی بیفتد؟.... با چه نوع شامی موافقی؟ شبنم چه دوست دارد؟

البته فقط برای پنجشنبه، از آن پس خودتان هرچه می خواهید درست کنید. "

"...بابا خیلی دوستت دارم...چقدر با تو که هستم راحتم...و احساس می کنم که چون کوه پشتم ایستاده ای....بابا اگر مادر بود چه زندگی جمع و جور خوبی داشتیم....به دفعات شنیده ام که گفته ای خیلی زود رفت....وحالا می گویم، نه فقط تورا تنها گذاشت  که من را هم ازآغوشی که دوست داشتم محروم کرد...."

ناگهان چه سکوتی خودش را روی هر دویمان انداخت....سکوتی که انگار به آن نیاز داشتیم،

بر خاست و گفت:

" بگذار برایت چای بیاورم، می دانم وقتی که انتظارش را نداری چای می تواند گوارا باشد...." و به سوی سماور کوچکمان رفت...رفت تا خودش را از میدان دید من خارج کند ....داشت چشمانش نمناک می شد. دلش نمی خواست من متوجه بشوم، ولی کمی دیر شده بود.

" پدر تو مادر را خیلی دوست داشتی؟ و تا وقتی که رفت به او وفا دار بودی؟... چرا؟

" چرا؟...این چه سؤالی است؟ ....مگر تو مرا و شبنم را دوست نداری؟ مگر من تو را دوست ندارم؟ ....پسرم دوست داشتن چرا ندارد....دست خودت نیست، وقتی شروع می شود، هیچ سد سکندری هم جلو دارش نیست....درونت بهم می ریزد، دیگر صاحب اختیار احساست نیستی.

مولانا می گوید:

**علت عاشق ز علت ها جداست/// عشق اسطرلاب اسرار خداست. "**

" می بخشی پدر، خواستم، حالا که دارم شبنم را می آورم...در حقیقت حالا که شبنم را دارم، صحبت مادر را پیش کشیده باشم....خواستم روحش ناظر بر رفتار و انتخاب من باشد. نمی خواستم بی توجه به مادرم باشم.... من که درک و دریافت شما را ندارم...  می بخشی مثل اینکه خیلی عریان مطرحش کردم....گویا بیراهه

رفته ام و شما را آزردم و می بینم آشفته شده اید."

" وقتی بدون اینکه انتظارش را داشته باشی، عشقت با پروازی ناگهانی برای همیشه بسوی افقهای دور دست پر می گشاید،، تمام درونت را زخم می کند، زخمی که همیشه خون چکان است و با هر تلنگری سر باز می کند، و تو همیشه احساس می کنی یک روز که پرده را کنار می زنی تا تک گل زیبای باغچه ات را مثل هر روز ببینی، پرپر شده اش جلوی چشمانت قرار می گیرد.... ولی پسرم ناراحت نشو یاد آوری بسیار به موقعی بود...."

" سلام پدر! این هم شبنم. ببین با انتخابم موافقی؟..."

" به به شبنم خانم. از اینکه می بینمت خوشحالم. چه دختر آراسته و زیبائی...نه، مثل اینکه پسرم
شکار چی قابلی است...."

" متشکرم پدر....نه، من شکار نشده ام، هیمنه ی شکار چی عین مار افسای ماهری مرا با پای خودم به سوی خودش کشاند. قبل از این که شکار چی ما تیر در کمان بگذارد شکار پای در دامش گذاشت."

"....به به، چه عروس خوش بیان و خوش ذوقی....حامد گفته بود ادبیات می خوانی. حامد! به تو تبریک می گویم...ولی مواظب باش، گوشتِ چنین شکاری خوردنی نیست فقط باید همیشه در حصار قلبت نگهش داری.....بنشینید تا برایتان چای تازه دم بیاورم...."

" پدر، اجازه بدهید، اگر حامد جای بساط چای را نشانم بدهد، من چای می آورم....مگر نه اولین چای چنین مجالسی را باید عروسهای آینده بیاورند؟..."

" شبنم مواظب باش پدر چای پاشویه دار!  نمی خورد "

"بی مزه!... امید وارم در این امتحان کوتاه مدت بتوانم قبول شوم "

" خوشحالم چه محفل سر حالی....از همین حالا بگویم، اگر هر دو موافق هستید، مبارک است "

آن روز صبح زود که با نعمت رفت، بیش از شش ماه از این نشست اولیه گذشته

بود. در این فاصله کم و بیش شبنم را می دیدم بیشتر شبها با حامد می آمد. گه گاه نیز تلفنی احوالم را می گرفت. من دیگر به او عادت کرده بودم و از هم آهنگ بودنشان لذت می بردم. یکی دوبار در مورد ازدواج رسمی آنها، با حامد صحبت کرده بودم، زیر بار نمی رفت و هر بار هم دلیل عمده اش تمام نشدن دانشگاهش بود. شبنم به زودی تحصیلش تمام می شد، حامد هم در آستانه اش بود.

یک روز که به او گفتم دلم می خواهد تا زنده ام عروسی ات را ببینم خیلی در هم شد و با حال نگرانی گفت:

" پدر اینطور که حرف می زنی دلم می گیرد. قول می دهم درسم که تمام شد اولین کارم باشد "

بیشتر شبها، شام را با هم می خوردیم. و او آرام آرام و بی عجله تمام گذران روزش را برایم تعریف می کرد.

و حالا مدتی بود شبنم هم برای شام با او می آمد، و من خوشحال بودم که تنهایم نمی گذارند، هرچند انتظاری نداشتم. دنیای جوانها همیشه با نسل قبل از خودشان تفاوت دارد. و گاه این تفاوت به ایجاد شکاف منجر می شود و به دنبال خودش اختلاف و بر خورد پیش می آورد.

ولی ما تفاهم خوبی با هم داشتیم.

دیر وقت بود که شبنم تماس گرفت، احوالم را جویا شد و با کمی سکوت گفت:

" پدر می خواهم یک شب را میهمان ما باشید، من و خانواده ام، خواستم اول اجازه گرفته باشم.

دلم می خواهد با خانواده ام آشنا شوید و کمی بیشتر بهم نزدیک شویم....."

چرا حالا؟ این موقع شب. چرا قبلن حامد به من حرفی در این مورد نگفته؟ می شود که شبنم با او صحبت نکرده باشد؟ حامد کجاست؟ چرا شبنم با حامد نیست؟ ....و رگباری از این پرسش ها...

" شبنم جان نظر حامد چیست؟ "

" هنوز با او در میان نگذاشته ام."

"...با همه علاقه ای که برای دیدن پدر ومادرت دارم نمی خواهم مزاحم بشوم...."
" نه پدر، هیچ زحمتی نیست....با نظر شما هم موافقم که بایستی اول با حامد مشورت کنم..."
راحت حرف نمی زد....تلفن دیر هنگام، ونبودن با حامد، داشت آشفته ام می کرد.
" شبنم جان مگر امروز با حامد نبودی؟..."
" نه پدر، به من گفته بود که امروز در دانشگاه خیلی کار دارد، ولی من ماندم خانه چون امروز درسی نداشتم...مگر حامد خانه نیست؟ هنوز نیامده؟ "
پس این تلفن، بهانه ای بود برای اینکه بداند حامد کجاست. باید ناراحت باشد. سابقه نداشت که یک روز تمام اگر با هم نیستند از هم بی خبر هم باشند...
" نه عزیزم... دارم نگران می شوم "
" نگرانی ندارد پدر، باید همین حالا پیدایش بشود...؟

داشت شب ازنیمه می گذشت، ولی هنوز حامد نیامده بود....مثل مرغ سرکنده بی تعادل این ور و آن ور می رفتم....با آنکه می دانستم آنجا نیست بیش از ده بار به اتاقش سر زدم....فشار عصبی داشت از پا درم می آورد....چکار می توانستم بکنم؟....برای تلفن کردن به این و آن هم خیلی دیر بود....کاش تلفن نعمت را داشتم، ببینم آمده خانه و بدون حامد، امانت مرا صبح او با خودش برده بود....خیال های ناجوری داشت از پا درم می آورد....چای نیمه گرمی را از مانده ته قوری برای خودم ریختم اما نخوردم، حوصله هیچ کاری را نداشتم در واقع رمقی برایم نمانده بود. قندی را که برای خوردن چای به دهان گذاشته بودم در دستشوئی تف کردم. شیرینی اش داشت دهانم را تلخ می کرد....روی تخت دراز کشیدم، دستهایم را زیر سرم گذاشتم و نمی دانم به کجا خیره شده بودم.
درماندگی کامل روحم را مچاله کرده بود....پس از سیمین این اولین شبی بود که این ساعت حامد خانه نبود.
هم صحبت می خواستم ....موبایلش برای چندمین بار گفت:
" در دسترس نمی باشد "
یعنی چه؟ حامد کجا می تواند باشد؟ خدا نکند تصادف کرده باشد....نه، نعمت خیلی

محتاط می راند...پس تلفنش چرا جواب نمی دهد؟....چرا با شبنم تماس نداشته؟....

"...نعمت جان، شبنمم، می بخشی، می دانم بی موقع است ولی طاقت ندارم. دارم دیوانه می شوم...تو از حامد خبر نداری؟ نیامده خانه. تو صبح کجا پیاده اش کردی؟ "

" نیامده خانه؟ مطمئنی؟ ...."

" حدود یکساعت قبل با پدرش صحبت کردم، گفت خانه نیست....نباید تماس می گرفتم، من که می دانستم خانه نیست. اگر بود با من تماس می گرفت. پیر مرد را نگران کردم، و حالا خودم را ترس برداشته...."

" من امروز صبح جلوی در اصلی دانشگاه  پیاده اش کردم. همه دانشجو ها در محوطه اجتماع کرده بودند، ولی بهروز جلوی در ایستاده بود، بنظر می رسید منتظرش است. همین حالا ازش می پرسم..."

" شبنم خانم سلام...نعمت می گوید حامد نرفته خانه، منهم نگران شدم..."

" بهروز جان تا کجا با هم بودید....امروز دانشگاه چه خبر بود؟ چرا همه در محوطه چمن دانشگاه جمع شده بودند؟...."

"....خودت که می دانی بچه ها از همه چیز ناراحت اند....امروز هم وقتی به اتفاق وارد دانشگاه شدیم، وضع آرام نبود. همه داشتند جمع می شدند تا بریزند در خیابان، به او گفتم حامد روز شلوغی است باید مواظب باشیم. اینها با دانشجو جماعت دشمنی خاصی دارند....بیا خودمان را کنار بکشیم. ناراحت شد. گفت: خودمان را کنار بکشیم یعنی چه؟ ما که نباید از ترس اعدام قبلن خودکشی کنیم... هر چیزی بهائی دارد....

هنوز درست وارد خیابان نشده بودیم که حمله کردند، همه اوضاع درهم  شد و در شلوغی که داشت شدیدن با خشونت همراه می شد و دود و دَم زیادی فضا را تیره کرده بود همدیگر را گم کردیم...."

" بهروز فکر می کنی دستگیرش کرده اند؟ "

" اگر خانه نرفته احتمالش زیاد است؟ "

" من، عقدش هستم....خیر، مادرش فوت کرده....پدر پیری دارد...."
" خالم ما چنین کسی اینجا نداریم. "

"....مادرمان فوت کرده....پدرم هم پیر و از کار افتاده است...خواهش می کنم به من بگوئید برادرم کجاست؟ "
" خانم در اینجا حامد نداریم. از دوستانش که دیروز بهم تیر اندازی کردند بپرس. ما بیش از ۵-۴ نفر دستگیر شده از جریان دیروز دانشگاه اینجا نداریم....هیچکدام هم اسمش حامد نیست. "
" می گوئید چکار کنم؟ خواهش می کنم کمکم کنید. خیلی نگرانم. "
" شما به پزشکی قانونی مراجعه کرده اید؟.....الو خانم با شما هستم...."

من گمان نمی کردم این شاخه اطلسی هم تُرد باشد....ولی افسوس که اطلسی شاخه غیر تُرد ندارد....شاخه ها هم تُردند هم زود شکن، هر چند، هر شاخه ای زیر این همه فشار تاب نمی آورد. من حالا هیچ یک از پنجره های خانه ام به باغ باز نمی شود...من دارم فراموش می کنم که اطلسی چگونه گلی است....